■ 글벗수필선 54 최정식 두 번째 수필집
삶 속의 살아있는 희로애락의 수필 에세이

하면 된다. 할 수 있다. 해야 한다는 긍정과 적극
적인 삶으로 자연과 함께하는 움직임과 활동은 재
활과 치유의 삶을 성공으로 안내한다.

우리 아프지
말아요

최 정 식 지음

■ 작가의 말

바보의 몸부림

처음으로 출간한 수필집 『바보 아빠』를 읽은 고객의 평가는 좋았다. 동시대를 살아가는 친구와 지인들에게 지난날의 암울하였던 추억을 찾아주면서 공감대를 얻었다. 살아온 삶의 희로애락 가득한 환경과 여건을 넘어 약자에게 꿈과 희망을 주기에 충분한 수필이라는 호평이다. 첫 작품집은 수작으로 '성공적이다.'라는 평가를 받았다.

'우리 아프지 말아요'
이렇게 살아 숨 쉬고 있는 것이 기적이다. 몸맵시가 가늘어진 바보 아빠는 몸 하나 제대로 가누지를 못하는 휘청거림으로 신체에 장애는 없다. 그러나 그 이상으로 초라한 모습으로 암울하고 막막한 삶의 시작이다.
퇴원 이후, 살기 위한 애절하고 간절함이 있는 절박 심정으로 아내 수네 여사의 손을 잡고 내어준 어깨에 기대었다. 아들의 등에 업히어 움직일 수밖에는 없었다. 바보 아빠를 사랑하는 가족의 부축 없이 스스로는 아무 것도 할 수가 없었다.
살기 위한 몸부림으로 지팡이와 등산용 스틱에 의지하

였다. 이를 악물고 두 주먹을 불끈 쥐었고, 상대적으로 빈약한 오른쪽 다리 하나를 땅바닥에 질질 끌어가면서도 포기는 하지 않았다. 자연과 함께 숨을 쉬며 재활과 치유를 위한 두 마리의 토끼를 동시에 잡아 또 하나의 기적을 이루기 위한 외로운 싸움은 시작이다.

하면 된다. 할 수 있다. 해야지. 꼭 한다는 굳은 신념과 각오로 매달렸다. '안 되면 되게 하라'는 정신과 체력이 기회를 주었고, 도전하게 만든 큰 힘이었다.

기적을 이루어내기 위한 과정은 시간과 장소의 구분도 없이 어디든 찾아 나섰다. 장애 아닌 장애의 불편함과 창피스러운 모습을 세상 사람들에게 보여주는 것이 싫을 법도 하였으나, 사람 만나는 것을 부끄럽거나 두려워하지 않았다. 오히려 사고 전보다 움직임과 활동은 전국을 근거지로 반경은 확대가 되었다.

고난과 고통의 아픔을 참아가며, 재활과 치유의 노력은 계속되었다. 지팡이와 스틱 등 보조기구와 가족의 도움을 받는 일상에서 벗어났다.

어느 날부터 홀로서기는 시작이다. 길거리를 걷고, 자전거에 올라 페달을 밟게 되었다. 자신의 삶을 개척하고 도전하여 스스로가 기적이 무엇인가를 보여 주기 시작하였다.

살이 빠지고 근력이 없는 미라의 초라한 상태에서 봄에 돋는 새싹과 같다는 신선한 감성으로 인체의 놀라운 변화와 신비에 이르렀다. 신비와 변화의 세계로 이어지는 감동과 감탄의 성공적인 재활과 치유, 아름다움이 묻어나는 가족 사랑의 삶과 사랑은 큰 힘이 되었기에 가능한 일이다.

자연(산과 강, 바다와 섬, 외국 나들이)의 아름다운 맛과 멋을 재활과 치유의 희망 공간으로 확대하여 걸었다. 살기 위한 강인한 몸부림을 노래한 생사를 넘나드는 눈물겨운 고난의 세월을 극복한 감동과 감탄이 아닐 수가 없다.

강인한 체력과 정신력, 정성과 사랑으로 바보 아빠를 간호하여 주었던 한 가족의 눈물겨운 가족 사랑의 이야기와 친구들의 우정의 힘으로 죽은 사람을 살아 숨 쉬게 한 전 과정을 고스란히 담아둔 간호와 재활, 치유의 아름다운 삶의 이야기를 담아낸 글이다.

고달팠던 재활과 치유의 전 과정은 살기 위한 몸부림이고, 외롭고 적막함이 드리워진 어둠 속의 긴 터널에서 헤매다 헤엄쳐서 나온 두려운 고난과 고통의 악몽을 꿈꾸는 삶이었다. 살아서 숨 쉬고 있는 것이 이상하고, 이렇게 최악의 악조건에서도 살 수가 있는 것이구나 하는 질경이와 인동초처럼 질긴 인간의 생명력을 알게 해 준 것이다.

꺾어진 나무가 살아가기 위한 생존의 여정을 생각해 보신 적이 있으신지요. 사람이 한번 망가진 몸을 회복하기 위해서는, 상상하기도 어렵고 힘든 험난한 가시밭길을 걸어가야만 합니다. 때로는 걷고 뛰고 달려도 보았지만, 지치고 힘이 들 때는 지나가는 리어카, 경운기, 자전거와 승용차라도 세워서 얻어 타고 가고 싶은 강한 충동이 작동될 때가 한두 번이 아니었다.

　이런 위기를 반전시켜 호기로 만들어내는 그 어떤 강렬한 힘과 용기와 인내가 필요하였다. 살고자 하는 살아야겠다는 설렘으로 자생력을 만들어내게 한 것이다. 그래야만 포기라는 생명의 끈을 놓지를 않고 숨을 쉴 수가 있는 것이다. '안 되면 되게 하라'는 검은 베레의 혼이다.

　이 책은 바보 아빠의 일상적 삶의 전 과정에서의 재활과 치유에서 얻은 또 하나의 값진 선물의 기적들을 서정적 감성이 담긴 사랑꽃 이야기로 노래하고 있다.

다시 세상 밖으로 나와 고객 감동과 사랑을 받고 싶은 진솔한 이야기가 담긴 아름다운 수필이다.

'우리 아프지 말아요'

2024. 4월의 어느 날에
바보의 쉼터에서 최 정 식

‖ 차 례 ‖

제3부 온정의 힘과 동병상련의 희망찾기

제4부 살맛 나는 재활과 치유의 웃음꽃 피우기

제5부 쉼 없는 도전과 성취감으로 재활을 완성하다

제1부
이제부터 어디서
어떻게 할 것인가

살기 위한 바보 아빠의 몸부림은 중환자실에서
꿈꾸는 삶에서도 절대 포기를 하지 않았다. 다가오는
위협을 죽기 살기로 버티면서 위기를 호기로
전환시키면서 극복하고 승리자가 되었다.

망가진 몸과 마음을 어떻게 추슬러 재활과 치유의 삶을
살아야 할 것인가 그것이 문제이었다.

살 것인가 죽을 것인가. 어떤 길을 선택할 것인가.

재활은 포기하는 자에게는 기회가 없다. 피눈물을
흘리면서, 애절하고 간절한 마음으로 두 주먹 불끈
쥐고서, 죽기 살기로 도전을 해야 살 수가 있는 것이다.

살기 위한 바보 아빠의 몸부림은 하면 된다.
할 수 있다. 해야 한다는 굳은 신념과 불굴의 의지로
안 되면 되게 하라.
재활과 치유의 정답이었다.

I. 살기 위한 성망의 꿈과 희망의 노래

가. 죽기 살기로 전투하기

그날의 꿈속에서 바보 아빠는 장애 판정과 함께 화려한 외출은 시작되었다. 사람이 살다가 말과 행동 등의 움직임 없이 누워서 숨을 쉬면서도 꿈은 꿀 수 있을까도 싶은 생각이다.

근대 확률이론의 창시자 프랑스의 파스칼이 한 말이 떠오른다. 사람은 생각하는 갈대라고 하였던 말이 이 시점에서 바보 아빠에게는 애잔하게 스쳐 지나가고 있다.

이 병원 저 병원을 거치던 어느 날에 마산의 삼성병원에서 앰블런스를 타고서 긴급 이송 작전이 시행되었다. 긴 시간 이동 후에는 보금자리 옆의 인제 백병원에 도착하여 치료를 받기 시작할 때에만 해도, 바보 아빠는 말도 잘하면서 정신도 또렷또렷하였던 기억이다. 산다는 희망이 있었다.

그 이후, 동국대병원을 거쳐, 마지막 신촌의 세브란스 병원까지 대수술과 생사를 넘나드는 위험한 상황 속에서 중환자실에 머물 때까지는 별다른 기억도 아무런 그 어떤 생각을 할 수도 없었다.

그런데, 아내 수네 여사의 하는 말씀이 참 재미가 있다. 일산 동국대병원에 있을 때부터 바보 아빠는 이상하기 시작을 하였다라고 말을 해주고 있었다. 그 무엇이 이상하였을까 하고 아이러니의 상황이 연출되고 있다.

둘째 큰 아버님께서는 작고하셨는데, 몸도 안 좋은데 오셨다고 하면서 어서 돈 드려서 택시를 태워 보내드리라고 하는 것과 절대로 치료를 안 받겠다고 떼를 쓰며, 아내 수네 여사와 아이들 셋이 오게 되면 치료받겠다고 했다는 것이다.

바보 아빠가 죽은 건지, 산 건지, 어느 날에 그렇게도 사람은 자신도 모르는 채로 한방에 훅하고 가는 것만 같다. 그렇게 누워있는 사람은 숨은 쉬고 있을지언정, 말은 없다. 살아있는 사람들은 영영 이별할지도 모른다는 생각과 큰 슬픔으로 안타까운 마음에 울고 불고를 하는 것 같기도 하다. 분명 바보 아빠는 이상하였다.

그것이 중환자실의 환자들에게는 참으로 많이 발생한다는 섬망 증상이라고 말을 하고 있었다. 그러한 현상이 지속되다가 정상으로 회복되면 괜찮고 좋은데, 회복되지 못하고 오랫동안 지속을 하면 치매로 발전된다고 한다. 무섭고 끔찍한 일이 아닐 수 없다.

사람은 말과 행동의 움직임이 없이도, 중환자실에서 꿈을 꾸며 놀다가 어느 날 환생의 길을 찾아가는 이야기를 나누고 누리고자 함이다.

사람들이 아직은 그런 경험이 없으니 잘 모르겠으나, 의식도 없이 누워있는 사람이 어찌 꿈을 꿀 수 있을까 하고, 의구심을 가질 수가 있을 것이다.

이제부터는 중환자실에서의 아련한 꿈과 환생의 시간으로 바보 아빠만이 홀로 생각하고 떠난 긴 여행을 함께하였던 섬망증상의 모두를 정리해 두기로 한다.

그 꿈의 시작은 신촌의 세브란스병원의 중환자실로 옮겨지면서부터 본격적으로 시작되어 진 듯한 느낌이다. 그러나 앞에서도 언급이 되었던 것처럼 그런 상황은 이미 진행되고 있었다. 아마, 어림잡아 짐작하건대, 그해의 추석이 지난 후의 어느 날부터가 아닌가.

사고 후, 최초 응급으로 후송되었던, 마산 소재 삼성병원에서는 허리를 다쳐서 반신불수가 된다고 한 것이 분명하다. 그리하여 아내 수네 여사와 아이들 셋은 반신불수가 되어도 좋으니, 제발 살아만 주게 해달라고 눈물을 흘리며 애원하였다.

바보 아빠가 불구가 되면, 자기들이 휠체어를 끌고 다니면서 아주 잘 모신다고도 하였던 기억이 남아 있다. 그런데 퇴원하여 병간호하여 보니, 다들 끔찍하였나 보다. 그것은 생각하기도 싫은 악몽이었을 것이다.

때는 바야흐로 신촌 세브란스병원 중환자실에서의 어느 날이다. 아마도 군부대와 병원, 그리고 민간병원이 혼재된 종합병원이다. 병원 내에는 은행과 각종 상가 시설들이 혼재된 복합건물이었던 기억이다.

장애등급 판정받기 위해 장애 판정 전문병원에서 장애 판정 분야의 전문 의료진과 판정관이 도착하고, 위 검사와 장 검사 등 조직적인 확인 검사가 하루 종일 순서에 의거 진행되고 있었다.

위의 세척부터 내시경까지 하나둘 시작이다. 그 과정은 아주 치밀하고 꼼꼼하게 정밀한 방법으로 진행이 되었다. 입원 중인 병원의 의료진과 관계자들도 혼신의 노력을 기울이고 있었다.

결국은 최종적인 검사 결과 및 판정은 잘되었다. 1급 장애판정을 받았다. 그 결과로 기쁨에 흠뻑 젖어 즉석으로 부산으로 가는 속도가 굉장히 빠른 열차에 장애 판정을 받도록 도움을 주신 관계되신 분들을 태우고 열차 한 량을 통째로 빌려 축하 파티를 화려하게 펼치고 있었다. 거기에는 아내 수네 여사도 동행하였고, 연금을 많이 받고나니 큰 기쁨으로 제일 비싼 것으로 제대로 된 한 턱을 거하게 내고 있었다.

이후에 장애 판정 1급을 받고 나니, 군 복무에 대한 연금과 장애연금 등을 합쳐서, 엄청난 금액의 통지서를 수령하고 있었다. 순간, 바보 아빠와 아내 수네 여사는 함박웃음을 지으며, 기쁨에 흠뻑 젖고 있었다. 돈이 좋기는 한 것이다.

그리고, 미국으로 건너가 한국 대표로 장애인 행사에도 참석하고, 일취월장 멋있고 아름다운 화려한 삶이 시작되었다. 각국의 장애인 퍼레이드에 화려한 미니스커트 복장을 착용하고 있었다. 그냥 말 그대로 화려한 외출이다. 결국, 대한민국 장애인 협회장까지 오르게 되었고, 그 무엇 하나 두려울 게 없는 삶을 누리게 되었다.

그리고 어느 날이었다. 미소를 지으면서 그것은 섬망에 의한 첫 번째의 꿈이었음을 알았고, 날은 새고 있었나. 허탈과 만감이 교차하는 이생에는 없는 섬망일 뿐이었다. 이후, 섬망은 쉬지 않고 계속되었다.

나. 의료진과의 살기 위한 몸부림은 치열했다

새 아침이 밝았다. 창문을 열어젖히니, 미세먼지 하나 없고 맑고 밝은 하늘이 보인다. 새소리 물소리도 들리면 참으로 좋으련만 욕심이었을까, 그 소리는 없었고, 새는 보이지도 볼 수도 없었다.

중환자실에 입원한 초창기부터 어느 정도의 시간이 흘러

회복될 때까지 그 어떤 음식물의 취식과 움직임도 하나 없이 식물인간이 되어, 침대에서 그냥 하루 24시간을 누워서 세월을 보내는 것이다.

이유인즉, 너무도 큰 대수술이었고, 대형 종합병원 4곳을 전전긍긍하면서 위와 소장 등 장기 수술을 받았기에, 상상하기도 힘든 고통의 순간이 가득하였다. 눈을 뜨고 깨어 있을 수 있는 상황이 전혀 아니었다.

그 고통이 얼마나 심하였을는지 알 수가 있었다. 계속 수면제를 투입하여 억지로 고통을 극복하기 위해 잠을 자게 하였다는 이야기이다. 그냥 모두가 고맙고 감사하다. 병원에는 인턴과 전공의, 전문의 등 의료진과 간호사들까지 정말 많기도 하였다. 수술하고 피를 보며 야근을 하게 되니 피로는 누적될 것이다. 웬만한 강심장이 아니면 쉽지 않은 일이 분명하다. 그러하니, 술도 무척이나 좋아하고 위계질서도 확실한 것이다. 환자의 생각이다.

어느 날 우연하게도 침대에 누워, 병원 인근 역에서 그 옛날 비둘기호 완행열차에 승차하게 되었다. 어느 누가 열차 역까지 운반해주고 태워주었는지는 기억이 없고, 알수도 없다. 분명한 것은 기차가 병원까지 연결되어 있다는 것이다.

어느 구간에서 구간까지만 왔다 갔다로 운행하는 열차이었고, 그날은 한적한 마음으로 하루 종일 열차만 타고 있었다. 그런데 어둠은 밀려오고 열차와 버스 등 이동하는 수단이 모두가 끊기고 있었다.

결국, 역사 내에서 신세를 지게 되는 상황이었다. 살기 위한 삶과 아찔한 순간이 이때부터 시작되었다. 어떡해서든 살려고 하는 의지 속에 발버둥을 치며, 이 악물고 순간순간의 고통과 고난의 긴 세월을 참고 버틴 것이다. 최악의 긴박한 위기 상황이었다.

당시, 역사 안의 지하에는 야간에는 전문 술집으로 운영되고 있었다. 바보 아빠는 그 술집의 구석 한편에서 침대에 누워 밤을 지새울 수밖에는 아무런 방법과 그 어떤 대안도 없었다. 그것은 기가 막히는 상상 초월이고, 운명의 장난이었다.

삶이 꼬이려고 그런 것이었을까. 서빙 하는 사람은 다름 아닌 간호사 중 한 명이었다. 밤 10시 어간이 되어가니 남녀의 전문의와 전공, 인턴 등 십여 명이 몰려와 고급 음식으로 밤새도록 파티를 열며 노는 것이다. '놀고 있네' 가 정답일 것 같은 분위기이다.

거기까지는 그래도 괜찮고 별문제도 없이 좋았다. 이후, 시간은 흐르고, 아침 출근을 해야 하니 회식은 마무리 단계에 들어가고 있었다. 각자 각출하여 술값을 내기로 했고, 그중 한 명이 돈을 걷어 계산대에 서고 있었다. 문제는 시작될 조짐이 일고, 아니 시작이 되고 있었다.

그 찰나의 순간에 잔뜩 술에 취한 인턴 중 한 명은 바보 아빠를 볼모로 술값 등을 계산시키려고, 난동 비슷하게 발악하며 달려들었다. 쇼 아닌 쇼가 펼쳐지고 있다.

생선회를 뜨는 칼을 들고 다가와 술값을 계산하라고 위협하기도 하면서, 잔뜩 겁을 주는 강요 아닌 강요를 하고 있었다. 그 사람은 환자인 바보 아빠를 아는 것 같았고, 병원에서 이탈하였으니 누명을 씌워 술값을 계산시키려는 심산인 것 같았다. 눈을 감아 줄 터이니, 술값을 계산하라는 얘기인 듯하였다. 환자를 치료한다는 명목의 요샛말의 갑질이었다. 그것도 아주 죄가 큰 악성 갑질이다.

환자가 무슨 돈이 있다고 한심한 의사이었다. 알고 보니, 그 의사는 바보 아빠의 예금통장에 돈이 많이 있다는 것을 확인한 것 같은 느낌이다. 분명 은행 직원들과 내통하고 있는 냄새도 풍기고 있었다.

나머지 의사들은 바보 아빠가 다 아는 의사들이었으나, 모두가 관망만 하고 있었다. 동조하는 분위기로 정말 그 자리에서는 죽일 것 같고, 숨이 넘어갈 것 같은 분위기이다. 다들 술이 많이도 취해 있었다. 일단은 살고 보자는 생각이 번뜩 스쳐 지나가고 있었다.

계산대에 끌려가 서명하고 나니 위기는 모면하였으나, 자그마치 한자리에서의 술값이 550만 원이 나와 있었다. 이 사람들은 정말 나쁜 사람들이었구나. 실망이었다.

다음 날 아침이다. 술을 판매한 간호사에게 끌리어서 근처 농협으로 가고, 예금통장에 있는 전 재산 중에 몇 푼을 남겨두고는 탈탈 털리어 빼앗기고 나서야, 수송차량에 이끌리어 다시 중환자실에 오고 있었다. 그렇게 대충 상황은 조용히 종료된 듯하였다.

며칠 후, 중환자실에는 술을 팔던 그 간호사가 우리 병동의 간호업무를 담당하는 간호사로 오고, 그 간호사는 숨을 죽이면서 모르는 척하며 꼬리를 내리고 있었다. 그 옛날부터 원수는 외나무다리에서 만난다더니 진짜였다. 우습기만 하다.

이후, 아내 수네 여사에게 '들키면 죽었구나'라고 생각하면서, 그 순간은 벌벌 떨며 병원 생활을 하게 되었다. 아내 수네 여사에게 말하였다. 그 사실에 의아해하며 놀라지도 않고, 그냥 넘어가고 있었다.

저 인간 바보 아빠가 또 시작이구나 하고, 아내 수네 여사는 헛것을 보며 꿈을 꾸고 있는 것을 알고 있기라도 하는 듯한 표정이다. 아 저것이 섬망 증상이구나 한다.

어느 날 보니, 몰래 꾸겨 놓았던 바보 아빠의 비상금은 아내 수네 여사가 다 찾아서 병원비와 생활비로 쓰고 말았다는 후문이다. 카드로 팍팍 계산하고 있었다. 그런데 비밀번호는 어찌 알고 단말기에서 돈을 인출 했을까? 고개를 좌우로 흔들어 보아도 그것은 늘 의문이었다.

이후, 의사들과의 악연은 한 번 더 있었던 기억이 남아 있다. 그때는 조용하게 잘 넘어간 것 같았지만, 바보 아빠의 한방으로 언젠가는 짜릿한 복수의 기회도 있겠지 하는 희망 사항이 맴맴 하고 있었다. 이것이 섬망 증상에 의한 꿈이었다는 사실을 바보 아빠도 알게 되었다.

다. 외톨이의 바보 아빠 괴롭히기

중환자실에서 있었던 꿈과 환생의 섬망은 3번째 증상으로 넘어가고 있다. 아마도 꿈을 꾸고 있다는 것은 살아있다는 증거이었을 것이다.

그런 힘든 고통과 고난 속에서도 본인이 군인인 줄은 알고 있는 뉘앙스가 많이도 풍기는 이야기로 시작되고 있다. 네 번씩이나 아침 첫 메인 뉴스로 공영방송과 여러 방송매체에 까지 보도된 섬망이다.

중환자실 공간은 왼편은 중환자실로 반대쪽은 상가 시설 (식당, 모텔, 은행, 가구점 등 종합 상가 형태)로 구성되어 있었다. 이런 상황에서 무슨 일이 벌어지고 있었을까.

때는 이른 새벽으로 약 4시가 넘어가는 시간이다. 그곳에는 병원 측 시설관리 요원으로 취직한 사촌 형도 바보 아빠를 죽이기 위한 동조 세력으로 등장하고, 무척이나 생활하는데 불편을 주고 있었다. 사사건건 걸림돌이 되어 괴롭히는 사람이다.

선망의 꿈에서는 남보다 못한 친척이고, 바보 아빠의 원수로 등장하고 있었으니, 평소의 사고 전부터 관계 유지를 잘못을 한 것 같은 분위기의 모습이었다.(이후 명칭은 외톨이로 통일) 새벽 시간에 비상벨은 울리고, 은행 출입문과 상가 내 모든 상점의 출입문이 열리어 개방되기 시작하였다. 외톨이의 지휘하에 모두가 적군으로 돌변하였고, 도둑이 되어 돈이 되는 것은 무엇이든 훔치기 시작하고 있었다. 모두가 두 얼굴의 도둑이었다.

그 사람들은 사전 치밀하게 준비하고 훈련한 듯하였다. 움직이는 동작도 빠르고 일사불란한 지휘체계를 갖춘 것처럼 민첩하게 움직이며, 물건을 주워 담고 있었다.

총 지휘자격인 외톨이와 컴퓨터 운용 능력이 우수한 간호사들은 상점보다는 은행을 집중공략하고 있었다. 현금과 달러, 수표와 담보로 잡은 땅문서 등 각종 서류까지 모두이었다.

그러나, 힘없는 사람들과 일부 간호사들은 생필품과 가구, 장난감 등 당장 필요한 생필품에 구미가 당기는 모양이었다.

이즈음, 바보 아빠는 장애로 몸도 가누지 못하고, 언어구사 능력이 없으니 말 못 하는 완전 바보가 되어 있었다.

비상벨을 작동시키거나 경찰서에 신고도 못 하고서 온몸으로 발버둥을 치며, 현재의 비상 상황을 눈으로만 지켜보고 있었다. 외부로 알리려고 온갖 움직임으로 처참하게 노력은 하고 있었다. 애절한 모습이다.

그런 상황에서도 바보 아빠는 용기를 잃지 않고, 정직하게 오직 정의를 구현하기 위한 몸부림으로 목 놓아 울부짖고 있었다. 결국, 외톨이 등 이들의 목적은 바보 아빠를 볼모로 잡고, 죄를 완전하게 뒤집어씌우기로 사전 치밀하게 모의도 하고 거사를 준비하여 실행한 것이었다. CAPS 등 비상벨이 울리어 경비업체에서 출동하지만, 모두가 한 통속이다. 이들은 자초지종을 파악하는 척하면서 경찰에 신고하고, 이후에 경찰은 출동하는 짜여진 각본이었다.

이어, 경찰의 조사는 진행되고, 범죄자로 애꿎은 바보 아빠를 그들은 지목하고 있었다. 전체 피해액도 산출하고, 각 방송사에서는 어찌 알았는지 카메라를 들이 되고, 인터뷰하며, 바쁘게 촬영하는 움직임이다.

이른 아침에 특종입니다. 아침 07시의 뉴스에 상황은 그대로 송출되었고, 바보 아빠가 범죄자로 결정되면서 졸지에 매스컴에 대서특필이 되고 있었다.

첫 소식입니다. 모부대 000지휘관이 중환자실에 입원 중에 강도로 돌변하여 은행과 상점을 싹쓸이하는 사건이 발생하였습니다. 이 소식은 000기자가 전해드리겠습니다.

바보 아빠가 군인이었는지는 어찌 알았을까. 바로 군 헌병대로 이첩되었고, 수갑이 채워지며 지프차에 올라타고 있었다. 헌병대의 감방에 구치되고 있었다. 자초지종도 모르는 부대는 발칵 뒤집혔고, 대책을 논의하고 재발 방지 대책을 장관에게까지 직접 보고 하는 듯하였다. 이게 웬 망신입니까.

정신이 제대로 된 경찰과 헌병대이었다면, 말도 하지 못하고 거동도 못하는 1급 장애 환자가 어떻게 도둑질을 계획하고 실행한다는 말인지, 한심하다는 생각밖에는 안 되었다. 이후, 헌병대 구치소에서 오랜 기간 구금되어 조사 받고 어느 날 풀려나고 있었다. 그 기간 중 치료는 어떻게 받았는지 기억에 없다.

사건 이후 동일한 사고가 동일 시간과 장소에서 3회 정도가 추가로 발생하고 있었다. 위 사실은 대한민국 장애인 협회와 국민의 여론이 거세고 탄원이 계속되면서, 바보 아빠의 죄는 없는 것으로 최종 판결되었다. 그리고 죽지 않고 또 한 번 살 수가 있었다.

그 사건의 진짜 범인은 결국 잡지 못하고 마무리된 것으로 섬망은 또 한 번 끝을 보여주고 있었다.

그날은 외톨이가 그냥 미웠다.

라. 죽기 살기로 공부하는 살기 위한 몸부림의 외침

섬망 놀이는 계속되었다. 말로써 간단함으로 리얼하게 풀이하여 그렇지요. 설치된 CCTV에 녹화된 화면을 보면 더 잘 알 수가 있고, 재미도 있었겠다 싶다. 그 현장의 모습은 장관이었을 것 같은 느낌도 들고 있다. 조사 과정에서의 확인하지 않은 것이 문제였다.

입원 기간이 지속되면서 어느 날부터인가는 중환자실의 환자들도 매일 측정하고 성적을 내었다. 성적은 환자의 고가 점수에 반영되어 포상까지 하고 있었다. 알 수가 없는 이상한 일이다.

군 복무 중에는 전쟁 준비를 하기 위해 강인한 체력을 연마하고 전술훈련만 열심히 하면 되는 줄 알았다. 막상 임관을 하여 야전부대에 가보니, 무슨 경연대회는 그렇게도 많았던지, 머리가 빙빙 돌아 버릴 뻔도 하였다.

이 병원에서도 환자를 대상으로 이론과 실기측정이 시행되고 있었다. 지금에 와서야 생각하니, 퇴직하기 전에 신체검사와 종합적인 건강검진을 받고, 이상이 있는 사람은 치료와 수술을 병행하고 완치될 때까지 입원시킨 것이다.

바보 아빠는 건강관리를 잘못한 것 같았으니, 큰일이었다. 불쌍하기까지 하였다. 최초 입원 시의 처음에는 바보 아빠만 혼자 입원하여 있었다. 대상자가 없었으니 룰루랄라로 눈치 볼 필요도 이유도 없는 그야말로 여유만만으로 병원 생활을 즐기고 있었다.

인턴 및 전공의들이 알아서 착착 성적을 주었고, 걸림돌 없이 잘 되어가고 있었다. 환자 중에 복이 많은 행운이다. 그러다 보니, 1차에서는 우수한 평가로 표창도 받고 포상 휴가도 다녀오게 되었다. 꿈속에의 봄날로 참 좋은 호사를 누리고 있었다. 그곳이 아마 회복실이었던 것 같았다. 거기까지는 그렇게 살만하였고, 잘도 되어가고 있었다. 그런데 어느 날 남녀 합하여 10여 명의 환자가 추가로 입원을 하게 되고, 무서운 경쟁의 시작은 소리 없이 진행되고 있었다. 이는 전쟁터를 방불케 하는 형국이다.

어느 날 갑자기 남자와 여자의 성 대결로 전환되고, 모든 것이 우습게 돌아가고 있었다. 남자 의료진은 남성 환자를 지지하면서도 바보 아빠를 적극적으로 밀어주고 있었다. 여성 측은 구의원이면서 이사장인 여자가 강력하게 바보 아빠보다는 한참이나 후배이었던 여군 영관장교를 지지하고 응원하면서, 간호사들까지도 동조하고 있었다.

그날 이후, 어려운 싸움은 계속 전개되었다. 그 속에서 바보 아빠는 희생양이 되어가면서 혼비백산하며, 위기 속 코너에 몰리어 절체절명 고난의 길을 걸어가고 있었다.

환자들을 진단하고 치료하고 처방은 의사들이 내리지만, 환자와 가장 가까이에서 돌보는 사람은 간호사이다. 그것이 문제였다.

여성의 힘과 농간에 처참하게 놀림과 공략을 당하면서 무너지기 시작하였다. 그들의 치밀한 음모로 죽음으로 내몰릴 뻔한 절박한 상황에까지 도달하고 있었다.

하루의 교육을 종료 후에 복귀하면서는 심지어 몸에 좋지 않은 처방되지 않은 약을 주사기를 이용하여 오른쪽 무릎을 집중으로 공략하고, 신체의 오른발 부위에 장애를 만들고 있었다. 그것을 피하려고 처참하게 발악도 하여 보지만, 다수의 여 간호사들을 이겨낼 수는 없었다. 바보 아빠는 불쌍하였다.

지금 생각하니, 그 영향으로 왼쪽과 오른쪽 허벅지의 살과 근육이 불균형을 이룬 것으로 기억이 된다. 알고 보니 그것도 섬망이었다. 웃음만 나오고 피식 웃을 수밖에는 없었다. 그 후, 엎치락뒤치락 기 싸움은 치열하게 전개되었으나, 복식호흡 등 모든 평가의 종합결과는 바보 아빠가 1등을 하고 있었다. 죽지 않고 살려고, 젖 먹던 힘까지 죽기 살기로 다 쏟아붓고 이렇게 강건하게 살아 숨 쉬고 있는 것 같다.

믿거나 말거나다. 말도 못 하고 자유자재로 움직일 수도 없는 환자 바보 아빠의 섬망은 섬뜩하기만 한 깜짝하고 놀랄 수밖에 없는 살기 위한 몸부림의 꿈이고, 외침의 메아리이다.

마. 병원장 김 여사는 살인 기술자이었다

병원이라는 곳은 인술을 발휘하여 사람을 살리는 것이 근본 목적일진대, 섬망에서 나타난 현상을 보면 그렇지도 않은 것 같다. 죽지 않고 살아있는 것이 이상하였고, 잘못된 모습에서는 개탄스러운 실망으로 마음속 깊은 곳에는 한이 서린 설움이 가득 쌓이고 있었다. 결국, 파워게임이 만연하고 부조리와 살인 행위를 일삼는 범죄 집단으로 묘사되었고, 정말 살아있는 것이 무섭기만 하였다. 그날도 구의원과 병원 이사장인 김 여사는 수족들을 집합시키고, 충성을 강요하고 통제하며 누구를 제거할 것인가에 대한 선별에 들어가고 있었다. 그들은 살인의 추억으로 악마가 되어 있었다.

김 여사의 사회활동에 방해가 되고, 추후 문제를 일으킬 만한 행정요원과 간호사 등 모두가 대상이다. 이유는 불문이다.

살인의 거사일 진행 D-3일 전이었다. 그날도 김 여사는 수족들과 함께 협의 끝에 제거할 의료진과 환자 중 인원 3명을 결정하고 있었다. 그리고 당일 아침의 통보와 함께 처형에 들어가고, 신체 부위별로 토막을 내어 박스에 포장한 후에 냉동보관을 하고 있다.

어둠이 밀려오고, 죽은 시체를 아무도 모르게 사장시키기 위한 실행에 들어가고 있었다. 병원에서 열차 역까지에 설치된 레일을 이용하였고, 유기의 장소는 철도 변에 위치한 저수지였다. 은하철도 999가 연결되어 있었다. 그리고 일사불란하게 옮겨 싣고 있었다. 말이 필요 없는 듯, 무조건 충성이니 김정은만큼이나 무서운 존재이었던 것 같다.

김 여사를 포함한 일행은 열차에 몸을 싣고, 열차가 정차하여 출발하기 전에 가매장 또는 순식간에 버려야 하기에 발 빠르게 움직이며 대응에 들어갔다. 버려지는 장소는 우연찮게도 철도 변 바로 옆으로 수로가 형성되어 있고, 깊이와 넓이도 엄청난 듯하였다. 왜냐하면, 바보 아빠도 장애가 있었지만, 잘못 보여 언젠가는 제거 대상이기에 김 여사는 늘 동행을 강요하고 있었다. 이내 열차는 멈추어 서고, 1팀이 먼저 사채를 내리어 수로에 버리면 다시 출발이다.

그 순간은 섬뜩했다. 인간의 탈을 쓰고 어찌 저럴 수가 있을까. 의구심이 강하게 일고 있었다. 열 받는 순간이다.

다시, 한참을 달려 철도 옆 어느 강가에 2팀과 3팀이 차례대로 사체를 수장시키고서야 상황은 종료된 듯하고, 복귀명령은 떨어지고 있었다. 알고 보니, 열차도 몇 량은 김 여사의 소유였다. 침대형으로 식당까지 갖춘 초호화형 열차였다.

복귀 중에도 식당에서 일하는 아줌마 한 명이 눈엣가시로 거슬리었는지, 김 여사의 마음에 들지 안았던 모양이다. 마음의 결정을 본 순간에 가차 없이 실행에 들어가고, 열차가 잠시 멈춤과 동시에 그야말로 소리 소문도 없이 버려지고 있었다. 죽는 사람은 소리 한 번을 못 내보고는 조용히 사라지고 보이지를 않고 있었다. 파리 목숨보다도 못한 삶이었고, 인간이었다.

짤막한 일촉즉발의 순간에 바보 아빠도 보지를 말아야 할 그들의 일거수일투족의 현장을 현미경으로 바라보듯 다 알고 있었기에 잔뜩 겁에 질려 움츠리고 있었다. 두려웠다.

내심은 언제 닥칠지 모를 죽음의 위협에서 살아남기 위

한 전략에 바보 아빠만이 깊은 고뇌로 머리를 쥐어 뜯어 가며 몰두하고 있었다.

그렇게 아무 일 없는 것처럼 거사를 마친 후에는 다시 일상으로 돌아와 평화로움으로 조용하기만 하다.

김 여사의 생일날이었다. 이른 새벽부터 의료진과 간호사, 그리고 행정요원들까지도 바쁘게 움직이고 있다. 다름 아니고, 살아남기 위한 방편으로 김 여사에게 잘 보이기 위해 현금과 상품권, 선물까지 준비하여 각자 심각하게 눈치를 보아가며, 김 여사가 출근 전에 선물을 갖다 놓기 위해 분주한 모습들이다.

무언가 사는 것이 초라하고 불쌍하기만 하였다. 돈 없고 빽없는 바보 아빠는 눈만 멀뚱멀뚱하면서 인간 CCTV 역할을 톡톡히 하고 있었다.

일반인들이 생각하고 상상할 수 없는 일들이 김 여사의 병원에서는 아무런 두려움과 거리낌도 없이 자행되고 있다. 그 행위들은 멈춤 없이 계속 자행되고, 돈이 되면 무엇이든 눈치코치도 없이 지위 고하를 막론하고 제거 대상이 되고 있었다. 슬픈 자화상이었다.

시간이 흐르고 흘러 다시 어느 봄날이다. 드디어 지방자치의 선거철이 다가오고 있었다. 김 여사도 구의원 선거에 출마하고, 선거운동으로 병원의 일에는 공한기가 도래되고 있었다. 선거철 투표권이 있는 의사와 간호사, 실무 행정요원까지 병원 내에도 다수이기에 굽신 전략으로 전환이 되었다. 병원은 봄날은 오고 평화로웠다.

김 여사는 어마어마한 돈을 뿌려가며, 선거운동을 하였지만 보기 좋게 떨어지고 있었다. 그 분풀이로 제거 대상을 다시 선별하고, 바보 아빠도 포함이 되었지만, 용감하게 또 한 번 살아남을 수가 있었다.

호랑이 굴에 들어가도 정신만 똑바로 차리면 살 수 있다. 지혜와 슬기로 죽지 않고, 이렇게 살아서 숨 쉬고 있는 것인지도 모른다. 김 여사는 끔찍한 살인마이었고 인간이 아니었다. 무섭고 오금이 시려오는 인간의 말종 모습이다.

사는 동안 죄를 짓지 말고 베풀고 살아야 할 일이고, 상대에게 피해를 주어 손가락질을 받는 삶은 그만이다. 그것이 사람 사는 세상의 인간 모습이다.

바. 질긴 악연과의 살기 위한 암울한 몸부림

바보 아빠는 오늘도 꿈인지 생시인지도 모르고 섬망으로 헤매며, 살기 위한 살아남기 위하여 치열한 진흙탕 전투 속에서 도와주는 사람 없이 외로운 사투를 벌이고 있었다. 벌써, 여러 번 죽음으로부터의 위기를 극복하고 있고, 그 위협은 쉼 없이 계속되어 찾아오고 있다.

거기에는 오늘도 쉬지 않고 괴롭히며, 바보 아빠 최가네가 망하고 죽기만을 학수고대하면서, 모든 역량을 총동원하고 있는 나쁘고 이상한 사람이 있었다.

바보 아빠가 잘살고, 잘 나가는 것이 늘 배가 아프다. 내심은 자기를 좀 도와주길 바라는 마음이었으나, 그러하지 않았으니 복수심에 불타오르고 있다. 평소 다른 감정은 없었기에 그렇다.

어느 날 부조리가 발각되어 쫓겨난 외톨이는 다시 입사하게 되었다. 근무 지원 분야를 담당하면서 어떻게든 돈을 모아야 하겠다는 마음으로 비리가 만연되고 있었다.

그런 와중에도 환자인 바보 아빠와는 아무런 관련이 없는데에도 사사건건 간섭하고, 걸고넘어지고, 괴롭히기를 밥 먹듯이 하고 있었다. 밉기만 하였고, 그만 괴롭히기를 바라고 있었다.

세월은 흐르고 흘러 이제는 마지막 평가일이 다가오고 있었다. 살기 위한 마지막 관문인 셈이었다. 어떻게든 떨어뜨리려고 발악하면서, 본인의 힘으로는 한계가 있었으니, 김 여사에게까지 굽신거리며, 불합격시키기 위해 혈안이 되어 있었다.

그런다고 바보 아빠가 포기할 것은 절대로 아니었다. 그 외톨이는 바보 아빠를 잘못 보고 있었다. 목표가 정해지면 절대로 포기하지 않는다는 강한 근성의 사실을 몰랐나 보였다. 잘못된 사고를 견지하고 있는 외톨이라는 그 사람이 안타깝고 미웠다. 그리하여, 모든 평가는 종료되었고, 바보 아빠의 최종목표는 이루어지고 있었다. 기쁨과 환희의 희열이다.

그때의 바보 아빠는 보금자리를 찾아가기 위해서는 장애가 있어 자가 차량은 이용할 수 없는 상황이었다. 버스나 기타 방법도 제한되어 택시를 이용하려 하는데, 그 외톨이의 방해공작이 다시 펼쳐지고 있었다.

이후, 주변 택시회사의 모든 택시들을 매수하여 바보 아빠가 대기하는 곳으로는 단 한 대의 택시도 가지 못하도록 통제에 나서는 것이다. 진짜로 야비하였다.

시간은 한참이나 흐르고, 쫄쫄 굶어서 배는 고픈데, 눈먼 택시 한 대가 바보 아빠 앞에 서고, 무의식으로 신속하게 택시에 올라 목적지 보금자리를 향해 달려가고 있었다.

아뿔싸, 어찌 알았는지 사방팔방에서 택시들은 몰려오고,

바보 아빠가 타고 있는 택시에 접근하여 대형 사고를 유발하고 있었다. 나쁘고 이상한 외톨이었다. 벌 받기를 은근슬쩍 바라고 있다.

안타깝게도 바보 아빠는 목적지로 향하지 못하고, 다시 병원의 응급실로 향하고 있었다. 산다는 것이 그리 쉬운 일이 아니다. 이후, 생과 사의 갈림길에서 힘겨운 사투는 계속되고, 마지막 순간에 봉착하고 있었다. 깊은 우물가에 빠져 실낱같은 가녀린 끈에 매달리고 있었다. 그 끈을 놓을 것이냐, 이 악물고 잡고서 살아남을 것이냐의 그것이 문제였다. 끈을 놓으면 죽는 것이고, 놓지를 않으면 사는 것이다. 바보 아빠는 그 실낱같은 끈을 끝까지 포기를 하지 않고 놓지도 않았다. 결국, 기적으로 목숨을 건지었고, 다시 새 생명을 얻을 수가 있었다. 그러나 그 이후에도 위협은 계속되고 외톨이는 자기의 고등학교 친구들까지 동원하여 괴롭히고, 수단과 방법을 가리지 않고 죽이려 안간힘을 쓰고 있었다.

이제는 목표가 바보 아빠뿐만 아니라, 우리 가족과 처가의 형제, 자매의 모두를 목표로 삼고, 한 집안을 완전하게 폭파하려고 작정하고 있었다. 가정을 쑥대밭으로 만들려는 잘못된 의도의 심보가 가득했다.

어느 날에 처가의 식구들은 바보 아빠가 다시 살아났다는 기쁜 소식을 듣고서 병원에 모여 병문안을 마치고 최가네의 보금자리로 각자의 차량에 자기네 가족들을 태우고 기쁜 마음으로 출발하고 있었다. 그것도 잠시, 외톨이 일당은 망원경이 장착된 소총과 강력한 톱니가 부착된 제설 차량을 대기시키고, 집마다 1~2명을 반드시 죽이겠다는 목표로 총을 겨누어 장비를 출동시키고 있었다.

잠시 후, 여기저기서 총소리는 들려오고, 톱니가 부착된 차량은 승용차를 밀어 지나가고 있었다. 승용차에 톱니가 닿는 순간에 사람들의 비명으로 아우성친다. 아수라장으로 연출되고 있었다. 시간이 흘러 상황은 수습되었으나, 집집마다 1~2명이 사망하는 줄초상이 났었다.

119차량에 의해 연고지로 사망자 수송이 이루어지고, 장례 절차에 들어가고 있다. 그리고 경찰 수사 결과, 계획적인 사고임이 확인되어 외톨이와 그의 친구들은 체포되어 구속수감 되면서 긴박한 상황은 종료되고 있었다. 울며불며 통곡하고, 장례 하루 전 반전이 일어나고 있었다. 입관하려는 순간에 하나둘 벌떡벌떡 일어나고, 그 소식이 전파되면서 또 한 번의 난리가 나면서 모든 상황은 종료되고 있었다.

바보 아빠는 다시 살아 숨을 쉬고 있었다. 섬망에서도 질긴 생명임을 입증해 주고 있었다.

사. 인정사정도 없는 가재는 게 편이었다

그렇게 중환자실에서 치료는 계속되고 있었으나, 별다른 차도 없이 산 것인지, 죽은 것인지 알 수가 없었다.

아내 수네 여사와 아이들 셋도 지쳐가고, 처가댁의 처남과 처제들도 뭔가 특단의 대책을 세워야 하였고, 이런 식으로는 안 된다고 야단법석이다. '가재는 게편이다.'라고 바보 아빠는 죽든 살든 안중에는 없었다. 오로지 자기 동생과 언니 걱정으로만 모두가 아우성친다. 죽을는지, 살아 숨을 쉴는지는 알 수도 없었다. 살아도 반신불수로 누워서 지내거나 휠체어에 의지하여 살아야 한다는 가진단 결과에 의거 내심은 모두가 바보 아빠가 죽어주길 바라는 모양이다.

정말로, 인정사정도 없는 독하고 나쁜 사람들이구나 싶었다. 아내 수네 여사는 헤어지면 남이라더니, 그 말이 맞는 말이었구나로 생각이 되고, 이내 닭똥 같은 눈물은 하염없이 쏟아지고 있었다. 서글펐고 살아야만 하였다.

그렇게 마무리를 짓고 좋은 배필을 찾아서 재혼시키려는 뉘앙스가 엄청난 힘으로 다가오고 있었다.

에고, 큰일 났구나. 이제는 모든 것이 다 끝나버리고, 살아야 할 이유가 하나도 없었다.

그러면서도 용감한 의지의 바보 아빠는 절대로 포기는 하지를 않았다. 내색도 하지 않고 있었다. 말도 못 하고, 움직이지도 못하는 바보 아빠는 속절없는 웃음만 나왔다. 이후, 처가댁 식구들은 가족회의를 열고 있었다. 바보 아빠를 어떻게 할 것이며, 살아 돌아온 들 거동도 하지 못하는 특수 장애인이 아닌가.

결국, 바보 아빠는 애석하게도 포기하기로 하고, 어느 순간 장애우를 맡아 관리하는 집에 맡기기로 한 것 같았다. 가평 인근의 호수와 계곡이 있는 한적한 곳이었다.

어느 정도 치유가 되어도 절대로 다시 찾아오지를 못하도록 그것까지를 염두한 것으로 풀이할 수가 있었다. 생각해 보니, 진짜 나쁜 사람들이었다. 계약금과 월 단위 급여까지 설정하고, 죽이든 살리든 맘대로 하라는 이야기인 듯 짐작이 되고 있었다.

어느 날, 바보 아빠는 그렇게 말 한마디와 힘 한번을 써보지도 못하고서 졸지에 고아가 되어 있었다. 이후, 아내 수네 여사와 아이들은 살던 집과 바보 아빠가 타고 다니던 자동차까지도 매각하였다. 일산의 모처로 이사 가고 마지막으로 인사하고 작별의 시간을 갖기 위해 바보 아빠를 찾아오고 있었다. 웬걸, 아내 수네 여사와 아이들은 바보 아빠에게는 관심은 하나도 없고, 절대로 찾아오지 못하도록 압력을 행사하고, 강요한 후에야 뿌연 먼지를 가득 일으키며 사라져 가고 있었다. 독한 사람들이구나 하고, 그 순간 생각의 골이 깊게도 파이고 있었다. 바보 아빠는 그 모습을 창문 너머로 어렴풋이 바라보면서, 가슴 아픈 이별의 눈물을 흘리고 포기할 수밖에는 없었다.

이제 다시는 볼 수가 없구나. 서글픔을 달래며, 스스로 토닥이고 있었다. 그래 잊자 잊고 지내자.

이후, 어떻게 사는지는 알 수도 없고, 주인장은 그때부터 손익계산에 들어가며 학대를 시작하였다. 살아있는 것이 처절하였다.

하루의 끼니와 대소변도 모든 게 쉽지 않았다. 이거 이렇게 살아야 하나, 죽어야 하나. 또 그것이 문제로 닥쳐오고 있었다. 죽지 않고 살아있는 것이 기특도 하였다.

그러던 어느 날에는 꿈을 꾸고 있었다. 아들과 막내딸이 단체여행을 가기 위해 횡단보도를 건너려다가 끔찍한 사고를 당하게 되고, 병원 응급실로 실려 가고 있었다. 대수술을 받았으나, 둘 다 안타깝게도 하늘나라에 가고 볼 수는 없었다. 그 이야기를 중환자실의 간호사들이 듣고는 이내 수군수군한다. 바보 아빠의 아들과 딸이 교통사고를 당하였다는 얘기다.

다음 날 아침, 면회를 온 아내 수네 여사에게 묻고 있었다. 괜찮아, 장례는 잘 치렀고 수고했네. 그 순간 이 남자가 무슨 소리 하는 거야 하며, 그런 일 없다고 태연한 척

했다.

아이들 모두 집에 있어요. 이것이 꿈이여, 생시여, 결국은 꿈이었다. 그렇게, 옥신각신의 지루한 이별의 상황은 꿈으로 최종 판명되고, 하루가 마무리되고 있었다. 섬망에서 회복되지 못하면 치매로 발전된다는데, 맞기는 맞는 모양이구나 하고, 정신을 바짝 차려야지 싶었다.

아. 죽기 살기로 버티어 살 수가 있었다

생사를 넘나드는 힘든 여정을 바보 아빠는 잘도 소화해 내고 있었다. 어디서 그러한 무서운 힘이 솟아 나오는 것일까. 살기 위한 욕망은 그 누구도 당해내는 사람이 없었다. 어려운 고비를 수없이 넘겼으나, 그 끝은 보이지 않았다. 그리고 섬망의 꿈은 멈추지를 않고, 쉼 없이 계속되었다. 그 슬프고 아픈 마음의 고통과 고난의 힘겨운 생활 속에서도 죽지 않고, 호흡하며 꿈을 꾸고 있다는 것이 대단한 정신력이었다.

선망의 꿈과 환생 이야기는 마지막 회를 달리고 있다.

어느 날은 너무나도 많은 양의 피를 흘린 후, 수혈받고 있는 시기에 친구들이 면회를 온 모양이다. 그런데 바보 아빠는 꿈인지 생시인지 분간 못 한다. 수혈하기 위해 준비해 둔 AB형 혈액을 친구들에게 하나씩 주라고 한 모양이다. 아내 수네 여사는 화들짝 놀라고 있었다. 바보 아빠 치매야, 사리 판단과 분별 능력이 사라진 모양이다. 그리고 며칠이 지난 어느 날에 그 외톨이는 다시 찾아와 마지막 최후로 발악하면서 횡포는 또다시 계속되고 있었다.

간호사들을 통제하여 제재를 가하고, 쉼 없는 고통을 안기기 위해 중상모략으로 일관하면서 바보 아빠를 이 병원에서 퇴출하려 했다. 거기에는 간호사들이 동원되고, 그 간호사들은 다름 아닌 큰딸의 초등과 중학교 친구들이었다. 무자격자인데도 김 여사의 권한으로 7~8명이 입사하게 된 것이다.

바보 아빠는 큰딸의 친구들이기에 잘해주리라고 기대하였으나, 생각과는 정반대의 방향으로 흘러가고 있었다. 호주머니를 뒤져서 돈을 훔치고, 바보 아빠의 카드와 비밀번호를 강탈하여 물건값을 계산하는 등 온갖 횡포는 다하고 있었다.

거기까지도 참을 수 있고 좋았으나, 인격모독에 거짓 선동, 가족 면회 통제 등 수단과 방법을 가리지를 않고 있었다. 이건, 말이 그렇지. 공산주의자들보다도 더하고 악질인 듯싶었다. 손사래를 칠 수밖에는 없었다.

그러던 어느 날 암행 감찰이 이루어지고 있었다. 다행히 그분들은 정직하고 깨끗한 사람인 듯하니, 천운이 바보 아빠에게로 다가오고 있는 듯하고, 환희의 탄성이 울려 퍼지고 있었다. 휘파람도 불어 보는 '야호'의 외침이다. 감찰이 이루어진 얼마 후의 일이었다. 김 여사로부터 외톨이, 부패와 부조리에 저촉된 의사와 간호사 등은 모조리 퇴출하고 있었다.

거봐라. 이 사람들아. 내가 성실하고 정직하게 살면서 노력하라고 하였잖아, 꿀맛이었다. 그렇게 모든 상황은 종료되고 새로운 세계가 열리는 듯하였으나, 어느 날 그 외톨이는 응급실을 거쳐 중환자실에 입원하고 있었다. 무슨 일이었을까.

자초지종을 확인해 보니, 00지역에 놀러 갔다가 감기 증상이 있어 이 병원을 찾아 검사해 보니, 급성폐렴으로 판명되었다. 이내 중환자실에서도 특수장비가 설치된 별도의 독방에 갇히고 있었다.

며칠 후, 외톨이는 아무런 말도 없이 저세상으로 가고 말았고, 손님도 없는 장례를 치르고 나니, 모든 상황은 종료되고 있었다. 결국, 여러 사람 못살게 하고, 죄를 많이 지어 도움도, 좋은 소리도 듣지 못하고 죽고 말았다는 슬픈 섬망이다. 그런 다음, 바보 아빠는 본래의 상태로 정신은 돌아오고, 집중적인 심장치료와 함께 호전되어 회복병실로 올라가고, 치료와 재활을 열심히 하게 되었다. 몸이 회복되니, 면회를 오는 사람도 많았다.

그중에 어느 날에는 외톨이 사촌 형이 면회를 온다는 이야기를 듣고 있었다.

뭐야, 그 사람 죽었잖아. 뭔 소리여, 지금 장난하는 거는 아니겠고 농담하는 것도 아니지. 그렇게 끝은 아름다웠고, 바보 아빠는 살 수가 있었다.

바보 아빠는 죽지 않고 살 운명이었는지, 여러 번의 죽을 고비를 극복하면서 기적으로 살아났다. 기나긴 시간의 끈질기고 강도 높은 재활로 몸과 마음의 건강을 찾고 치유하면서 '행복하게 잘 살고 있다.'는 이야기로 중환자실에서의 꿈과 환생 이야기는 종료되었다.

2. 맛의 욕구와 삶의 메아리

맑고 밝은 하늘에 황사와 미세먼지가 보이지 않는다. 사람 사는 세상이 열리고 있는 것 같아 기분이 좋은 아침의 분위기이다.

사고 이후에 약 6개월의 길고 긴 시간을 중환자실에서 외부와 차단된 채로 물 한 모금과 밥 한술을 먹어 보지를 못하고, 힘겨운 생활을 약물에 의존하며 끈질기게 버티어 왔다.

어느 정도 기간이 흐르니, 정신은 정상으로 돌아오고 있었다. 물도 마시고 싶고, 남들처럼 밥도 먹고 싶었던 충동이 강하게 작용하여 입맛을 당기고 있다.

주치의 선생님은 바보 아빠의 마음을 아는지 모르는 지, 몸에는 아직도 무슨 문제라도 있는 건지 알 수는 없으나, 물 한 모금을 마시는 것조차도 허락하지를 않는다.

목이 타고, 입술이 바싹바싹 말라가는 순간에도 그랬다. 결국은 물맛 보는 것은 어려웠고, 물 대신으로 소독된 거즈에 물을 적시어 입술에 잠시 물고 있으면서 욕구를 충족할 수가 있었다. 참으로 고달프고 고통스러운 힘든 여정이다.

어느 날에는 물과 음식을 먹을 수 있도록 기회가 주어지고, 주치의의 승인이 떨어지면 가장 먼저 마시고 싶고, 먹고 싶은 음식은 무엇이었을까.

가을이 지나 겨울이 오고, 해가 바뀌어 다시 봄이 찾아온 3월의 어느 날이다. 그날은 생사를 여러 번이나 넘나들던 중환자실의 생활을 마무리하고, 일반 병실의 회복실로 옮긴 다음의 일이다. 몸에 이상은 없다는 주치의 선생님의 최종결정이 나왔고, 물과 음식을 먹어도 좋다는 음식 섭취의 승인이 이루어지면서, 봄날은 다시 찾아오고 있었다.

주치의와 간호사, 재활 의료진 그리고 아내 수네 여사와 아이들도 며칠 전부터 계속 묻고 있었다. 나름 주치의 선생님과도 음식을 어떻게 먹어야 하는지 등을 묻고 상의도 했다.

결론부터 말씀을 드리자면, 제일 마시고 싶은 것은 사이다와 콜라, 환타였다. 음식은 자장면과 김치찌개, 청국장이다.

이후, 하루 세 끼 배달되는 음식은 밥 한 톨과 국물, 반찬까지 그 무엇 하나 남김없이 아주 깔끔하게 비웠다. 물도 먹고 싶었지만, 입부터 항문까지 속이 확 하고 뚫리기를 바라는 마음으로 음료수를 벌컥벌컥 들이켜고 있다.

신기한 일은 위 전체와 소장 일부를 절단하였는데도, 음식을 먹고자 하는 욕구가 강하였고, 음식을 소화까지 해내고 있었다. 대단한 예우이었다. 사고 전과는 별반 차이가 없었다.

그렇게 밥을 먹기 시작하면서, 주삿바늘과 약물도 줄여가고 있었다. 어느 날에는 저녁을 먹었는데도 허기진 배를 채우기 위해 컵라면도 먹고, 아내 수네 여사와 아이들은 별도의 반찬과 음식(햄버거, 팥빵, 순대, 떡볶이 등)을 사서 나르기에 바쁜 시간을 보냈다.

값이 나가는 한라봉과 사과 등을 구입, 믹서기가 아닌 숟가락으로 으깨어 나온 즙을 먹도록 준비해 주었다. 기력이 없어 몸을 가누지 못하니 두 배 이상으로 고생을 많이 하고 있다.

어느 날 밤이다. 아이들은 집에서 쉬고, 아내 수네 여사가 간호하는 날이다. 내심은 아내 수네 여사도 집짓기 공사하느라 힘도 들었고, 먹을 것도 제대로 챙겨 먹지 못하여 배가 고픈 모양이다. 둘은 자장면이 그렇게도 먹고 싶었던 것이다.

병원 근처의 제일 맛있게 잘하는 중국음식점을 찾아가 자장면을 사서 가져오고 있었다. 아마 이 세상에 태어나 제일 맛있는 눈물의 자장면을 우리는 먹은 것이다. 학창 시절 졸업식 날에 먹었던 500원짜리보다도 맛이 좋았다. 그렇게 시간은 흘러 기력은 부족하였지만, 퇴원 일정이 잡히고, 몸에 투여된 모든 약물의 처방은 중지가 되었다. 주삿바늘도 완전하게 제거가 되었다.

입맛이 원하는 음식은 당기는 데로 하루 세끼를 넘어 4~5끼 이상은 섭취하여야 살 수가 있었다. 지탱할 힘을 생산하는 것이다. 이는 낮과 밤이 따로 없다. 새벽 01~02시에는 매운 열 라면도 맛이 좋았다. 그즈음에 살을 찌우고 기력을 회복하기 위해서는 먹고 싶은 음식은 가리지 않고, 무엇이든 다 먹었다. 그러나 한번 줄어버린 살은 다시 찌우기는 쉽지 않았다. 이 또한 고통의 삶으로 아주 조용히 찾아오고 있었다.

퇴원한 지 1년이 넘어가는데, 체중은 조금은 늘었다. 더 이상 늘리기에는 한계가 있는 무척이나 힘에 부치는 생활이다.

아내 수네 여사와 아이들, 장모님과 처가의 자매, 친구 등이 수고를 하였고, 고생하면서 챙겨준 보람도 없이 아쉽기만 한 것이다. 그러나 언젠가는 지금보다는 조금이라도 나아지겠지 하는 희망으로 오늘도 포기는 하지를 않고 꾸준히 챙겨 먹었다. 바보 아빠는 도전하고 있다.

그렇게 시간이 흐르고 사계절이 지나 여름의 문턱에 다시 와 있었다. 배탈 설사와 변비, 소화능력의 제한 등은 고통으로부터 한 많은 세월을 극복해야만 하였다. 위와 장은 정상적으로 소화능력이 갖추어지면서 제자리를 찾아

주고 있었다.

이제는 사람 살만한 세상이 찾아온 듯하여 하루하루가 기쁨이고, 즐거움으로 다가와 행복을 연출해 주고 있었다. 50대 중반을 넘어 나이가 들어가니, 살을 찌우기도, 근육량을 늘리는 것도 쉽지 않았다. 정말 어렵다는 것을 몸소 체험하면서 뼈저림의 아픔을 체험하고 있다.

사고 전의 튼튼하였던 근력과 체력, 몸에 붙어있던 보기 좋은 살들은 어디로 가고, 어디에 숨어있을까. 그것을 알 수는 없었다.

사람 사는 세상을 살아가면서, 가장 성공한 삶은 아프지 않고 다치지도 않으면서, 잘 먹고 잘 자고 잘 배설하며 사는 것이 건강한 삶을 사는 가장 좋은 행복이라는 사실을 알게 해주었다.

3. 재활과 치유는 꿈과 희망의 노래

삶 속에 생명의 위협을 느끼며, 약 7개월여의 오랜 시간을 중환자실과 일반 병실을 오고 가며 치료받고 퇴원하였다. 그날은 4월 중순의 아지랑이 너울이 되는 봄날이다. 세상이 바뀌어 있었다. 퇴원한 당시의 시점에서 바보 아빠는 자신의 몸 상태를 보았다. 반신불수가 된다는 의사들의 말을 뒤로하고, 알 수가 없는 기적이 일어나 있었다. 얼굴과 머리, 손과 발, 그리고 발가벗겨진 가녀린 알몸까지 그 어디에도 큰 장애는 없었다. 신체에는 이상이 없이 멀쩡하다. 숨도 잘 쉬면서 살아 있었다. 살이 없는 삐쩍 마른 몸은 안타까울 뿐이다.

그러한 상태로 막상 퇴원은 하였으나, 삶의 모든 것은

쉽지 않았다. 너무 오랫동안 중환자실의 신세를 지고, 장기를 절단하여 쏟은 피가 너무나 많았다.

몸은 지칠 대로 지치고 피폐하여 있었다. 50kg도 안 나가는 몸과 근육은 모두 사라지고, 한겨울의 앙상한 나뭇가지의 모습으로 뼈만이 튀어나와 흉한 몰골이다. 처참한 모습의 바보 아빠의 몸이다. 쳐다보면 눈물만이 글썽이고, 화를 낼 기력조차도 없는 슬픈 자화상의 모습 그대로다.

밥 한 끼를 제대로 못 먹고, 독한 약물에 의존한 몸은 허약해져 있었기에 몸뚱어리 하나도 가누기가 힘든 흉물스러운 바보 아빠의 모습은 당연히 처참한 사고의 흔적들이다.

그래도 이만한 게 큰 다행이다. 사고 전에 강인하게 체력을 다져 놓지 않고, 의지가 있는 강한 정신력들이 없었더라면, 아마도 바보 아빠 스스로 일찍 포기를 하였을 것 같은 느낌이다. 깊은 한숨을 몰아쉬고 있다. 남몰래 이불을 뒤집어쓰고서 피눈물을 흘리었던 시간도 많았다. 하늘에 계시는 부모님이 많이도 그립고, 보고도 싶다.

그렇게 슬픈 눈물을 흘려야만 하는 재활과 치유는 동시에 진행되었다. 병원 생활보다 퇴원 이후의 삶은 역시나 어렵고 힘든 진한 고통의 연속이다.

산소공급과 기타 치료를 위하여 목에 뚫어 놓았던 작은 구멍은 붙지 않고 있었다. 등과 엉덩이의 커다란 흔적의 욕창 치료는 아주 오랜 시간 바보 아빠를 지치게 만들었다. 욕창은 움직임이 없이 1~2시간이 지나면 살이 썩기 시작하면서 발생한다. 병실에 입원하는 환우의 욕창을 방지하기 위해서는 1~2시간 단위로 누워있는 자세를 바꾸어 주어야 예방을 할 수가 있다.

재활치료 중에 왼쪽 무릎은 겹질려 피가 뭉치고 있었다. 주삿바늘로 뽑아내기를 수차례를 한 후에야 정상이 되었다. 인생길 불편한 진실들은 사라지지를 않고 쉼 없이 찾아와 이어지며, 아픔과 고통을 주고 있다. 엎친 데 덮친 격으로 특수목적의 재활치료(도수치료) 중에는 우측 골반의 근육이 뭉친 다음에 찾아온 통증은 참아내기 힘들었다. 고달픈 심한 통증과 발가락 끝까지의 혈액순환이 이루어지지 않는 아리고 시린 진한 고통은 멈춤 없이 계속이다.

　아리고, 시리고 쓰라린 고통 등은 마약성 진통제를 복용한 후에야 겨우 잠잠해지고, 이내 깊은 잠을 청할 수 있을 정도로 고통의 순간은 반복되고 있었다. 스스로 참아내기가 힘든 삶의 한계를 느끼게 한 것이다.

　여러 번 삶의 포기라는 단어가 바보 아빠를 괴롭히며, 주변을 맴맴 돌고 있었다. 살 것인가 말 것인가의 기로에서 혼자서의 갈등은 반복이었다. 살아야만 하였다. 꿈꾸었던 할 일들이 너무도 많이 남아 있었다.

　퇴원한 이후, 신촌세브란스의 중증 외과와 심장 내과에 통원 치료를 계속하면서 약을 처방받아 복용하였다. 보금자리 근처의 재활병원에서 특수재활치료를 받아 가며, 포기 없는 집념으로 전진은 계속 진행형이다.

　부실한 몸의 기력 회복과 살을 찌우기 위해 환우의 몸에 좋다는 식자재는 그 무엇이든 구해서 먹었다. 오직 건강 회복과 치유를 위해서만 진력하고 있었다. 그 어떤 것도 뒤돌아볼 마음의 여유와 힘도 없었다. 전국의 참으로 좋은 친구(동기)들이 직접 생산한 몸에 좋은 것들을 보내주었다. 큰 힘이 되고, 용기를 얻는 계기가 되었다. 또한 보금자리 주변의 하나로 마트를 찾아 물건을 담는 카트를 밀고 다니면서 걷는 운동은 쉼 없이 진행되었다. 동네에 있는 소공원들을 찾아 그곳에 설치된 운동기구를 이용하여 굳은 몸의 근육을 풀어 주고, 원기 회복과 기초체력 향상을 위해 전념하는 것이 일상이 되었다.

얼마나 많이 다치고 아팠던지 다리는 불균형이 되어 있었다. 왼쪽 발은 정상이나 발가락은 시리고, 오른쪽 발은 왼쪽보다 약 1.0cm가 작아져 몸은 불균형이 되어 있었다. 걸음걸이의 불균형으로 걷는 것이 쉽지 않은 고난의 벌을 강하게 받아야 하는 징표로 남고 있다.

바야흐로 시간은 흘렀다. 몸의 상태는 조금씩 회복되는 신호가 여러 곳에서 감지가 되고 있었다. 퇴원 당시에 가누지도 못한 몸은 아내 수네 여사와 아이들 셋의 큰 도움과 희생으로 홀로서기를 시작하는 단계까지 이르렀다. 장족의 획기적인 발전이고, 또 하나의 기적이 움직임을 시작하고 있었다.

어느덧 산전수전 공중전을 거쳐 홀로서기는 시작되었다. 이내 휠체어 등 보조기구는 자취를 감추었다. 이제는 한 단계 발전된 몸의 변화로 지팡이에 의존하는 기회까지 이루어지면서, 눈물이 흐르는 박수를 바보 아빠는 받고 있었다.

어느 날부터는 부자연스럽지만 혼자서도 걸을 수 있게 되는 좋은 느낌의 단계까지 발전이 되었다. 신촌 세브란스에서의 중증 외과와 심장내과의 마지막 종합검사의 날(2016.11.12.)에는 당당하게 걸어 나섰다. 주치의와 간호사들로부터 함박웃음이 넘실거리는 기쁨의 박수를 받았다. 대단한 바보 아빠다. 이 모든 신체의 변화는 아내 수네 여사와 최가네의 아이들의 덕분이다.

피검사와 초음파, X-레이 등 제반 검사 결과는 건강한 일반 남성과 똑같다는 수치이다. 정상 판정을 받은 것이다. 알고 보니, 사고 전에는 좋지 않았던 혈압과 혈당의 수치까지도 정상으로 돌아와 있었다. 또한 눈의 건강도 좋아지고 있어, 새로 맞춘 안경도 이젠 쓸 필요가 없는 상황으로까지 발전이 되었다. 더 나아가 머리카락의 수까지도 많아지는 행운의 남자 바보 아빠로 탈바꿈 중이었다. 환골탈태한 외로운 고니 한 마리가 떠올려지고, 어느새 묵묵히 두 주먹을 불끈 쥐고서 힘을 생산해 내고 있었다. 또 다른 도전의 시작이다.

이제 이 상황에서 더 이상은 어떻게 해야 하겠는가. 아내 수네 여사와 아이들 셋의 정성과 사랑, 동기생과 친구들의 끔찍한 우정으로 저승에 갔어야 할 바보 아빠는 기적으로 새 생명을 얻고 있었다. 살 놈이었다.

그런데, 함께 산행한 친구는 10년이 넘어도 아무런 연락이 없다. 어떻게 판단해야 할까 조용히 묻고 있었다.

이제부터는 아기가 걷기 위해서 보조기구를 잡고 밀고 당기는 힘든 시간이 흐르면서 아장아장 걷는 것만을 생각하였다. 바보 아빠는 이유 불문으로 걸어야만 하였다. 닥쳐올 온갖 고난과 고통을 감내해야만 하였다. 그래야 살수가 있었다.

우물 안의 개구리에서 벗어나 조금씩 조금씩 밖으로 나가 자연과 함께 호흡하면서 걷고 또 걸어야 하였다. 살기위한 바보 아빠의 몸부림이다. 반드시 재활과 치유에 성공해야 한다는 고뇌에 찬 깨우침을 얻고 있다.

길기만 한 고통스러운 샅바싸움이었지만, 재활과 치유를

위해 운동을 게을리하지 않으면서 힘을 내어 회복시키는 방법 이외에는 아무것도 없다는 것을 알았다. 바보 아빠는 다시 조용히 길을 걷고 있다.

어느덧, 시간은 유수와 같이 흘렀다. 계절은 바뀌어 10년이 되었다. 그렇게 살기 위한 바보 아빠의 10년은 한이 맺힌 살기 위한 몸부림의 시간이다. 산에 오르고, 바다를 넘나들면서 섬을 걸었고, 자전거에 올라 전국의 명소를 찾았다.

그것도 부족하여, 제주도와 해외 나들잇길에 올라 새로운 세상을 보면서 걸었고, 쉬어가며 치유의 시간을 가졌다. 친구와 동기 사랑의 큰마음들이 모아져 알찬 성취감도 얻고 진한 맛을 보았다. 멋도 누리면서 재활과 치유의 성과를 얻는 기회가 되어준 것이다.

재활과 치유의 마지막은 뉴욕 하늘에 핀 동기 사랑 꽃이었다. 수필작가로 등단하고, 자전적 수필 『바보 아빠』를 출간하면서, 꿈과 희망의 새로운 동력으로 멋진 성취감을 얻었다. 삶의 꿈을 완성하는 도전의 성공으로 축하와 축복을 받는 팡파르가 하늘 높이 울려 퍼지고 있었다.

10년의 긴 재활과 치유는 '안 되면 되게 하라'는 특전맨의 혼으로 바보 아빠에게는 새로운 도전이었고, 희망 사항이 되었다. 이는 대성공으로 꿈을 이루는 기회로 발전되어 사는 재미를 찾아주고 있다. 바보 아빠의 인생 소풍길에 웃음꽃과 사랑 꽃이 피어 세상은 재활과 치유의 성공을 알려주고 있었다.

4. 애절한 재활의 고통과 새싹이 돋는 봄날

새봄이 왔다. 입춘을 지나 경칩이다. 산기슭의 웅덩이에는 개구리가 신나게 노래하고 있다. 산과 들녘에는 청노루귀, 복수초, 제비꽃, 변산 바람꽃, 매화와 빨간 슈즈 등 야생화와 봄꽃이 화려한 봄날의 시작을 알려준다. 세월이 가니, 바보 아빠에게도 봄날은 찾아오고 있다. 길고 길었던 중환자실의 병원 생활과 재활의 고통을 넘어서고 있었기에 가능한 일이다.

저승의 문턱을 넘을 찰나의 순간에 효심과 우정은 다시 아름다운 삶의 품으로 새 삶을 주었다. 이 어찌 기쁘지 않겠는가. 바보 아빠는 중환자실에서 잠들어 숨을 쉬면서도 꿈속에서 살기 위한 몸부림의 전투에서 저승사자를 이기는 섬망의 꿈을 꾸었다.

가. 재활과 치유의 환경과 여건

이제는 퇴원 후부터 현재까지 있었던 고통과 재활의 아픈 순간들을 정리하고 기록으로 남기어 참고자료로 활용하고자 하는 깊은 의미를 포함시킨다.

바보 아빠에게 고통을 준 상처와 후유증들은 하나가 아닌 동시다발적으로 나타나 살아있는 것을 후회할 정도로 고통과 통증을 감내하는 고난의 시기로 뼈를 깎아내는 아픔, 그 이상이다. 오랜 기간 병원 생활을 한 것보다도 바보 아빠를 고통의 도가니에 넣어 힘들게 한 것들은 퇴원 후부터 바로 시작되었다.

중환자실에 오랜 시간을 입원하여 치료받을 때는 살았는지 죽었는지를 알 길이 없는 감각이 부족했다. 주삿바늘을 통하여 몸으로 들어가는 약물에 의존하면서, 섬망 증상에 의한 다양한 꿈 놀이에 시간 가는 줄도 몰랐다.

약 11개월 이상의 재활의 시간을 보내고 있었다. 다시는 아프지 말고 다치지도 말고, 욕심부리지 말라고 미리미리 준비하여 스트레스가 없는 조심 조심의 삶으로 살아야 하겠다는 생각뿐이었다. 그냥 말고, 말고, 말고이다.

바보 아빠를 살려준 아내 수네 여사와 아이들 셋에게 이해와 포용, 존중과 배려, 그리고 봉사하면서 살아야 하는 것이다. 물론 친지와 친구, 지인, 인생을 함께한 인연의 소중한 사람들을 포함한 것이다.

나. 변비의 고통이 찾아오다

바보 아빠의 운명과 생명은 평소의 정신력과 다져진 체력으로 버티며 숨 고르기를 하였지만, 퇴원 후 쇠약해진 몸은 기력이 부족하여 제대로 몸도 가누지를 못하였다. 대소변, 양치와 세수, 식탁까지의 이동 등도 혼자서는 하기가 힘든 것으로 무엇 하나 혼자서 할 수 있는 것이 없는 최악의 악순환이다. 그즈음에는 변비까지 찾아와 참기 힘든 극한의 순간들이 연속으로 줄을 서고 있었다. 여러 번 삶을 포기해야 한다는 순간들이 바보 아빠를 더욱 강하게 짓누르며 압박해 왔다. 좌욕과 변비를 멈추게 하는 약을 사용하여도 쉽지 않았다. 오랜 시간 발목을 확실하게 잡고서 놓아주지를 않았다. 재활과 치유의 훼방꾼 변비였다. 그런 전 과정을 묵묵히 지켜보며 참아내고, 정성을 다하는 보살핌으로 극복하였다. 삶의 끈을 놓거나 포기하지 않도록 용기를 심어준 사람들이 아내 수네 여사와 아이 셋, 그리고 가식과 위선이 없는 의리의 착한 친구들이다.

다. 병원 치료의 흔적 지우기

입원 기간 내내 산소공급을 위해 목 중앙에 뚫어 놓았던 상처가 있었다. 통상은 보름 정도이면 상처 부위가 아문다는데, 수개월이 지나도록 아물지 않았다. 바람이 새어 나오고 있었다. 솔솔바람이었다. 이내 수술용 본드를 이용하여 붙여 보았다. 수술용 실을 이용하여 꿰매어 보았다. 다시 떨어지고 꿰매고를 반복했다. 결국은 상처 부위의 살이 죽었다고 판단하여 다시 수술실로 이동했다. 상처 부분의 죽은 살을 도려내고 꿰맨 후에서야, 봉합으로 마무리가 되었다.

순간의 판단이 좋았으면 쉽게 될 것을 많이도 아쉬웠다. 오랜 기간을 매일 소독하고 관리하느라 아내 수네 여사와 아이들까지 고생만을 시키고 있었다. 그 깊은 상처가 아물어 가고 몸을 살피니 여기저기에 수술 자국과 구멍을 뚫은 후에 다시 메운 자리가 한두 군데가 아니었음을 직접 거울을 바라보면서 확인하고 있었다.

그중에 딱 한 곳이었던 오른쪽 등 뒤는 유난히도 더 가렵고 쓰라림이었다. 그곳을 아내 수네 여사가 눈을 크게 뜨고서 살피어 보았다. 꿰맨 후에 실밥을 뽑지 않아서 생긴 것이다. 살이 마찰을 일으켜 움직이며 생긴 생채기다. 피고름이 나고 있었다.

결국, 작은 손가위를 이용하여 실밥을 제거하고, 며칠간을 소독하여 약을 바른 다음에서야 아물면서 상처의 치료는 마무리되었다. 아쉽기만 하다. 간호사와 인턴, 주치의도, 사소한 것이었지만, 환자에 대한 관찰과 치료를 소홀히 한 것은 큰 아픔이고, 슬픔일 수밖에는 없었다.

라. 욕창의 출현

길고 길었던 중환자실에서 누워만 있고, 움직임과 작은 몸부림으로 꿈틀거리는 움직임과 활동까지도 없는 시간이 지속되니, 엉덩이와 허리 위쪽에는 욕창이 생기었다. 입원 기간에도 치료는 계속하였다. 상처 부위에는 통풍이 안 되었고, 그 상처는 쉽게 호전되지 않고 있었다.

중환자실과 회복실에서도 치료는 계속되었다. 그러나 나을 기미가 없었다. 상황은 악화가 되어가고, 상처는 확대가 되었다. 바르게 눕지를 못하고 옆으로 누워서 생활하고, 잠을 자야만 하였다. 그 욕창을 치료하기 위해서 병원에서는 방문 치료하겠다고 강하게 권고하고 있었다. 바보 아빠는 병원 측의 진료계획을 정중히 사양하고, 그냥 집에서 치료하기로 하였다. 아내 수네 여사와 아들 지환이가 매일 소독하고, 약을 바르면서 약 3개월이 지나서야 어느 정도 상처 부위가 아물기 시작했다.

욕창은 사람이 바른 자세로 누워 오랜 기간 머물게 되면 나타나는 병이다. 침대에 누워서도 1~2시간 단위로 자세를 바꾸어 주며, 공기구멍을 열어 환기를 시켜주어야 한다. 공기가 순환되지 않으면 몸은 썩어가는 것이다.

지금은 완전하게 치유되었고, 기간 동안 고생을 많이도

하였다. 그 당시 욕창 치료를 담당하였던 간호사 등 관계된 병원 측의 사람들이 많이도 밉기는 하였다.

마. 크고 작은 상처와의 긴 시간의 싸움

그러던 어느 날(2017.3.16.)에 헬스장으로 가기 위해 침대에서 양말을 신으려던 순간이었다. 엉덩이의 꼬리뼈가 침대 위의 전기장판 선에 긁히더니, 이내 부어올랐다.

운동에는 무리가 없고 참을만하여 근육이완제와 진통제를 복용하면서 쉬지 않고 운동은 계속했다. 5일이 지나니 아픈 부위는 탱탱하게 부어 심각한 상태로 발전되었다.

결국, 일산에 있는 사랑병원에서 초음파 검사를 했다. 그 결과는 큰 병원으로 가보라는 의사 소견에 의해서 일산병원으로 달려갔었다. 그러나 약 1주일 후에나 예약이 잡히고 있었다. 갑갑한 병원 진료 체계이다.

급한 상황이었다. 신촌세브란스 병원에 긴급 상황으로 예약 후에 내원하여서야 진단을 받을 수 있었다. 결과는 욕창 부분의 피부가 썩었고, 주변에 피가 뭉쳐 곪은 상태라고 하였다. 고생하려니 별일도 다 생기고, 가지가지의 위협들이 닥치고 있다. 이후, 의사의 진료와 함께 피검사와 CT 촬영 후에 약을 처방받아 가던 길 뒤로 돌아 집으로 돌아왔다. 하루라도 빨리 수술 날짜가 잡혀 수술하고, 그 고통의 순간이 다시 찾아오지 않고 치유되면 참 좋겠다는 애절함이다.

또 하나는 재활 기간 중 집에서 있었던 일이다. 소파에 앉아 휴식을 취하다가 아내 수네 여사의 도움을 받아 일어서려는 순간에 꼬꾸라지고 있었다. 이후, 그 행위로 왼쪽 무릎에 무리가 있었는지 하루가 지난 후에는 무릎이 붓고, 물이 차 있었다. 다시 보금자리 주변의 정형외과 병원을 찾아가 X-레이 촬영을 한 결과는 뼈에 이상은 없었으나, 죽은 피가 가득 찬 것 같다고 하는 진단이었다. 이내 왕 주사기 두 개를 이용하여 부어오른 무릎에서 피를 뽑아내고서도 약 1개월 이상 약을 복용했다. 이후, 물리치료를 받으면서 치료하는 고생만 실컷 하였다.

바. 특수재활(도수) 치료의 시작

입원 기간 내내 장기간의 움직임과 활동이 없으니 몸은 굳어 있었다. 그런 굳어버린 몸을 풀어 주기 위해서 약 3개월여 동안을 특수재활치료(도수치료)를 받고 있었다. 거동이 불편하고 혼자서는 움직임의 제한으로 집에서나마 운동기구를 이용한 스트레칭과 근력운동은 계속했다. 모든 것이 쉽지 않은 고난의 길이다. 눈물로 범벅된 슬픈 삶의 연속이었다.

건강하였던 몸이 고난과 고생스러운 길로 가려다 보니, 이제는 특수재활치료사가 얼마나 강도가 높은 마사지를 하였던지 엉덩이 근육이 뭉치고 있었다. 왼쪽 엉덩이마저도 집에서 운동하다 넘어져 근육이 뭉치고 있었다.

결국, 각각 약 1개월 이상씩을 파스와 약을 복용했다. 통증의 강도에 따라 심하면 진통제를 복용하면서까지 치료하는 아픔을 겪어야만 하는 고난의 시간이었다. 산전수전 공중전을 넘어서는 것만 같았다.

몸속의 일부 장기(위, 소장)를 잘라내니, 배속에서도 이상한 일이 발생하고 있었다. 이는 시차를 두고서 여러 번의 변화과정을 거치고 있었다. 아마도 자체 실험을 통해서 적응해 가는 과정이다. 하지만, 고통은 멈추지를 않고 뒤따르고 있었다. 사는 게 사는 것이 아닌 어려움이고 고난이었다.

사. 방귀의 출현과 고통의 시간

이번에는 방귀가 문제였다. 주체하기 힘들 정도로 시간의 구분 없이 수시로 쏟아지는 방귀는 고약한 냄새를 동반하고 있었다. 오랜 시간을 앉아 있을 수는 없었다. 난처한 상황은 여러 번 발생하고 있었다. 이러한 긴박한 방귀 현상은 어느 날 소리 소문도 없이 조용히 사라지고 있었다. 삶의 작은 평화가 찾아오고 있다. 이유인즉, 시간이 흐르니 장기는 정상으로 작동하는 듯싶었다. 스포츠 센터에서의 정상적인 운동으로 기능이 발휘되고 회복되는 것이 아닌가 생각했다. 참으로 다행스러운 일이고, 인체의 신비를 보며 느끼고 있다.

아. 손가락의 아픔 치료하기

또한, 장기간의 입원 후유증으로 입원 기간 내내 움직일 수도, 움직이며 활동은 하지도 않았기에 손과 두 팔은 굳어 있었다. 이를 어찌한단 말인가.
주먹도 쥐어지지 않았다. 이는 숟가락과 젓가락 사용에도 불편하고, 글씨도 쓸 수가 없는 상태이었다. 난감한 상황이고, 가혹한 처벌이었다. 이를 극복하기 위해 낮과 밤을 가리지 않고, 시간이 허락하는 만큼은 손가락 마디마디를 풀어 주고 주먹을 쥐는 스트레칭과 연습을 반복했다, 오랜 세월이 지난 현재에는 거의 정상으로 회복시킬 수가 있었다. 쥐었다가 폈다는 쉬지 않고 계속해야만 했다. 설거지는 큰 힘이 되었다.

10개의 손마디가 쓰리고 아리고 아팠다. 회복되지 않은 신체 부위의 원상회복은 시간과 바보 아빠와의 기나긴 싸움이 되었다. 그래도 아내 수네 여사는 기뻐하고 있었다. 예쁘게 글씨도 잘 쓴다고 하는 칭찬은 이어지고 있었다. 웃음꽃이 피었다.

자. 발가락 통증과의 싸움을 시작하다

남은 하나는 말초신경까지 혈액순환이 안 되어 무릎 아래의 발가락까지 통증의 고통은 이루 말할 수 없이 심각하였다. 병원의 주치의께서는 별 관심도 없이 혈액순환제만 처방해 주고 있었다. 이 또한 답답한 일그러짐이 아닐 수 없는 삶의 불편한 진실의 시작이었다.

발가락이 아리고, 시리고, 쓰라림이 반복하는 것은 인내의 한계를 실험하는 듯한 통증의 연속이었다. 그 무엇보다 잠을 잘 수 없었다. 이는 기가 막힐 노릇이 아닐 수가 없었다. 그 덕분에 낮과 밤을 바꾸어 생활하게 되는 거꾸로 삶이 전개는 시작되고 있었다.

이내 그 고통스러운 아픔을 극복하기 위해 가까운 병원의 의사 진단과 처방으로 수술용 마약성 진통제를 처방받아 복용하게 되었다. 이후 약 8시간은 견딜 수 있었다. 통증의 고통은 사라지고 편안한 잠을 이룰 수가 있었다. 얼마나 다행스러운 일인가도 싶었다. 잠시의 기쁨이었다.

그러나 마약성 진통제는 내성이 있었고, 장기간은 복용할 수가 없었다. 처방전을 받아 약국에서 주었던 진통제로 심한 통증이 유발 시에만 복용하며 견디어 온 지난 세월의 무게이었다.

발가락 통증의 끝은 보이지를 않았다. 계속이었다. 약 1~2초 간격으로 바늘로 쿡쿡 찌르는 듯한 통증은 정신을 돌아 버리게 하는 참기가 힘든 고통이었다.

위의 증상을 최소화하기 위하여 족욕기를 구입했다. 따뜻한 물에 발을 담그며 통증을 풀어보는 것으로 그 통증의 한계를 최소한으로 극복해냈다. 참을 수밖에는 없는 슬픈 인생길의 삶이었다.

결국, 통증 전문병원을 찾고 치료받기로 하고 찾아 나서지만, 뾰족한 처방은 없었다. 인술의 정직함은 언제나 찾기는 힘들었고, 볼 수가 없었다. 큰 아쉬움이다.

결국, 오랜 시간을 보내면서 바보 아빠 스스로가 통증을 관찰한 결과로 적용하여 터득한 방법으로 극복하기로 하고, 실행하였다. 그 통증은 온도가 높으면 덜 고통스러웠다가, 날이 차갑거나 추워지면 심해진다는 사실을 뒤늦게 알게 되었다.

극복하는 방법은 발가락이 요구하는 적정 실내 온도를 유지하는 것이다. 최초 31도에서 시작되어 현재는 26도까지 내려왔다. 많이 회복된 것이고, 겨울이 싫은 이유다. 이판사판이었다. 수면양말 착용을 일상화하고, 매일 40도 정도의 뜨거운 물로 족욕을 했다. 발바닥에 충격을 주는 운동을 더욱 강하게 진행하는 처방은 실행되었다. 이 또한 시간과 물고 늘어지는 싸움이 되었다.

지속적인 방법으로 열심히 걷고 자전거에 올라 페달을

밟았다. 누가 이기냐로 한 판 승부는 시작되었다. 아린 발은 운동을 하고 자극을 주며 감내할 수밖에는 다른 방법이 없었다.

또한, 기온변화에 예민한 반응을 보이고 있었다. 몸에 살과 근력이 부족하고, 기력과 면역력이 약하다 보니, 낮은 기온과 강한 바람에 적응하는 것은 참기가 힘든 고통으로 쉽지 않았다. 속수무책이다.

초창기에는 한여름의 폭염에도 30도 이하로 실내 온도가 내려가면 견디기는 힘들었다. 아내 수네 여사와 아이들 셋은 더위를 참지를 못하고 에어컨을 가동해야 하는 불편으로 아우성쳤다. 미안함은 지속되었다. 긴 줄다리기의 시간이다.

계절과 해가 바뀌고, 시간이 흘러 기력이 어느 정도 회복이 되니, 자동으로 몸에는 면역력은 살아나고 있었다. 차츰 적정 실내 온도로 하향 조정을 하게 되었고, 적응되어 가는 분위기로 살만한 삶은 찾아오고 있었다. 그런 증상의 원인이 허리라고 진단하는 의사가 수술하자고 하였으니, '딩동댕'이 아닌 '땡'이었다.

이후, 9년의 세월이 지나 10년이 되어가면서, 바늘로 쿡쿡 찌르던 발가락의 통증은 어느 날부터 조용히 사라지고 있었다. 살만한 세상이 찾아와 주고 있었다. 바보 아빠의 오른팔이 하늘 높이 오르고 있어 좋은 느낌이었다.

위의 제시된 재활과 치유가 필요한 다양한 상황들이 동시다발적으로 다가와 괴롭히고 있었으니, 이 얼마나 고통스러웠겠는가. 그 마음을 아는지 모르는지 고통 속에 보이지 않는 하염없는 눈물만 계속 쏟아지고 있었다. 극복하기 힘든 고난도의 고통을 이겨야만 진정한 기적의 승리자가 될 것이라고 외치고 있었다. 피눈물의 맛을 보는 기회이었고, 쉽지 않은 치열한 도전이 분명하였다.

결국은 병원 치료보다도 힘들고 고통스러운 것이 재활이었다. 절대 포기를 하지 않는 사람만이 새로운 삶을 쟁취할 수 있는 것이었다. 힘든 여정을 선택하지 않으면서 삶을 살아가는 것도 지혜임을 알게 되었다. 하면 된다. 할 수 있다. 해야 한다. 자신감이 있는 도전이 살길이었다.

5. 주삿바늘과 이별 연습하기

인간이 삶을 영위하면서 무병장수로 행복을 누리고 살면 참으로 좋겠다는 것이 바보 아빠의 생각이고, 바람이다. 살다 보면, 어느 날에는 예기치 않은 위협과 극한의 위기 상황이 전개되면서 본인의 의지와는 상관이 없는 또는, 어떤 필요로 인해 병원을 찾는 것이 현실이다. 몸이 아프거나 다치게 되면, 병원을 찾아가야 한다. 의사의 진찰이 끝나면 약의 처방만을 받고 병원 문을 나서지만, 조금이라도 이상소견이 발견되면 대부분은 주사 처방을 받고 주사를 맞아야 하는 것이다. 이런 경우에는 팔뚝이 아닌 엉덩이에 주사를 맞기 위해서는 어쩔 수 없이 바짓가랑이를 내리고 엉덩이에 주사를 맞아야 하기도 한다.

세 살 먹은 아기나 나이 먹은 어른도 주사 맞는 것을 좋아할 사람은 거의 없다. 주삿바늘이 몸에 들어가면 따끔하게 아픈 것이 사실이 아니든가. 간호사의 손에 주사기가 들려지고 하는 말에는 매번 예쁘게도 말을 해주고 있다. 그 말은 '조금 따끔해요.'이다. 그때만큼은 간호사가 최고의 대장이다.

바보 아빠는 어릴 적부터 다치기를 잘하는 정말로 말썽꾸러기 아이였다. 얼마나 병원을 자주 출입하였는지는 그때의 환경과 여건으로 보아서는 숫자를 셀 수도 없고, 알기도 어려웠던 것이 사실이다. 언제나 병원 문을 열고 들어서면, 의사의 진료 후에는 처방에 따라 반드시 통과해야 하는 것이 엉덩이에 주사를 맞아야 진료가 끝나고, 마무리된다는 것이다. 이는 그 옛날 면 단위 동네병원의 이야기이다. 통상 의사 1, 간호사 1~2명이 전부인 시절의 동네병원이었다.

바보 아빠가 오랜 시간 중환자실에서 죽기 살기로 치열한 전투를 하고 있을 때 얼마나 힘겨운 통증이 우려되었으면, 수면제 주사를 놓고 오랜 시간 잠을 재웠을까도 싶은 생각이다.

하루 세 번은 먹어야 하는 밥과 물도 안 먹이고, 왼팔과 오른팔 여기저기에는 주삿바늘의 흔적만 가득하다. 어느 날에는 양쪽 발등까지도 주사기를 꽂고 약물을 투여하는 신세가 되었다. 정말 끔찍한 아픈 기억 속 주삿바늘과의 골이 깊은 악연이었다.

바보 아빠에게는 최근의 힘든 상황이 발생하기 전만 해도 연 단위 건강검진과 별도의 진료차 병원을 내원해도, 따끔해요. 그냥 말처럼 따끔함을 되새기며, '우욱'하고 참았다.

이제는 바보 아빠가 어린 아기가 되어버린 것일까. 아니면, 너무나도 많은 주사와의 술래잡기를 통해서 지쳐버린 것일까. 그냥 고통스러운 주삿바늘이다. 일단은 주삿바늘이 내 몸과 교감이 되는 것을 거부하는 형국이 되고 만 듯도 하였다. 주삿바늘은 친구도 하기가 싫은 나쁜 놈이라고 생각된 것이다. 입원 기간 중 주사를 맞는 것이 얼마나 아프고 두려웠으면, 이야기의 제목을 나는 '주삿바늘과 이별하고 싶다'라고 고약하게도 정하였을까 하는 생각이다.

병원에서 있었던 실제상황이다. 약 6개월여 만에 심정지 이후 심장 상태를 확인한다. 진료받기 위해서 두 번 다시는 가기가 싫고, 병원 근처에는 얼씬도 하기가 싫은 신촌 세브란스 병원에 내원하게 되었다. 그날은 물 한 모금을 입에 적시어 보지도 못하고, 허기진 배를 움켜쥔 채로이다. 그런데 입원 기간에는 몰랐었는데, 퇴원하여 다시 병원을 찾으니 배가 고픔을 알게 되었다. 꼭 도살장에 끌려가는 소들의 심정으로 기운도 없었다. 축 늘어진 채로 맥이 빠진 모습을 하고 있었다. 바보 아빠의 전용 기사이었던 아내 수네 여사와 함께 차량에 몸을 싣고 부르릉 소리를 내며, 잘도 달려가고 있다.

가는 길은 차량 밀집으로 쉽지 않은 진출이다. 그만큼 일산에서 신촌까지의 가까운 거리임에도 교통의 소통상태는 심각하다. 도시에 사는 사람들은 참으로 대단한 인내심을 가진 사람들이다. 밀리는 도로의 공간을 매일 출퇴근하기 위해 움직이는 사람들이 자랑스럽고 존경스럽기까지 하다.

그렇게 공간 사이를 뚫고, 병원에 도착하여 채혈실로 향하고 있었다. 이거 또 죽었구나. 그리고 주사를 맞기도 전에 매우 아플 것이라는 두려움이 먼저 마음속으로 기습 침투를 하고, 몸은 움츠리고 있었다.

인적 사항 확인을 위해 병원 카드를 제시하고, 확인 과정을 거친 다음에는 채혈 담당 간호사 앞에 앉게 되었다.

이제 올 것이 왔구나, 어떡하지. 그냥 도망가 버릴까. 두려움 가득하고, 조바심까지 일어났다. 고무줄로 팔뚝을 묶고서, 주먹도 쥐고는 이내 조금 '따끔합니다'이었다.

이후, 잠시의 침묵 속에 긴장이 엄습해 오는 찰나이다. 주삿바늘은 왼쪽 팔의 혈관을 정확히 침투하고 있다. '아, 으스스 아파요.' 아파하고 만다. 정말 아픔이다. 내가 왜 이럴까. 그 강직함은 다 어디로 사라지고 나약함으로 숨 쉬고 있는 것일까. 그렇게 채혈은 끝나고 정적이 흐른다. 잠시의 여운이 흐르고 정신을 차리었다. 허기진 배를 위해 김치찌개와 김밥으로 피 뽑은 피해를 보상받고 있었다. 오늘도 아픔을 참아내면서 수고하였다고, 온기 있는 아메리카노 한잔도 위로가 되어주었다. 이제 살았구나.

그리고 얼마의 시간이 흘렀다. 마지막 관문이 기다리고 있다. 죽느냐, 사느냐, 이것이 문제이었다. 혈압을 제고(100/68) 똑똑 들어가 주치의 앞에 다소곳이 앉았다.

"안녕하세요. 그동안 잘 계셨는지요. 겨울나시느라 수고하셨습니다."

바보 아빠는 인사도 참 잘하고 있었다. 지금처럼만, 현역 시절에도 아부성 발언을 잘하였으면, 출세는 따 놓은 당상이었을 텐데, 아쉽기는 하였다. 이제 와 다시 생각해 보니, 그 시절이 정말 큰 아쉬움으로 다가오기는 하였다. 이어 주치의가 하는 말씀이 심상치가 않다. 순간적으로 스치는 느낌도 이상하였고, 수상하기까지도 하다.

제가 뭐라고 할 말이 없습니다. 이것이 말이요 뭐요. 잉, 시방 뭔 소리를 하시었소. 이 양반이 아침을 안 드셨나, 주치의 양반이 아침부터 '귀신이 나락을 까먹는 소리'를 하고 계시나 했다. 그야말로 정적이 흐르는 짤막한 순간에는 죽었다고 복창이다. 잠시 후, 짧막한 여운의 몇 초가 흐르고 있었다. "네, 무슨 말씀이신지요?" 순간은 어안이 벙벙하였고, 정말로 큰 병이 생긴 건 아닐까 하고 두려움이 엄습해왔다. 등골이 오싹한다는 것을 직접 느끼는 좋지 않은 느낌이었다.

"아, 예, 겨우내 관리를 너무나 잘하셨네요. 현재의 검사결과가 너무나 좋습니다. 이대로만 관리하면 정말 좋겠습니다. 최고입니다. 혈당의 수치는 어떤가요?"

"네, 99이네요."

순간, 참고 견디어 온 가슴속에서 복받치는 눈물이 핑 돌더니, 울컥하고 있었다. 살았다는 기쁨과 환희의 용틀임이었다.

'아, 이제 정말 살았구나, 바보 아빠가 해냈구나'로 다음의 진료 일정을 잡고 있었다. "감사합니다. 정말 고맙습니다." 하고, 넙죽 고개를 숙이어 절을 하였다. 참으로 오랜만에 기분은 최고로 좋은 것이다. 이런 기쁨의 재미가 있어서 세상을 사는 것이로구나. 그날은 기분도 좋은 감정으로 아내 수네 여사의 손을 꼭 잡고서 병원을 빠져나올 수가 있었다.

가던 길 돌아오는 길에는 친구를 만나서 보리 비빔밥으로 영양을 주었다. 임도 보고 뽕도 따고 기분 좋은, 하루가 되고 있었다. 덕분에 주삿바늘의 아픈 통증도 이겨낼 수 있었다.

그날의 기분은 하늘을 날듯이 최고였다. 운동하러 가는 길에는 계단을 걸어 올라 4층으로 나와야 하는데, 6층까지의 계단을 올라가고 있었다. 바보 아빠는 '너 참 대단한 놈이로구나, 그리도 좋으냐'이었다.

이렇게 주삿바늘의 애환 속에 병원의 하루가 마무리되었다. 주삿바늘의 침투로 인한 몸의 아픔과 고통으로부터 해방이 되는 길은 사는 동안 아프거나 다치지도 말고, 미리미리 계획하고 준비하는 것이다. 무리수 없이 서두르지 말고, 안전을 위해 조심하면서 사는 것이 최고의 삶일 것이다. 그날의 저녁 시간은 아내 수네 여사와 아이들 셋으로부터 축하의 박수를 받았다. 기분 좋은 재활의 기쁨을 나누고 누리는 희망이 가득한 아름다운 밤을 보내고 있었다. 바보 아빠네의 가족들과 영원히 함께 간다면 정말로 살아 볼만한 세상이 열리고 있었음을 확인하고 있었다. 앞으로는 병원을 출입하는 것 자체가 싫다고, 싫어졌다고 바보 아빠는 손을 번쩍 들고서 맑은소리로 힘을 주어 외치고 있었다. '바보 아빠는 주삿바늘이 싫어요'라고 노래하고 있다.

6. 고통의 향기와 절박한 심정은 재활효과로

가. 몸의 상태와 주어진 환경 그리고 여건

몸을 가누지 못하니, 침대에서 일어나지도 못하는 상황에서 하루 세끼 밥을 먹기 위해서는 침대에서 거실까지의 엎드리면 코가 닿을 짧은 걸음을 하는 것도 힘든 고통이다. 식탁까지는 몇 미터로 혼자서는 걸을 수가 없어 누군가의 도움으로 부축받아야만 했다. 그것도 힘이 들어 홀로서기 연습의 시작은 보이지 않는 눈물을 훔치고 몰래 닦아내고 있다.

퇴원 후, 초창기에는 아내 수네 여사와 아이들 셋의 부축을 받아 걸음마의 움직임을 시작했다. 치료를 위해 병원에 갈 때는 아들 지환이의 등에 업히고서, 집을 나서 계단을 내려가고 올라오고를 반복했다. 아들 지환이는 매번 3층까지를 오르내리면서 힘들었을 것이다. 그러나 말이 없이 묵묵히 바보 아빠를 등에 업어 어렵고 힘든 수고를 함께해 주었다.

 병원 입원 시에는 병원에 요청하여 걷는 연습부터 재활치료를 받았으나, 기력이 부족해 치유하기에는 쉽지 않은 삶과 피가 끓는 전투는 계속되었다. 퇴원 후에는, 굳어버린 몸을 먼저 풀어 주고 신체의 리듬과 균형을 정상으로 회복시키고, 전환하기 위한 긴급 처방의 방편으로 특수재활치료를 받게 되었다. 주 2회 매회 1시간이었고, 회당 8만 원이 넘는 고가의 특수치료이다.

 이제는 병원을 이용한 재활치료의 꿈을 접었다. 집 근처의 하나로 마트와 이마트를 오고 가면서 물건을 담는 기구(카트)에 의지하면서 밀고 걷기를 매일 반복을 하는 강행군의 연속이다. 이것도 보통으로 힘든 것이 아닌 인내가 필요하였다.

 근력이 붙고 힘이 생기니 지팡이를 구했다. 보금자리 주변의 소공원을 이용하여 걷기와 기초체력을 다지기 위해 최선이있다. 설치된 운동기구는 이용하기 좋았다. 바보 아빠의 수준에는 안성맞춤이다. 사람들의 왕래가 적은 한적함이 좋았다.

 지속되는 운동량의 증가는 신체에 그대로 전달되었다. 좋은 쪽으로의 변화의 바람이 불고 있음을 확인하는 계기가 되었다. 그것은 말을 할 수는 없는 혼자만이 누리는 가슴 벅찬 기쁨이고, 희열을 느끼는 감동이었다.

나. 스포츠 센터에서 활력을 얻다

 가을 지나 겨울의 문턱에 들어서고 있었다. 이는 모든 것이 불편한 조건에 어울리지 않는 환경으로 못내 아쉽기만 하다. 기상이 춥고 좋지 않으니 꼼짝 못 하고 움츠릴 수밖에는 없었기 때문이다. 고민 끝에 친구들과 아내 수네 여사, 그리고 아이들 셋의 권유도 있고 하여 겨울 동안은 온기가 있는 실내에서 재활 운동을 하기로 했다. 스포츠 센터를 찾았다.
 처음에는 걷기 5분도, 무게 5.0kg도 감당하기는 어려웠다. 이제는 시간이 흐르고 운동량이 늘어나니 제법이다. 집중력과 지구력도 늘고 무게 중심도 오르니, 심폐기능도 무척이나 좋아지고 있음을 몸은 알고 말을 해주었다. 이대로 라면 얼마 지나지 않아 정상으로 회복할 태세이었다. 그 순간만큼은 기분도 좋아지고 삶에 희망과 보람도 찾는 의미가 있는 헬스 기구를 이용한 재활이었다.
 절대 서두르지 말고, 욕심을 내거나 무리하지도 말고, 뚜벅뚜벅 걸으면서 기구를 만져가며 근력을 키워 혈액순환을 도우면, 어느 날에는 반드시 기쁜 그날이 성큼 다가와 줄 것이라고 믿었다. 삶은 기다림이 필요한 것이다.

다. 인체의 신비를 체험하다

 그리고 이제는 재활의 고통을 넘어 바보 아빠에게도 봄날은 오고 있었다. 저만치서 손짓하며 미소를 보내주고 있다.

이제 퇴원한 지 약 11개월째였고, 1년이 다가오고 있다. 시간이 흐르면서 인체의 신비함을 함께 체험하는 참으로 기쁘고 좋은 일은 계속 이어지고 있었다. 신비로운 인체의 변화로 또 한 번의 기적이 펼쳐지고 있다. 그동안 아내 수네 여사와 장모님, 친지, 친구와 선후배, 지인 등 모두의 도움으로 고통의 순간을 뒤로하면서 계절이 봄날이 오듯이 바보 아빠에게도 다시 봄날이 찾아오고 있었다.

영양실조라도 걸린 듯이 푸석푸석하였던 몸에는 윤기가 돌아나고, 불균형이던 손톱과 발톱에도 새살이 붙어 오르고 있었다. 이어 얼굴의 혈색까지도 살아 돌아오고 있었다. 이것이 기적이고 환생이 아니겠는가.

외로운 고니 한 마리는 환골탈태의 순간을 직접 실험하고 있는 바보 아빠다. 외로운 고니는 바보 아빠의 친구가 되었고, 노래도 고니만을 들었다.

참으로 이상하고 신기한 일이다. 아직 회복 속도는 분명 뚜벅뚜벅 느리었지만, 시간이 지나면서 완전하게 회복될 것 같은 감이 오고 있었다. 큰 기대와 믿음을 주기에는 충분조건이 성립되고 있었다. 20.0kg 이상의 줄어든 몸의 무게는 작아지고, 살은 언제나 찌려는 지는 초미의 관심사항이었다. 평소 75.0kg 이상을 유지하였던 몸의 무게는 중환자실에서 치료 중일 때까지만 하여도 약 70.0kg정도 체중을 유지하였다.

퇴원을 목적으로 회복을 위해 병실로 이동하여 퇴원 전 모든 주사제 투여를 중단하고, 주삿바늘을 뽑고 난 후의 어느 날의 몸무게는 한없이 슬픈 47.0kg까지 살은 빠져 있었다. 순간 절망이었다. 바보 아빠 몸의 살은 도대체 어디로 숨었을까 싶은 실망스러운 아픔이고, 슬픔으로 사고의 흔적을 알려주고 있었다.

현재의 몸무게가 50.0kg 정도이니, 20여kg의 살을 어느새 찌운단 말인가. 앞은 까마득했다. 결국은 몸에 살이 있어야 근육도 쉽게 늘고, 건강미 넘치는 몸을 만들어 가기가 쉽다는데, 모두가 생각하기 싫은 아쉬움이다. 그래도 깡마른 팔과 가슴에는 꾸준한 근력운동의 효과로 팔의 알통은 조금씩 솟아오르고 있었다. 내심은 뿌듯함의 값진 선물이 분명하였다.

아내 수네 여사는 바보 아빠의 몸에 좋다는 것은 무엇이든 구하여 음식을 만들어 주었고, 친구들이 보내주고 챙겨준 것들이 참으로 많았다. 고마움과 감사함의 속 깊은 우정이었다.

보약과 흑삼, 호박죽, 고구마, 블루베리, 오디, 돼지감자, 토마토즙, 햅쌀, 김치, 참기름, 고춧가루 등 양념류와 버섯까지도 충분히 먹을 만큼은 섭취했다. 그래도 쉽지 않았다. 이는 더 오랜 시간이 흘러야만 하는 인내의 기다림이 필요한 것으로 남겨둘 수밖에는 없었다. 관심과 사랑을 주신 모든 친구에게 고맙고, 감사하다. 감사의 마음을 담은 인사의 흔적으로 책 속에 한 줄을 남긴다.

몸에는 살을 찌우고 근력을 키우며 면역력을 향상하는 방법은 잘 먹고 운동을 하며, 기다리는 방법 외에는 다른 뾰족한 방법은 없을 듯도 하였다. 언젠가는 살이 붙겠지, 희망으로 그날을 기다려 보아야 하는 것이 현재의 삶에서 할 수가 있는 전부다.

라. 새싹이 돋아나다

봄날의 희망은 뽀얗게 홍조 띤 얼굴에서부터 시작되었다. 바보 아빠 자신도 잘 모르는 것을 주변의 사람들은 좋아졌다고 이구동성으로 말을 한다. 놀랄 일로 토끼 눈이 되었다.

 스포츠 센터에서 운동하는 사람 중에는 자전거를 타다가 넘어져 크게 다친 사람, 내출혈로 쓰러진 사람 등 30대에서 70대까지 모두가 바보 아빠의 놀라운 변화를 지켜보면서 탄성이었다. 응원과 격려의 박수까지 보내주고 있었다. 그것은 눈물의 씨앗을 뿌린 선물이고, 징표이었다. 그리고 봄에 돋아나는 새싹이었다. 이제는 정말 살았구나. 산 넘고 물 건너 돌고 돌아 모진 풍파의 위협을 극복하면서 늦었지만, 제자리로 돌아온 느낌이다.

 봄에 돋아나는 새싹처럼 모진 한파에도 얼어 죽지를 아니하고, 싹을 틔우고 꽃을 피우니 이 얼마나 좋은가.

 이제는 모두에게 고마움과 감사함으로 남은 삶을 살아야만 한다는 고민 끝에 얻은 삶의 최종목적이 되고 있었다. 오늘이 있기까지 새 생명을 주고, 관심을 주신 바보 아빠를 아는 모든 분께 정말 고맙고, 감사하다. 큰절을 올리고 싶다. 수많은 사람이 내어주신 큰 덕으로 기적같이 살아 돌아와 제3의 삶을 살고 있다. 새로운 변화 속에 도전하게 되었으니, 더욱 그러하다.

 이제 8부 능선을 넘었다. 고지가 바로 저기인데, 여기서 멈출 수는 없지 않은가. 다시 희망을 품은 재활과 치유의 도전은 계속되었다. 바보 아빠를 위해 헌신한 아내 수네 여사와 아이들 셋, 그리고 응원과 격려와 물심양면으로 도움을 주신 모든 이들의 따스함과 포근함의 덕분이다.

 사랑의 은혜에 보답하기 위해서라도, 다시 사는 인생은

웃음꽃도 피우고 꿀맛처럼 달콤한 사랑 꽃을 피워 향기를 나누는 삶으로 발전시키겠다는 다짐이다. 사는 동안 순간 불어 닥친 위협과 위험을 극복하기 위해서는 인내하면서, 포기하지 않으면 반드시 희망의 꽃을 피우리라는 것을 확신하였다. 받은 만큼 이상으로 베풀면서, 성실하고 정직하게 노력하는 삶을 살고자 다짐하는 바보 아빠의 굳은 마음이다.

재활과 치유의 힘든 여정을 잘 소화를 시키면서, 더 멋진 꿈과 희망을 품고서 한 단계 발전되는 모습으로 재활 및 치유는 시작되고 있었다.

오랜 시간 동안 함께 해주신 모든 분께 정말로 고맙습니다. 감사합니다. 그리고 사랑하겠습니다. 바보 아빠의 큰 마음은 재활의 8부 능선을 넘어 기쁜 마음을 전하고 있었다.

제2부
새싹으로 탈바꿈한
재활의 시작

세월이 약이겠지요.
재활과 치유는 오랜 시간의 기다림이 필요한 것이다.
자신과의 싸움이다.

어떤 결과를 얻을 것인가는 두 번째이고,
쉼 없이 성실하게 노력하는 꾸준함이
재활과 치유의 길에서 승리자가 되어
월계관을 쓰는 것이다.

인생길 고단하고 고통스러운 재활의 시간은
다 함께 노력하는 것이다.
서로 돕고 응원하면서 격려의 박수를 보내며
삼위일체가 되어야 한다.
그리고 포기는 금물이고,
악착같이 이를 악물고 늘어지면서 버텨야 한다.

그래야 사는 재미를 찾고,
웃음꽃과 사랑 꽃을 피울 수가 있는 것이다.

7. 봄날의 느긋한 마음으로 재활과 치유의 꿈 찾기

어느 봄날의 아침이다. 일상에서의 코로나19와 돌변하는 기후 및 기상 등의 위험한 삶의 전쟁 상황 속에서 살아남아 숨쉬기를 위한 건강한 밥상과 건강한 운동의 삶으로 숨 가쁜 도전은 다시 시작이다.

낮과 밤의 일교차는 수그러들지 않고 있었다. 그러나 더이상 멈추어 버린 삶으로 세월을 보내기는 아쉽고 아까운 삶이 분명하였다. 박차고 일어나 이겨내고 극복해야만 했다. 이제, 기지개를 켜고, 바보 아빠의 삶을 찾아 살아가는 유일한 장점이었던, 새로운 삶의 개척과 도전의 아름다운 멋을 위한 페달을 힘차게 밟고 있다.

삶의 주어진 시간과 함께 놀고, 기회를 다시 찾고 누리고 있음도 결코 포기를 하지 않았다. 새로운 맛과 멋을 찾아 산과 바다, 섬들의 틈바구니와 해파랑길을 걷고 오르고 달리려는 강한 도전과 의지가 있었기에 가능하였다. 바보 아빠의 몸은 말하고 있었다.

바보 아빠 너는 말이야, 긍정의 정신과 도전적인 사고가 강하였기에 급한 하늘길을 가지 않고서, 현재를 나누고 누리고 있는 것이란다. 귀띔도 해주고 있다.

현재 머무는 도심 속의 터전이 그래도 참 좋은 생활 여건이 보장된 환경에서 살고 있구나. 집으로부터 반경 2.0km 이내에 여러 개의 마트와 문화 공간, 체육시설, 크고 작은 공원까지 자리 잡고 있었다. 그 어느 곳 어느 도시가 부럽지 않은 환경과 여건이다.

어려운 사회 환경과 여건에서 집에서 쉬면서 하루 세끼

의 건강한 밥을 먹을 수가 있다. 돈 벌기 위해 직장에 다니며 사람들과의 치열한 마찰과 실익을 얻기 위한 몸부림이 없는 현재의 삶이 좋다. 대만족이라고 말을 하는 것이다. 그것이 사는 재미이고, 멋일 것이다. 그런 마음의 긍정과 욕심 없는 낙천의 사고가 이제 조금씩 뿌리를 내리었고, 자리를 잡아가고 있는 것 같다. 사는 것이 별거 있나 내 마음이 편하면 되는 것이라고, 즐겁고 보람된 삶이 행복이지 싶었다. 그래서 오늘은 더욱더 좋은 봄날이다.

아이들 셋 모두가 자기 위치에서 떳떳한 직업과 직장을 갖고 일을 해주고 있으니, 덤으로 삶을 얻고 누리는 것은 참 좋은 관계이고, 인연으로 찾아온 행복이다. 물론, 당사자들은 직장 내에서 어려움도 많을 것이었고, 그 마음은 충분히 이해하고 존경하는 마음도 가득하다. 그런 과정을 연속으로 거치면서 숙련된 삶으로 자아를 발견하고, 성찰하게 된다는 것을 알게 될 것이다. 그런 삶의 환경과 여건이 만들어 주니, 오월의 따사로운 햇살을 받아먹으며, 눈으로 보고 귀로 듣고 입으로 말을 한다. 가슴으로 안아서 뇌리에 저장시켜 둘 수 있기에 아주 좋은 봄날이다.

아주 오랜만에 아내 수네 여사에게도 절친한 고교 동창 친구와 함께 점심과 저녁도 나누고 오붓한 대화로 집 걱정 없이 놀다가 오라고 시간을 배려하였다. 인생은 그렇게 사는 것이다. 불요불급과 경중 완급으로 내가 하지 않으면 누군가가 대신하여 집안 살림 하나쯤이야 해결되지 못하리오.

아침상을 물리고, 커피 한 잔의 여유로 비발디의 '사계'와 고니랑 놀다가는 어느 날부터인가 보약 같은 잠이 취미가 되고 친구인 듯이 낮잠도 청하는 여유도 누려 보고 있었다. 가끔은 간섭도 받지 않고 하고 싶은 대로 사는 것도 참 좋다.

'일어나, 일어나' 노랫말을 흥얼거리면서 맛있는 점심도 먹고서 자전거에 올랐다. 목적지는 호수공원을 한 바퀴 돌아와 아늑하고 편안하고 넉넉함이 있는 봄의 자리에 머물러 서서 자연을 보고 듣고 노래하는 것이다.

큰대자로 자리를 잡고 누워서 일광욕 한번은 제대로 누려 보자고 다짐하고 출발한다. 일단은 몸이 포동포동하다. 근육도 살아 있는 것 같으니, 만지는 느낌의 촉감도 좋았다. 사는 맛이 좋아 흐뭇하다.

호수공원은 평일이나 사람은 많았다. 자전거 길과 걷는 사람 길에도 질서를 지키지 않는 사람들도 많다. 안전 위험도 도사리고 있었다.

공원 한 바퀴는 화사한 봄날이다. 사람들도 많다. 장미와 작약, 노랑과 파랑의 붓꽃, 호수 한 편에 핀 찔레꽃, 하얗고 빨간 수란의 자태도 너무나 예쁘다. 아름다움으로 다가와 안기고 있었다.

오랜 기간의 세월을 아름다운 도시 고양시의 동네에 살면서 그 틈새를 처음으로 찾아 기우뚱기우뚱하며 걸어 보았다. 수란이 있고, 바람에 흔들리는 갈대와 수양버들 사이의 난간에는 데크가 있는 작은 공간이다. 새소리와 물소리, 물고기가 헤엄치고 먹이를 찾는 소리까지 누리는 함께하고 싶은 자연의 소리다. 이렇게 아름다운 곳을 몰랐다니 아쉬움만 가득하다. 작은 소리의 음악도 함께하였다. 그 순간은 훨훨 날아가는 느낌이었다. 숨거나 사라지는 것으로 놓칠세라 아까웠다. 너를 다시 찾아서 놀리라. 좋기만 하다.

다가오는 주말에는 봄봄(준기)이네와 함께 짤막한 거리의 호수 변 산책을 하자고 했다. 이유 불문으로 사전 예약을 해 놓고 '꼼짝 마라'다. 그날이 어서 오라고 손짓으로 신호를 보내주고 있었다. 그런데, 아직 응답은 없었다. 도로가 밀리니, 신호도 진출하지 못하고 있는 듯하다. 이내 잔잔한 호숫가에는 바람은 일고, 바보 아빠의 친구인 자전거에 올라 슬그머니 페달을 밟아 돌리고 있었다. 어느새 집 앞이다.

이제 급한 것도 없다. 느긋함으로 저녁을 맞이한다. 간식을 맛보며 해님을 서녘으로 보내주고 있다. 우리 내일은 더 멋진 모습으로 그곳에서 그 시간에 다시 만나 얘기하고 노래하자고 새끼손가락을 걸어 약속하였다. 참 좋은 여유로 느긋한 하루다. 어느 봄날에 바보 아빠는 색다른 추억 하나를 쌓고 있었다. 내년에는 봄봄(준기, 손자)이와 함께하리라.

홀로 걷고 달려보는 봄날의 추억은 소풍 가방에 쌓이고 있었다. 도망가지 못하도록 자크는 조용히 힘을 주어 문을 닫아두고 있었다. 재활과 치유의 기간에 새로운 활력을 찾는 시간이었다.

희망의 새싹이 돋아나는 봄날의 시작이다.

8. 마트에서 만난 카트와의 인연으로 건강 찾기

세월이 약이겠지요. 참으로 많은 세월이 흘렀다. 그 세월은 소리도 없이 해가 뜨고 지고, 달이 뜨고 지고를 반복하였다. 하루라는 시간은 그냥 지나가 버렸다. 그리고 어느새 그 세월의 흐름에 묻히고 섞이면서 검은 머리는 파뿌리가 되었다. 나이를 먹어 익어가고 있다.

죽을 고비를 여러 번 넘나들었다. 고통 속에 고난의 지게를 메고 버티었다. 악착같은 포기 없는 삶으로 저승사자와의 생명선 전투를 치열하게 하였다. 물고 늘어지는 길고도 질긴 싸움에서 바보 아빠는 값진 승리를 하였다. 이후, 퇴원한 지가 어느덧 2년이 다 되어 가는 시간이 흘렀다.

퇴원하는 그날은 몸도 가누지를 못하고, 전체적인 기력이 부족하여 스스로 몸의 균형을 잡고 움직이거나 거동을 자유자재로 할 수 없는 최악의 악조건에서의 연속적인 상황은 계속 전개되고 있었다. 몸을 가눌 힘이 부족하니, 휠체어에 의지하고 하나밖에 없는 착한 아들의 등에 업히어 오르내리었다. 걸음마 연습을 하던 때가 엊그제인 것 같다. 야속하게도 많은 시간은 흘러가고 있었음을 알게 되었다.

전체적으로 부었던 몸의 무게는 환자의 상태로 보아서는 썩 나쁘지 않은 몸이었다. 하지만 어느 한순간, 주삿바늘에 의해 영양이 공급되던 것들이 마무리되어 차단되었다. 순간, 바보 아빠의 몸은 강냉이죽을 한 그릇도 못 먹고 입에 풀칠도 못 한 것만 같은, 아프리카 난민들의 모습을 연상이라도 하듯이 기아의 홀쭉이가 되어 있었다. 특히, 엉덩이에는 앙상한 뼈만 남아 휠체어와 차량의 좌석에 앉아 있는 것 자체의 모든 것이 울고만 싶은 고통스러운 아픔의 연속이었다.

지난해 겨울의 끝자락, 그리고 새싹이 돋는 봄이 오던 어느 날부터 자립에 의한 강인한 열정은 시작되었다. 살기 위한 재활은 스스로 찾아 나서는 의지로부터 시작되었다. 그 재활의 첫 시작은 일산 대화동에 있는 농협 하나로마트 고양 유통센터의 매장 내의 공간들이었다. 혼자의 힘으로는 거동 자체가 어렵고 불편한 상황에서 지팡이와 아내 수네 여사가 내어주는 왼손은 살기 위한 순간의 최후 버팀목이었다. 어느 순간 마지막일지도 모를 처절한 몸부림이다. 이후, 하나로 마트까지는 차량으로 이동하고, 지팡이를 짚고서 살금살금 걸어 자동 출입문을 통과한 후의 일이다. 입구에 비치되어 있었던 카트를 동전 한 닢 넣어 보관대에서 빼내어 잡고서는 기울어진 몸을 맡기면서 밀어 나가는 것이다.

건강한 몸이라면 두리번거리면서 진열된 다양한 상품과 사람 구경, 음식 내음과 입맞춤도 한다. 신선한 먹거리를 찾는 것이 쏠쏠한 기쁨이고, 재미였다. 지나온 그 시간은 누렁 황소 한 마리가 쟁기를 끌고 논을 갈던 이상의 힘든 고난의 지게를 진 것 같기만 하다. 거친 숨을 몰아쉬고 있었다.

휘리릭 걷는다면, 전체의 거리가 1.0km도 채 안 되는 짧은 거리이고 별거 아닌 상황이다. 작은 수레에 의지하여 밀고 나아가면서 걷는 것이 그리 쉽지 않았다. 참기 힘든 인내를 요구하고 있었음을 알게 되었다. 처음의 시작은 그랬다.

그곳 하나로 마트는 바보 아빠만의 재활훈련장이 되었다. 매일 반복된 걷고 밀고 나가는 훈련은 날이 바뀌어 가면서, 힘이 붙고 걸음걸이에도 변화를 가져다주었다. 그 이후에는 매장 내를 벗어나 한때는 영화 촬영이 한창 진행되었던 주유소와 유통센터의 뒷길 외곽으로까지 진출하고, 이어서 생태공원을 걷고 있었다. 봄기운을 맞으면서 그새 한 바퀴를 돌아오고 있었다.

시간의 흐름 속에 운동량은 점점 늘어나고, 화훼단지까지 확대해 가면서, 화사한 꽃구경과 함께 마음에도 보약의 거름 한 봉지를 주는 것 같은 기분 좋은 시간으로 안기어 왔다. 산다는 것이 어떤 것 인가의 쾌감을 보고 느낄 수가 있었다.

차츰 회복 속도가 빨라지면서, 지팡이에 의존하여 세 살배기 꼬마처럼 기우뚱도 하면서 홀로 걷기를 시작했다. 카트 운동의 영향으로 동네의 작은 공원과 호수공원, 스포츠 센터로의 재활 운동 공간은 확대가 되면서 기억하기 싫은 지난날들의 아픈 기억을 끄집어낸 것이다.

그리고 글을 쓰기 시작하였다. 아픔과 고통의 순간을 기억시키고, 바보 아빠보다도 더 어려운 환우와 사람들에게 널리 알려주기 위해서다. 써 내려간 글들은 완전하지 않았지만, 고통과 고난을 받는 사람들에게 작은 꿈과 희망을 주기 위하여, 밴드와 카카오스토리에 올리고, 공유까지 하게 되었다.

어느 날부터 인가는 글 속에 비추어진 글과 이미지 덕분에 아프고 고통받는 사람들에게는 살 수 있다는 희망이 되었다. 포기하지 않으면 살 수 있다는 삶에 대한 꿈도 안겨 주었다. 그 여파로 고양시를 포함한 전국의 수많은 동기와 동문으로부터 응원과 격려를 받았다. 자랑스러운 바보 아빠로 탈바꿈되어 어느새 유명 인사가 되어가고 있었음을 실감하게 되었다.

지속된 농협 고양 유통센터에서의 카트를 이용한 재활운동은 쉼 없이 계속되었다. 어느 날은 그곳에서 핸드폰에 저장된 사진을 인쇄하여 목각의 액자를 만드는 '착한 사진 나무'의 대표 후배가 먼저 알아보고 인사도 나누게 되었다.

잠시 후의 시간에는 전체 사업장의 사장으로 발령받아 오게 된 동기를 만나는 행운도 있었다. 사무실을 찾아 인사와 따뜻한 차를 나누면서 재활의 삶 속에서 추억이 새록새록 쌓이고, 추억이 어린 곳이라고 자랑도 하였다. 이후, 차를 나누면서 소통, 그리고 교감의 시간도 갖게 되는 짤막한 사이에 작은 공간에서 사업을 하는 '착한 사진나무' 대표께서는 어느새 밴드에 올려진 글 속에서 사진을 찾아 액자를 완성하였다. 이내 사장실로 달려와 바보 아빠에게 건네어 주는 착한 친구가 있었음을 알게 되었다. 어쩌면 별거 아니라고 생각할 수 있지만, 그 정성스러운 마음이 기특하고 고맙기만 하였다.

어느 날에는 아내 수네 여사와 함께 다정한 모습으로 농협 고양 유통센터를 다시 찾고 있었다. 카트와의 인연을 아름다움으로 노래하고 있었다. 살아 숨 쉬기 위한 재활의 기회와 기쁨을 안겨준 농협 고양 유통센터의 카트는, 바보 아빠에게는 잊을 수 없는 소중하게 간직해야 할 추억의 손수레다. 이곳에서부터 시작된 재활과 치유는 힘을 얻게 되었고, 용기를 낼 수가 있었다.

재활의 역할을 톡톡히 해주었던 카트는 삶의 큰 희망이었다. 내게 용기를 준 찬스 사용의 기회가 되어준 것이다.

자신감으로 긍정과 적극적인 자세로 움직이고 활동하는 강한 도전정신, 아무리 어렵고 힘든 상황이 닥치더라도 포기를 하지 않는 정신적 자세는 재활과 치유의 꿈과 희망을 높여주는 계기가 되었다.

9. 초복날 스포츠 센터에서 생긴 일

어느 여름날에 폭우가 쏟아진 후의 날씨는 아이러니한 하루이다. 맑고 밝은 청명함이 가득하리라고 예상하였건만, 미세먼지도 가득하고 찜통더위는 이어지고 있다.

바보 아빠의 몸은 따뜻함을 바라는 듯 견딜만하여 참으로 좋기는 하였으나, 아내 수네 여사는 정반대로 더위와의 전쟁은 계속이다. 아내 수네 여사의 일정이 바쁘니, 하루의 일과가 뒤바뀌어 진행되고 있다. 오후에 운동해야 하니 이른 아침부터 스포츠 센터로 향하고 있다.

스포츠 센터에 도착(09:08)하니, 부지런한 사람들은 많기도 하다. 그새 운동복으로 갈아입고서 런닝머신과 자전거 타기, 상하체 근력운동 등을 한다. 오후 시간에 비하면 꽤 많은 사람들의 보기 드문 현상이 아닐 수 없다. 사람은 많지만, 그래도 각자 운동에 전념하면서 흘러나오는 음악 소리 이외에는 조용하고 시원하였다. 나이 들어 익어가는 시기에는 저렇게 자유와 여유를 가져야 한다는 바보 아빠의 말이 맞는 듯하다.

좀 더 시간이 흐를 즈음에 갑작스러운 1개 소대 규모의 아주머니 부대가 총집결하고, 복잡다단하여지고 있었다. 아주머니들은 기구를 활용하여 운동하러 온 사람들이 아니고, 요가 교실에서 신나게 재즈 음악에 맞추어 몸을 흔들면서, 춤을 추러 온 사람들이다. 그것도 운동은 운동이었다. 순간, 스포츠 센터는 왁자지껄 극성스럽고 요란하다. 센터에서 기본적으로 깔아주는 음악 외에 요가 교실에서 흘러나오는 음악 소리가 서로 뒤엉켜있었다.

요가 교실에서 운동할 때는 밖의 음악은 차단하는 것이 옳은 일이 아닐까. 그래도 들어 줄 만은 하다. 참을 만도 했다. 신나게 몸을 흔들면서 운동을 하는 것은 좋은 것이다. 이내 고음이 울려 퍼지고 있었다. 그 목소리 한번 우렁차고 고등학교 시절에 교련 교육의 열병과 분열의 지휘를 위한 지휘자로 추천받으면 1번일 것 같다는 생각도 들고 있었다.

그래도 돈 내고 운동하고 요가 교실에서 하는 것이기 때문에 이해가 되었다. 실컷 움직이면서, 뛰고 흔들어야 굳은 몸도 풀리고, 스트레스도 해소되는 것을 의심치는 않는다.

그러나 런닝머신과 자전거 타는 아주머니들까지 덩달아 2~3명 단위로 조잘조잘 아우성으로 가득하다. 아마도 밤새 남편과 아이들에게 시달린 느낌이다. 그 스트레스를 운동하러 와서 푸는구나. 긍정의 생각도 하는 시간이다. 아하, 이것도 바보 아빠가 모르는 사람 사는 세상이었구나. 그냥 웃음은 나오고 여성들을 이해하는 계기가 되었다. 사회에 조금씩 적응하여 가니, 사회를 이해하는 멋도 차곡차곡 곳간에 쌓여가는 것 같아 좋기만 한 하루다.

이제 본격적으로 스포츠 센터를 이용하여 운동하기 시작한 것이 1년 중의 반(약 6개월)이 되어가고 있었다. 그동안 걸음마 단계에서부터 현재까지의 과정과 결과를 볼 때 괄목할 만한 성과가 있었던 것은 사실이다. 자기 몸 하나 가누지 못하던 바보 아빠가 이제는 지팡이를 놓고 완전하지는 않지만 걸으면서 각종 운동기구를 다루고, 5Kg도 다루기 힘들었던 힘이, 이제는 30Kg 이상을 자유자재로 다루는 계기가 되어 움직이는 능력을 갖추었다. 참으로 대단한 놈이라고 자화자찬 속에 미소를 지으며 뿌듯함을 생산하는 것이다. 쌀 한 가마를 자유롭게 가지고 놀 때까지는 빈틈이 없는 집중 또 집중하리라고 다짐도 하였다.

3월 중순 어느 날에 70이 훌쩍 넘으신 어르신께서는 '봄에 돋아나는 새싹 같다.'라는 말씀을 해주신 적이 있다. 어제는 다시 말을 건네주고 있었다. 바보 아빠가 용수철 같아졌다고 말씀해 주고 계시었다. 고마운 응원과 격려이었고, 무언의 미소와 힘이 생기고 있다. 그만큼 의자에서 일어서고 걷는 것 등이 일취월장으로 빠르게 한 두 단계 이상은 좋아지고 있다는 의미일 것이다. 그 어르신은 사고로 허리에는 4개의 심을 박아 놓은 상태로 하루도 거르지 않고, 매일 똑같은 시간에 스포츠 센터를 찾아와 운동하고 계신다. 이유인즉, 몸을 풀어 주고 혈액순환을 시키기 위해서라고 말씀하시면서 앞으로 30년 이상은 살아야 한다는 것이다. 삶의 자신감이 대단하신 어르신이다. 바보 아빠가 보아도 멋스럽고 대단하신 어르신이 분명하였다. 매일 넥타이를 매고 오시어, 운동을 마친 후에는 머리에 기름까지 바르면서 가지런히 자신을 가꾸고 계시는 멋쟁이 할아버지이다. 자기 몸을 아끼며 사랑하는 것이다. "할아버지께서는 어두운 밤에 무슨 일을 하시기에 그렇게 멋을 내어 가꾸시는지요?" 여쭈어보았다. 약 15년 전부터 현재까지, 오후 6시부터 아침 7시까지 무려 13시간을 수도권을 누비면서 대리운전 일을 하신다는 것이다. 바보 아빠는 깜짝 놀라면서 입은 열어져 있었다. 먹고 살기 위한 의지의 한국인이 분명하였다.

스포츠 센터에는 60대 이상의 남녀 어르신과 뇌졸중과 뇌출혈 등으로 팔과 다리를 자유자재로 움직이지 못하고 재활 운동을 하는 사람들이 의외로 많다. 그 많은 사람이 이구동성으로 하는 말씀은 나이가 들어갈수록 살기 위한 방법은 운동이 최고의 보약이고, 친구가 되어야 산다는 것이다.

그분들의 관심은 의외였다. 바보 아빠의 변화된 운동 효과를 보고서는 깜짝깜짝 놀랜다고 했다. 운동 효과를 제대로 보는 사람이 이곳에서는 바보 아빠라는 말이다. 그날의 기분은 최고다. 전체의 운동하는 사람들에게 아이스크림 하나씩을 돌려야만 하는 것은 아닌가. 머리를 긁적이고 있어야만 하는 바보 아빠다.

운동은 끝나가고 배고픔이 느껴지고 있다. 아내 수네 여사는 오늘은 초복인데 무엇을 먹으러 갈까요 하고 말을 건네주고 있다. 오늘이 초복이란다. 먹거리가 풍요로운 시절이 되니, 먹는 것에는 큰 관심이 없다. 그러면 삼계탕 먹으러 그곳으로 갑시다. 복날의 만원사례를 실감하고 있었다.

복날은 분명 복날이었다. 40분을 기다려주는 여유로 삼계탕 한 그릇을 맛있게 먹는 호사를 바보 아빠와 아내 수네 여사는 누리고 있었다. 바보 아빠의 현 상황은 상대방에 대한 이해와 배려의 마음, 기다림의 예절을 몸과 마음에 가득 담아서 오는 기분 좋은 초복의 하루다.

칭찬과 배려는 타인에 대한 예의이고, 예절이다. 기다림은 삶의 지혜라는 것을 얻는 기회의 하루가 되었다.

재활과 치유는 오랜 기다림의 시간이 필요하다. 짧은 시간에 효과를 이루고, 성공을 기대하여서는 안 된다는 사실을 알아야 한다. 꾸준함이 효과가 빠른 약 처방이다.

10. 지팡이와 함께한 진한 사랑과 포상 휴가 보내기

사람은 살아가면서 희망이라는 것을 보고 먹고 나누고 누릴 줄 아는 생각하는 지능을 가졌기에 그것을 언젠가는 쟁취할 수 있다는 희망으로 살아간다. 세상에 태어나 살아가는 사람들 모두에게 개인이 가지고 싶은 희망 속에 소중한 꿈이 꼭 이루어지는 멋지고 아름다운 행복한 삶이 되었으면 참으로 좋겠다는 생각을 많이도 한다.

오랜 시간 바보 아빠와 한 몸이 되어 함께한 시간 속에서 나눈 지팡이와의 사랑 이야기를 쓰기 위하여 인터넷을 검색하여 보니, 그 이름과 종류는 많기도 하다. 알고 계시는 해리포터의 마술지팡이와 꼬마 아이들에게 들려주고 싶은 지혜로운 요술 지팡이, 이솝우화 등이 있다.

지팡이의 이름과 종류도 여러 가지다. 참으로 많다. 네발 지팡이, 노인용 라이트 사발 접이식 지팡이, 효도 지팡이, 실버 노인 지팡이, 사발 지팡이, 보행 보조 지팡이, 고령자 지팡이, 혼자서는 지팡이, 고품격 허리케인 지팡이 등 대충 이러하였다. 용도는 똑같은 지팡이다. 걸을 때나 서 있을 때 몸의 균형을 유지하기 위하여 짚는 지팡이, 이 친구가 지난 약 7개월여를 바보 아빠의 발이 되어 함께하여준 지팡이다. 값으로 따지면 별거 아니다. 하지만, 바보 아빠의 삶 속에서는 희로애락을 함께하여 준 참 멋진 친구다.

드디어, 현충일 날의 오후부터 발이 되어 함께하여 주었던 지팡이에게 바보 아빠는 포상 휴가를 주었다. 바보 아빠는 지팡이의 도움과 가족과 친구 등 많은 사람의 응원과 격려가 힘이 되었다. 이제는 혼자서 아장아장 걷게 되었기 때문이다. 삶 중에 또 하나의 기쁜 소식이 아닐 수가 없다.

기특하고 대견하고, 바보 아빠가 보아도 절대로 포기하지 않는 의지가 강한 친구다. 도전의 신념이 분명한 사나이 중에 진짜 사나이인 것은 분명하다. 조금만 더 힘을 내어준다면, 잘 되리라는 예감이 들었다.

보금자리에서 그리고 외출할 때나 운동하러 갈 때도 쉬지 않고, 늘 함께해 준 그 친구가 오늘은 더 고맙기만 하다. 그 친구에게 무엇 하나 해준 것이 없었기에 쳐다보고 있으려니 눈물도 났다. 그 친구가 보여 준 한없는 사랑이 가슴으로 가득히 들어와 자리를 잡고 있었다. 그 친구는 어느 공장에서 생산되어 새 옷으로 갈아입고, 지난 가을 어느 날에 바보 아빠에게로 팔려 와 친구가 되었다.

세월이 흐르니, 그 친구도 머리부터 발끝까지 긁히고 부딪히어, 어느 숲속의 가시덤불에서 소풍 놀이라도 다녀온 듯한 상처투성이였다. 쉼 없이 많이도 걸었는지 삐걱삐걱하며, 신음소리를 내기도 하였다. 바보 아빠가 아프고 고통스러웠을 만큼이다. 친구야, 모질고 세찬 바람 헤치며, 흙과 아스팔트 위에서 함께 호흡하느라 무척이나 힘들었지, 정말 고맙다. 너의 마음은 다 알고 있어, 그러니 걱정일랑은 말아다오.

그리하여 바보 아빠는 지팡이에게 자유와 여유 속에 휴식을 취하면서 재충전하라고 긴 포상 휴가를 주었다. 그것도 아주 오랜 기간이다.

널, 버리거나 다른 사람에게 양도하지도 않을 것이다. 휴가를 다녀오면 삶이 다하는 그날까지 쉬면서 바보 아빠와 사랑을 나누도록 하자구나. 마음을 건네고 있었다. 그렇게 지팡이는 말없이 먼 길 따라 긴 포상 휴가를 떠났다.

이후에 나이 들어가는 어느 날 도움이 필요한 위기의 상황이 오면, 다시 나타나 발이 되어주고 함께 놀아주리라고 약속도 하면서, 잠시 이별을 하고 있었다.

그런데 그 친구가 휴가 간 날이 현충일이다. 우연의 일치 일지도 싶다. 호국영령들께서 다시 한번 삶의 기회를 주신 건 아닌지 생각도 해 본 하루다. 말도 못 하고 움직임도 없는 하찮은 나무이고, 무쇠 덩어리다. 거동이 불편하고 제한되는 사람들에게는 꿈과 희망의 도구가 되어준 지팡이에게 고마움의 박수를 보내주고 있었다. 이제는 홀로 서서 뛰고 달리고 오르도록 더 열심히 땀을 흘리는 노력으로 더 멀리 더 높이 움직여 보겠다고 조심스럽게 다짐도 하고 있다.

휴가를 떠난 지팡이는 비가 오나 눈이 오나 바람이 불어와도 바보 아빠의 가까운 사랑하는 친구이다. 시간이 흘러 바보 아빠가 부르면 내 친구 지팡이는 휴가를 마치고 돌아와 함께하는 동행의 길을 걸어 줄 것이다.

지팡이는 재활과 치유를 위해 큰 도움을 주었다. 그 덕에 지팡이 없이도 걷는 힘과 용기를 얻었다. 인생 소풍 길의 고마운 친구는 지팡이가 된 것이다.

11. 운동화 한 켤레와 사랑 나누기

'새신을 신고 뛰어보자 팔짝, 머리가 하늘까지 닿겠네'
얼마나 날아갈 듯 기분이 좋으면 그랬을까 하는 그 시절의 동심으로 문을 활짝 열고 들어가 보았다. 분명, 그리움만 쌓이는 그 시절이다. 나막신과 볏집으로 만든 짚신을 조상들은 만들어 신었고, 왕자표 검정 고무신과 하얀 고무신이 신발의 대세이었다. 세월은 흘러, 왕자표 장화가 등장한다. 비만 오면 푹푹 빠지는 비포장 길과 논두렁, 밭두렁 길에서는 장화 하나면 신발로써는 최고의 가치가 인정되기도 하였다.

얼마 후에는 운동화와 실내화가 등장하고, 구두 한 켤레이면 평생을 신을 수 있었지 않았나. 그렇게 신발업계에는 급진전의 변화를 이루면서 호황을 누렸다.

이후, 신발은 진화하여 급속도로 발전되었다. 상상 초월의 화려한 색상과 디자인, 인공지능이 포함된 첨단의 새 신발들이 봇물처럼 쏟아져 나의 눈은 휘둥그레지고 있었다. 몸에 맞는 편안한 신발 아니 운동화가 최고였다. 값도 제법 나가는 고가다.

어느 날부터는 몸치장하는 것이 귀찮다는 생각이 밀려왔다. 한 달에 두 번 깎는 머리 손질을 위해 이발소에 가는 것도 싫어지고, 화려한 옷으로 몸을 휘감는 것과 구두를 신는 것조차도 불편하다고 호소하고 있었다. 이렇다 보니, 이발소는 한 달에 한 번 또는 건너뛰어 가까스로 두 달에 한 번 찾아가는 일도 많았다.

어느 날에는 이발소 아저씨와 아주머니의 인사말은 '오랜만에 오셨네요.'였다.

'아~ 예, 그런가요. 벌써 그렇게 되었네요.'

홀쭉이가 되어버린 몸치장은 더 싫어지고, 옷을 사서 입는 것조차도 사치라는 생각이 들었다. 나이를 먹는 것인가와 몸이 쇠약하고 불편하니, 뽐내고 폼을 잡는 옷매무

새도 싫어진 것이다. 퇴원한 지 3년이 되었으나, 화려한 옷과 신발일랑은 새로 구매하는 일이 없이 단벌이다. 바보 아빠의 주어진 상황과 여건에서는 필요가 없었다.

지난날의 정들었던 옷가지와 신발 등을 언젠가는 살이 붙어 원래의 모습으로 회복되면 다시 입고 신을 수 있겠지 하는 막연한 기대일지도 몰랐다.

기존의 정장과 옷 중에는 꽤 많은 돈을 들여 구매한 몇 벌의 옷이 있고, 다수의 기성복이 장롱 속에 걸려 언제나 입어줄까 하고, 줄을 서서 대기하고 있다. 홀쭉이가 되다 보니, 그들은 몸뻬바지로 둔갑하여 있는 것이다. '바보 아저씨, 이 옷을 입고 함께 꽃구경 가지 않을래요.' 그날이 어서 왔으면 좋겠다. 아련한 희망이고 소원이다.

그렇지 않으면 어느 날에 수많은 옷은 다 모아 길거리 모퉁이에 설치된 헌 옷 수거함으로 넣어 필요한 새 주인을 찾도록 기회를 주어야 한다.

어느 날 아내 수네 여사와 롯데 아울렛으로 쇼핑을 다녀왔다. 그곳에서 발에 꼭 맞는 아주 가벼운 트레킹 운동화를 하나 사기 위해서다. 매장에 들어서자마자 눈에 들어오는 신발 6켤레를 꺼내어 일렬횡대로 줄을 세워놓고 운동화를 신어보며 저울질하였다. 어떤 신발을 신을까? 운동화를 신고 벗고를 반복하여 최종 두 켤레를 낙점하여 하나를 선택하는 일만 남았다.

와우, 새 운동화를 드디어 샀구나. 미소를 먹은 환호성이다. 아이나 어른이나 새것을 받으면 그냥 좋긴 좋은가 보다. 하늘로 날아갈 듯하였다. 발의 통증 회복이 더딘 탓도 있다. 하체의 부실함으로 무거운 신발을 신고서 움직이고 활동한다는 것은 아픔이었다. 불편함으로 그 고통은 배가 되고 있었기 때문이다. 그 이유로 지금껏 운동화 한 켤레로 3년을 함께 움직이고 활동해 왔다. 외출과 운동, 그 어디를 가던 하늘색 나이키 운동화는 바보 아빠의 단짝이었다. 다정한 친구가 되었다.

그런데 어느 날이다. 아이들 셋과 아내 수네 여사 등 모두가 이구동성으로 하는 말이다. 아빠, 운동화가 너무 오래되고 낡아서 새것으로 하나 사셔야겠어요. 그런가, 난 지금 이 신발이 너무나도 좋고 제일 편안하단다. 어떡하지? 말하며 순간을 넘어가고 있었다. 비가 오고 눈이 와도 그곳이 어디이든 오랜 시간을 발이 되어 준 운동화다. 안성맞춤으로 익숙해진 탓일까도 싶었지만, 여러 곳의 신발가게를 찾아가 다수의 신발을 신어 보아도 지금의 운동화보다 좋은 것은 없었다. 작거나 무겁고, 색상이 맘에 안 든다는 핑계로 사는 것을 미루고 또 미루어 온 것이 사실이다.

그리고 오늘은 부부의 날이다. 더 이상 미루고 버틸 틈이 사라지고 있었다. 신발의 굽이 달아 높낮이가 바뀌어 있었고, 앞부분에는 구멍도 나 있었다. 내 발은 분명 불편이었다. 그러한 이유로 새 신발이 반드시 필요했다. 구입할 때가 드디어 온 것이다. 어떤 사이즈, 어떤 색상으로 할까. 이제는 그것이 걱정으로 밀려오고 있었다. 바보 아빠와 아내 수네 여사는 마음에 드는 운동화 한 켤레씩을 고른 후, 부부의 날이 주는 기념으로 상대방의 운동화 값을 낸다. 그렇게 새 신발을 하나씩 살 수가 있었다. '여보, 마음에 들면 두 개를 다 사세요.' 아내 수네 여사는 봄날인가 보다. 운동화를 한 번에 두 개씩이나 사라고 하니, 간도 큰가? 심쿵이다. 화들짝하고, 놀랠 수밖에 없다.

아주 가볍고 발에 잘 맞는 크기에 색상은 검정색으로 고르고, 움직이고 활동하는 데에 전혀 불편함이 없는 운동화로 선택했다. 그래, 우리 서로에게 필요한 친구로 오래오래 함께 하자구나 하고, 선택된 운동화를 들고 계산대에 서서 최종 카드 결제하려는 순간, 의외의 상황은 전개되고 있었다. 그것은 다름 아닌 박스와 운동화의 규격이 일치하지 않으니 판매를 할 수가 없다는 것이다. 덕분에 '새 신을 신고 뛰어보자 팔짝'을 한번 하려던 찰나의 순간은 물 건너가고, 허둥지둥 뒤돌아 집으로 돌아오고 있었다. 아쉬움이었다. 새 운동화를 신을 기회는 저만치 도망갔구나. 그 순간에 구세주는 나타났고, 운동화는 바보 아빠의 품에 다시 안기게 되었다. 구세주는 우리 집의 막내 지원 선생님이다. 내일은 새 운동화를 신고서 북한강 변의 자전거 길에서 몸도 마음도 가볍게 페달을 밟을 수 있게 되었다. 웃음꽃이 핀 미소가 쉬어가고 있다.

장롱과 옷 방, 신발장에는 입지를 않는 옷과 신지 않는 신발 등이 가득하다. 언제 이렇게 많은 것들을 사서 입었을까도 싶다. 이제 입지 않고 사용하지 않으면서, 불필요한 것들은 또 하나의 짐이고, 공간만을 차지하고 있기에 정리할 필요성과 그때가 된 것도 같았다. 몇 번 입지 않은 것부터, 많은 돈을 주고서 산 옷가지 등 세월에 맞지 않고 내 몸에 어울리지 않으니 내 것이 아님을 알게 되었다. 하나, 둘 가지치고, 정리하는 것도 삶 속에는 필요한 지혜라고 생각한 하루이었다.

운동화 한 켤레는 바보 아빠의 사랑을 확인하고, 가족 사랑을 알게 되는 가볍고 속이 꽉 찬 편안한 운동화 사랑이었다.

12. 병원 놀이의 고독한 눈물은 많이도 슬펐다

희비가 교차한 희로애락의 하루이다. 코로나19의 상황도 끝나지를 않고 계속 이어지면서 여운도 지속되고 있다. 5.18의 하루이어서도 더 그랬나 싶다.

5.18이 일어난 그해 1980년은 공부를 하기 위해 서울로 상경하였다. 열심히 학원에 다니면서 공부하여 좋은 대학에 가겠노라고 포부는 당당하였다. 어려운 가게 살림에도 아들을 위해 고진감래하며, 오직 자식 잘되기만을 바라셨다. 어렵고 힘든 일들을 하면서 즐거운 삶이 있다는 것도 모르신 채로 헌신해 주신 부모님이 고맙기만 하였다. 그것이 서글펐는지 천둥 번개를 동반한 강한 비바람이 예고된 하루이다. 뭔가 많이도 내릴 모양이었다.

그날 오후, 코로나19의 국가재난지원금을 신청하기 위하여 대화동 동사무소를 찾았다. 젊은 사람들로부터 몸이 불편한 나이 지긋하신 어르신들까지 긴 줄은 아니었지만, 많기는 하였다.

최가네의 바보 아빠가 오랜만에 하루 밥값을 제대로 하면서, 일금 80만 원을 벌어들인 하루이다. 그리고 받은 선불카드는 아내 수녀 여사에게 주권이 양도되고 있었다. 양도가 아닌 상납이다.

요즈음, 아내 수녀 여사의 지갑에는 돈 들어가는 소리가 멈추지를 않고 지속되고 있었다. 기분도 좋겠다는 생각으로 잠시 쉬어가고 있다.

거기까지는 좋았다. 재난지원금 카드를 받고, 두 번째 업무를 위해 '건누리 병원'을 찾아가는 길의 하늘은 뭔가 이상하다. 김포, 고양과 파주지역에 150밀리 이상의 물 폭탄이 쏟아진다는 예보도 있은 터라 이상하기만 하였다. 무언가 쏟아질 것 같아 무섭기까지 하다. 짧은 시간을 두고 병원에 도착과 함께 비는 엄청난 폭포수가 되어 쏟아지고 있었다. 이곳 병원을 찾은 이유는 경직된 몸의 근육을 풀어줘 좀 더 빠른 기쁨으로 회복과 치유 시간을 갖고자 도수치료의 예약접수 및 상담을 위해서다.

관절과 척추전문의의 진료를 받았다. 허리 X-레이 촬영 후 진단 결과는 척추 MRI 촬영을 해 보자는 것이다. 도대체 허리의 상태가 어떤지 궁금도 하여 기대 반 걱정 반으로 자투리 틈새에 시간을 활용하여 도수치료 예약은 마칠 수 있었다. 한참의 시간을 기다리어 MRI 촬영을 하였고, 의사 진단 결과와 치료 방향이 나왔다.

척추 5번은 선천적 척추분리증이고, 12번은 사고 후 일부 부서졌으나, 봉합이 되어 나은 상태라고 하였다. 12번은 수술이 불가다. 5번은 임플란트(철심)를 박아 고정하여 더 이상 확대되지 않도록 수술이 필요하다는 결과이다. 실없는 험한 막말의 잔소리는 의사의 넋두리였다. 고맙기도 하였지만, 그 순간만큼은 의사가 미워지고 있었다. 매번 병원을 오고 가면서 느끼는 것이 있다. 오만과 독선으로 가득한 인품이 부족한 의사들이 많다는 것을 알게 되었다. 그것이 늘 불만이다. 따뜻하게 약자의 입장에서 희망을 주면 좋을 텐데, 매번 아쉽기만 하였다. 인술이 아닌 돈이 먼저인 것 같아 화도 났다.

자주 많이 먹고, 열심히 걸으라는 얘기와 요양병원에 가는 처참한 삶으로 마감하지 않으려면 열심히 운동하고, 노력하라는 이야기이다. 눈물이 나도록 고마운 말이었지만, 심쿵으로 자존감마저 흔들렸다. 마음의 상처로 남는 것이다. 순간 많이도 처량하고 슬프기만 하였다. 이런 소리를 듣기 위해서 병원에 찾아온 것은 아니었는데, 아쉬움이다.

이유는 간단하다. 거두절미하고, 오늘이 있기까지의 험로의 투병 과정을 거치면서 살아남기 위한 통한의 재활 과정과 인체의 변화과정을 보면서 말 없는 눈물을 참 많이도 흘렸기 때문이다. 배가 나온 의사의 건강 상태가 더 걱정되는 찌들은 모습에서 너나 잘 해라고, 토닥이고 있었다.

척추 5번이 선천성 척추분리증이라고 하면, 지난 60여 년의 세월을 어떻게 견딜 수가 있었으며, 직업군인으로서 그 힘든 공수훈련과 일반훈련 등을 참고 인내할 수가 있었는가 싶은 생각이 들고 있었다. 의구심을 가질 수밖에는 없었기에, 진단 결과가 참으로 아이러니하여 화가 치밀고 있다.

이내 수술의 여부는 추후 결정하기로 하고, MRI 촬영비용을 절약하기 위한 방편으로 하룻밤 나이롱환자가 되어 입원하게 되었다.

입원실을 확인하고, 집에 돌아와 무거운 마음으로 저녁도 먹고 쉬다가 밤 10시 30분이 되어 다시 병원 입원실로 향하였다. 어두운 밤, 심쿵한 밤이다.

사전 협조하여 전기장판을 준비해 두었기에 망정이지, 간밤에 소리 소문도 없이 동사할 뻔하였다. 옆 침대의 다른 입원환자와 보호자는 추워서 잠을 설치는 모양으로 서로 춥지 않냐고 걱정으로 밤을 지새는 모습이다. 안타까움이다. 환자는 춥다는 사실을 바보 아빠는 익히 알고 있었기 때문이다.

발가락의 아림도 없이 하룻밤을 편안하게 잠을 이루고는 아침 06시가 되어 쏜살같이 병원을 벗어나 집으로 줄행랑을 치고 있었다. 어느 날부터는 채혈하는 병원과 돈 냄새만 맡는 병원이 정말 싫어지고 있었다. 근처도 가기 싫은 두려움으로 몸과 마음은 거부하는 것이다.

지금도 아주 많이 행복하다. 더 이상 무엇이 더 필요해야 행복하다고 말을 할 것인가를 푸념으로 속삭이며 토닥인다.

현재의 몸 상태는 의사의 진단 결과와는 전혀 다르게 좋은 쪽으로 회복되고 있다. 걱정이 없음이 분명한 자가 진단이다. 좀 더 회복되어 바보 아빠 스스로 자동차의 운전만 할 수 있는 상태가 된다면 두려울 것이 하나도 없다. 예약된 도수치료를 잘 받아보고, 시간적인 여유로 수술 여부는 결정하고 싶었다. 지금 이대로도 바보 아빠는 많이 행복하다. 행복을 찾아 노래하고 있었기 때문이다.

다시는 가기 싫은 병원을 찾는 일이 없고, 수술받으면서 침대에 누워 병원 신세를 지는 일이 없었으면 좋겠다고 소원하고 있다. 그런 환경이 조성되도록 조금만 더 노력해 보자고 토닥이었다. 자신의 격려 속에 다짐도 하였다. '바보 아빠 최정식, 너는 괜찮을 거야' 오늘도 그리고 내일도 계속 파이팅이다.

환자와 환우를 돈으로 보지 말고, 제대로 된 의술과 인술을 발휘하여, 나을 수가 있고, 살 수가 있다는 희망을 주는 병원 사람들이면 좋겠다는 메시지를 남겨두고 있다. 이 시각 전국의 병원에 입원하여 치료받고 계시는 환우 여러분에게 힘과 용기를 드리고 있었다. 좋은 생각 기쁜 마음으로 웃음꽃을 피우시면서 퇴원하시는 기쁨과 영광이 함께하시면 좋겠다는 생각이다. 쾌유를 바라는 소망을 담아 보았다.

13. 아내 수네 여사와 바보 아빠는 건강한가

이 세상의 살아가는 삶의 과정에서 가장 중요한 것은 무엇일까. '삶 중에 중요한 것은 건강이어라'이다. 부와 명예를 얻고 건강까지 튼튼하다면 최고이겠지만, 그렇지 않은 경우의 사람들이 참 많다는 것도 알게 되었다.

한번 왔다가 가는 공수래공수거(空手來空手去)의 삶이기에 아프지 않고 건강하게 산다는 것은 즐겁고 행복한 소풍이라고 거침없이 말할 수가 있다. '환갑'이라는 나이를 목전에 두고, 산악사고로 얻은 안전과 건강의 참맛을 보고 듣고 맛을 보는 것을 반복하였다. 이내 아픔의 고통스러운 서글픈 인생의 쓴맛을 매스껍게 받아들이면서 누리고 있기에 그 말을 자신 있게 하는 이유이었으리라고 믿고 있다.

살아온 삶의 연속적인 과정에서 병원 출입을 밥 먹듯이 하고, 현재도 최소 1년의 두 번 이상은 드나들며, 채혈하고 검사하는 일상이 된 현실이 바보 아빠의 삶이다. 웬만한 질병은 채혈 검사만으로도 발견하고 치유하는 기회를 얻을 수가 있는 의술의 발달은 깜짝 놀랄만한 세상에 살고 있기 때문이다.

국가 암 검진으로 매년 건강검진을 받으라는 안내장이 오고, SNS 독촉장도 도착하곤 하였다. 그런데도 무언가는 늘 두려움으로 완전하게 건강검진 받는 것을 껄끄러워했던 것이 사실이다. 특히나 아내 수네 여사는 더욱 그러하였다.

삶 속 주변의 환경과 여건은 분명 달랐다. 하나둘 암으로 쓰러지고, 항암치료를 받으며 생명 연장의 사투를 벌이다가 이내 급한 일이 있는 듯, 빠르게도 하늘나라로 가고야 마는 사람들이 많다.

바보 아빠는 그렇다 치고, 이제는 팔팔하게 공사판을 좌지우지하는 건강을 자신하는 나이는 조금씩 멀어지고, 분명 여기저기 이상의 신호가 접수되어 조심스럽게 두려움도 있는 것이다.

자신은 건강하다고 자신하였지만, 옆에서 지켜보는 남편 바보 아빠의 마음은 늘 좌불안석으로 불안하기만 하다. 바보 아빠의 눈으로 완전한 건강검진 결과를 확인하지 않고서는 불안하기는 마찬가지이다.

자신이 제일 중요하고, 옆 지기와 예쁘게 잘 성장시킨 아이들 셋의 참 멋진 인생 소풍으로의 행복이 있는, 사람 사는 세상에 사는 맛과 멋을 주기 위해서도 건강해야 하는 이유이다. 건강은 아이들에게 주는 가장 큰 선물이다. 결국, 가정의 달 오월의 끝자락에서 기회를 잡았다. 주변의 건강검진센터도 많고, 걸쭉한 지인도 많아 과감히 연락하였다. 즉시 대시를 시도하여 긴급 예약을 하였다. 직접 나서서 강하게 밀어붙이기식의 추진이 필요한 대목이고, 시기에 도달하고 있었기 때문이다.

봄봄(손자 준기)이네가 이사를 오고, 산달이 되어 태어나면 사소한 움직임과 활동도 쉽지 않다. 별도의 시간을 할애하여 건강검진을 받는 것은 결코 어려움이 많음을 느겼을 것이다. 듬직한 아들도 함께하면 좋으련만, 급한 나머지 먼저 실행에 옮기고서, 아들은 다음 기회를 꽉 붙잡기로 하였다.

예약이 끝나니, 대장 검사약도 직접 배달해 주고, 복용 방법과 식생활 주의사항도 전달받았다. 하루 전 이른 석식 후 19시부터 약물 복용 후 넘기기 힘든 고통을 감내하면 되었다. 위와 대장 청소는 밤 11시까지 계속이다. 대장내시경 준비를 위한 복용은 쉽지 않은 인내로 달짝지근한 역겨움은 부담스러움으로 가득하다. 500ml씩 6차례나 흡입하느라 수고가 많은 밤이다. 아내 수네 여사가 특히 그러하였다. 화장실 변기에 앉아서 마시고 빼는 두 가지 일을 동시에 감행하였다니, 기특도 하다.

잠시의 곤한 잠을 이루고 새벽녘(07:20) 김포대교를 넘어, 뉴고려병원 건강검진 센터를 찾아갔다. 접수 후에는 헤어져 따로따로의 검사는 시작이다. 평소 지방간에 과체중, 밤이면 나타나는 온몸의 두드러기, 유방암 등 각종 암 발병의 불안감으로 불편한 삶의 연속이다.

유난히도 밀가루 음식과 떡, 고구마, 대봉과 곶감 등을 좋아하는 식습관에서 오는 불편한 진실은 없는 것인지 묻고 있다. 이참에 잘못된 몸의 원인을 찾고, 균형과 조화를 이루는 기회가 되어주길 바라는 바보 아빠의 간절함이 담겨 있다.

이내 접수와 동시 채혈 검사 등 공통적인 검사와 뇌 MRI, 폐와 상복부 CT 촬영 후, 위와 대장의 수면내시경을 위한 마취 주사를 맞고는 깊은 꿈을 꾸고 있었다. 한참의 시간이 지난 시간에 눈은 떠지고 몸은 다시 꿈틀대고 있다. 살았다는 신호가 감지되고 있다. 모든 검사는 종료되고, 탈의실로 향하는 순간 아내 수네 여사는 그새 검사를 마치고서 옷을 갈아입고는 미소를 지으며 의자에 앉아 있었다.

위와 대장 속을 들여다본 속의 상태는 어떠하였을까. 우리는 검사를 담당한 의사의 말씀에 귀를 쫑긋하게 세워 숨죽이며 기울이고 있었다. 그 결과는. 다행스럽게도 '이상 없음'이다. 모든 검사 결과가 종합된 안내문을 기다리면서도, 더 건강한 삶으로 나누고 누리자고 꿀밤을 주며, 내일은 다시 활기차게 시작할 수 있는 것이다. 이 얼마나 큰 기쁨이고, 다행스러운 일인지 고맙기만 하다.

이제야, 최가네의 가장과 남편으로서 한 가지를 해준 것 같은 하루로 기록되는 순간이다. 그냥 무탈하니, 고맙다.

검사결과지를 잘 보관하고, 매년 건강검진을 받는 것을 최우선 일로 삼고서 안전을 잘 지키자고 굳게 맹세했다.

건강검진을 위하여 배려해 주신 간호사와 의사 선생님, 검진센터의 팀장과 본부장에게도 고맙고, 감사한 마음을 한 줄 사랑의 글 속에 흔적을 남기어 기억시켜 두기로 하였다. 이제 매끼 건강한 밥상으로 만들어 영양도 골고루 섭취하고, 신나는 운동으로 심신을 단련하면서 잘 살아보세를 외치고 또 외치었다. 우리는 보람 있는 내일의 삶을 기약하고 있었다.

아내 수네 여사와 바보 아빠의 건강을 찾고 지키며, 건강한 삶을 진행하기 위한 하루는, 검사 후 휴식과 함께 '아내 수네 여사와 바보 아빠는 이상 없음'으로 건강하게 마무리하고, 조용히 어둠은 다시 찾아오고 있었다.

내일은 또 다른 희망이고 기적이 일어날 것이다.

14. 한 겨울날의 이상한 온기 놀이

올해의 겨울은 눈이 없다. 거참, 알다가도 모를 이상기온이 분명하고 세상살이가 이상도 하다.

소한이 지나 대한을 앞두고 많이도 추어야 겨울의 맛일 것이다. 이 시기에는 눈도 많이 오는 것이 정상이었거늘, 철없는 겨울비만 연속으로 내리고 있다. 큰일은 큰일이었다. 지구온난화에 의한 자연의 섭리 등도 심상치가 않다. 자연을 업신여기고, 홀대한 사람들의 대가는 어느 세대, 어느 시기에는 큰 재앙으로 불어 닥치고, 상상 초월의 피해를 줄 것만 같은 분위기로 다가오고 있다. 당장 와야 할 눈이 안 오고, 봄인지 겨울인지 분간하기 어려운 겨울이 되었다. 그 영향은 겨울 농사로 재미를 보는 고로쇠 생산과 화천 산천어 축제, 스키장에서도 심상찮은 기류가 포착되고 있다. 안타까움으로 세상살이가 변해만 가고 있다. 겨울 농사는 심각한 피해가 있는 것이 분명하고, 기상 이변으로 시름을 달래고 있을 것 같은 농어촌과 도시민까지도 생각하면, 사람 사는 세상의 암울한 겨울 풍경이다.

겨울은 그새 절반을 지나고 있었다. 눈을 볼 수는 있을는지도 아쉬움으로 남고, 커져만 가는 고민이다. 소복이 쌓인 눈을 바라보며, 걷고 뛰놀면서 눈사람도 만들고 눈싸움도 해 본다면, 지난 세월의 겨울 풍경도 충분히 꺼내어 돌려 볼 수 있는 그 재미가 쏠쏠한 것은 분명하다.

어느 지역 할 것도 없이 온 동네가 자연과 환경오염 등으로 그 징후도 많았다. 산천과 외딴섬 어디를 가도 쓰레기 천지가 되어 있다. 치우는 사람도 없다. 하얀 거품을 내 품는 듯 스티로폼 등 각종 쓰레기는 물길 따라 국경까지 넘나들면서 자연 오염의 심각한 주범이 되어 토해내면서, 삶과 자연을 초토화로 변해 있다. 자연이 사람들 때문에 병들고 있다.

정말 심각하다. 이는 피곤한 삶으로 만들어지고, 삶의 환경과 여건, 건강관리에도 치명적인 아킬레스건으로 다가오고 있었기에 안타깝기만 하다. 그 폐해는 고스란히 인간의 품으로 다시 돌아오고 있다.

바다의 물고기는 낚싯바늘과 스티로폼 등을 먹었다. 잘못된 먹이가 분명도 하나 뱉어내거나, 배설하지 못함으로 생을 마감하는 안타까운 소식들도 뉴스를 통해 알게 되었다. 세상의 급격한 변화 속에 기쁨과 환희의 희망보다는 진실은 왜곡되고 신뢰는 무너져 내리면서, 작은 사랑도 메말라 가는 돈의 노예가 되어가고 있다. 정치경제, 사회문화까지의 속내를 들여다보아도, 기쁨과 희망이 없는 미간을 흐리게 하고, 주름살만 늘어나는 소식들로 가득하다. 좋은 삶이고, 멋진 세상이면 얼마나 좋을까.

한파가 있을 시기에 온도가 오른 따뜻하고 포근한 날씨는 봄꽃들이 만개하고, 시장통 모퉁이에는 각종 유실수가 진열되어 판매되고 있음을 보았다.

남산자락 한적한 개울가의 소식도 있다. 그새 개구리도 잠에서 깨어 알을 낳기 위해 포접(암수의 개구리가 알을 낳기 위해 포개어 있는 상태)을 하는 현장이 카메라에 잡힌 모습에서 알다가도 모를 기이한 현상들은 쉼 없이 몰아치고 있었다.

어느 날 갑자기 기온이 뚝 떨어지게 되면, 올챙이 새끼들은 다 얼어서 죽고야 말 것이다. 어떤 보온도 할 수가 없고 해줄 수도 없는 현실 앞에서 안타까움은 가득하니 어떻게 한단 말인가.

이런 불편한 진실 속 자연의 섭리에서도 새해 벽두부터 큰 복을 받는 것은 작은 기쁨의 사는 재미가 아닐는지. 작지만 희망이기에 살짝 웃어도 가며 사는가도 싶다. 그동안 4년이 넘는 오랜 세월을 참고 살아왔다. 참아내기 힘든 몹시도 심한 고통으로 바보 아빠에게 고난의 통증을 안겨주었다. 두 다리의 양 발목에서 발가락 끝까지의 아리고 시리고 쓰리기만 하였던 아픔의 진한 고통의 통증이 거의 사라지고 있었음을 최근 어느 날에야 알게 되었다. 특히, 왼발의 엄지와 검지는 바늘로 콕콕하고 찌르는 고통스러운 삶의 현장에서 통증이 조금씩 멈추어 서고 있다. 희망을 보여 주고 있었다. 작은 미진은 아직 남아 있지만, 편안하게 눈을 감고서 잠을 잘 수가 있다. 순간의 짤막한 사이에서 눈물이 뚝뚝 떨어지고 있었다. 뒤틀린 오장육부도 제자리를 찾아주었다.

변비와 설사가 사라진 배변 활동과 배에 힘을 주는 힘도 늘어가고, 숨어버린 허벅지의 괄약근 등 힘줄도 튀어나와 숨 쉬고 있는 흔적을 보여 주고 있다. 하염없는 감동과 감탄으로 한참이나 복받친 물을 쏟아내고 있었다. 그 마음은 개운하고 후련하며 좋기만 하다. 이제 살았구나.

새로운 삶의 활력소가 되었다. 희망으로의 환골탈태가 되어 날개를 펴주는 큰 기쁨이 아닐 수 없었다. 분명 큰 기쁨이고, 감동이다. 그 순간, 모질게도 험난한 세월을 함께해 준 아내 수네 여사와 큰딸 지혜, 아들 지환이, 늦둥이 지원이까지, 최가네 가족 모두가 너무도 고맙고, 감사하기만 하다. 아픔은 세월이 약이었고, 기다림이었다. 긴 세월을 잘 참아내고, 포기 없는 꿋꿋한 불사조의 정신으로 다시 일어서니 우뚝 서준 바보 아빠 자신과 정성과 사랑으로 뒷바라지를 마다하지 않고 기꺼이 해내어 준 가족 모두가 자랑스럽기만 하다.

이제는 육체적 정신적인 고통 하나가 사라지고 있었다. 안정과 편안한 삶을 추구하면서 삶의 희망으로 무언가는 새로운 꿈을 찾아서 도전하는 기회가 좀 더 가까이에서 예쁘게 손짓해주고 있었으니, 좋기만 하다. 새로운 기회는 주어지고 있었다. 좀 더 통통하게 살도 찌우고, 근육의 몸으로 만들어 정신을 재무장시키면, 하고 싶은 꿈의 무대는 다시 열릴 것이다. 사는 맛과 멋이 철철 넘친다. 이렇게 쭈욱 살아야 한다고 맑은 희망의 소리로 종을 치고 있었다. 그것은 삶이었고, 행복이 분명하기 때문이다. 다시는 놓쳐서는 안 되는 것이다.

이 겨울에 자연과 삶 속에서 혼란스러운 그 섭리를 보았다. 앞으로 나아가야 할 방향을 설정하였다. 오롯이 성실, 정직과 노력의 올바른 삶을 살아가면 되는 것이다.

그 무엇 하나 두려운 것은 없다. 무서운 것도 이제 없다. 이미 저승사자와 치열한 생명선 전투를 통하여 삶의 쓰라림과 기적으로 일군 기쁨의 맛도 동시에 보았다. 길고 멀게만 보였던 재활과 치유의 기간을 통하여 어떻게 살아야 하는지, 그 삶의 참맛과 밋을 알았기 때문이다.

이제는 쉬지 않고 멈춤 없는 전진으로 사는 재미가 솔깃하면 된다. 걷고 오르고 달리고 뛰어가는 것만이 최고의 아름다움이고, 멋진 삶이다. 그것을 위해 바보 아빠는 오늘도 맑은소리로 노래하고, 큰 숨을 마시고 내쉬면서 으라차차의 기지개를 활짝 펴주고 있다.

15. 실험 중인 몸의 소리와 삶의 변화

폭염의 기세가 대단하다. 산삼이라도 먹었나, 절기상 입추가 되었어도 사라질 기미가 없다. 이 무더운 여름날에 약초 친구에게 연락하여 산삼 한 뿌리라도 먹어주어야 막바지 여름날에 더위는 물론 더위가 주는 짜증과의 전투에서 이길 것 같은 느낌도 든다.

'폭염은 인간의 한계가 어느 정도인지 실험하는 중인가.' 라는 생각도 들어 안타까움도 있었다. 아쉽기만 하다.

수돗물이 차갑게만 느껴져 온다. 진정 폭염이 오기 전까지 무더위는 그랬다. 수돗물을 이용한 샤워 시에도 찬물보다는 따뜻한 물을 이용하였다. 이제는 역전이 되어 찬물 샤워의 그리움이 가득하다. 덥기는 더웠다.

그런데 수돗물이 차갑지 않고 시원한 맛을 느낄 수 없으니 폭염은 폭염이다. 여름인 것은 분명하다. 그런 가운데 길고 긴 시간이 흘렀다. 5년이 다 되어가고, 오랜 가뭄과 폭염 속에서도 척박한 들꽃 인생의 참맛을 제대로 맛보면서 쓰디쓴 피눈물과 함께 죽지를 않고 꿋꿋하게 버티어 왔다. 사는 것이 두부 자르듯 어찌 완전하겠는가. 때로는 본의 아닌 실수를 많이 경험하고, 그 경험에서 예기치 못한 삶의 값진 진실, 깨우침도 얻는 것이 삶이 아닌가. 살았다가 죽었고, 죽었다가 다시 살아 숨쉬기를 몇 번이나 반복하면서, 죽기 살기로 삶과 전투를 하면서 여기까지 달려왔다.

지난날의 기억을 더듬어 되새기다가 보면, "인생은 실험 중"이라는 말이 맞기도 한 것 같으니 하는 이야기이다.

인생길의 산전수전, 공중전의 뼈아픈 진실의 삶이 바보 아빠를 실험 도구로 판단하고, 길고도 질긴 포기하지 않는 실험 속에서 쓴맛, 신맛, 단맛, 짠맛을 맛보는 기억하기 힘든 도전을 받아왔다. 위협을 뿌리치며, 줄행랑을 쳐서 여기까지 느린 거북처럼 헤엄을 치면서 온 것이다. 그새 세월이 5년이라니, 참으로 많은 시간 속에 고통의 순간에 들어가 보고 헤엄쳐 나와 맛보아서는 안 될 오감을 맛본 것 같기만 하다. 지난날의 수많은 시간이 흐르니, 인체의 신비로움이 나타나고, 움직임의 거동도 하지 못하던 몸이 세월의 흐름 속에 하나둘 정상궤도에 오르는 신비를 맛보고 있다. 오장육부는 제자리를 잡고, 굳어버린 몸은 해빙기가 온 듯하다. 눈과 얼음이 녹고 풀리고를 반복해 오면서 꿈틀거리기 시작하였다. 이제는 걷고 오르고 점차 라이딩까지 하면서, 마지막 방점을 찍어 완전 해빙과 고통으로부터 해방감을 맛볼 기회가 가까이에 있는 것 같기도 하다.

바보 아빠의 굳어버린 몸의 감각은 폭염의 영향을 받은 것일까? 쥐어지지 않는 손가락은 굽어지면서 주먹이 쥐어지고, 엉덩이와 무릎, 그리고 발목은 오랜 기간을 거쳐 드디어 정상 기능에 다가온 느낌이다. 해맑은 미소를 내어주니 분명 기쁜 소식이다. 무릎이 굽어져 엉덩이에 밀착되고, 발목이 풀리니 발가락 움직임에 큰 변화가 왔다.

어찌 그뿐일까. 앉기도 불편하였던 하반신은 양반 자세로의 전환이 이루어져 사고 전 모습으로 회복의 신비를 주고 있었다. 이 얼마나 기쁨이 아니겠는가도 싶다. 남은 것은 발가락 끝부분의 근육 마비의 풀림과 아리고 시리고 쓰린 통증이 사라지고, 살만 잘 찌우면 정상으로 완전 회복의 참맛을 제대로 느낄 수 있을 것만 같은 느낌이다. 그러나 좀 더 많은 시간과의 싸움과 노력이 필요한 것 같다. 언제 어디서 또 새로운 위협과 위기가 찾아올지는 알 수가 없다.

지난 세월 사느냐 죽느냐의 긴 여정의 삶에서 살아주기를 바라며, 헌신한 아내 수네 여사와 지혜, 지환, 지원이에게 정성과 사랑의 마음 가득 눈물겨운 삶과의 투쟁, 도전에 대한 결과의 산물, 그 기쁜 소식을 전해주어야 한다. 더 이상의 욕심과 사심도 다 버리고 완전하게 털어내어 진드기처럼 다시 붙지 못하도록 방어막을 쳐야 한다. 사람과 돈의 노예로부터 해방되어 자유와 여유의 삶을 찾고 누리려고 한다.

사람 사는 세상 이야기 '인생은 실험 중'은 모든 실험을 끝냈다. 마지막 정리 정돈 과정만을 남겨둔 채로 완전한 정상으로의 회복되는 그날을 위해 사알짝 접어두려 한다. 인생은 무엇일까. 계속 실험만 하다가 말면 너무나 아깝지 않을까를 생각하니, 뒤돌아볼 틈이 없다. 예민한 마음도 가다듬고 정리 정돈 질서를 유지해 놓고, 별거 아닌 삶이기에 자신과 가족을 위한 삶을 찾아 헤매야 한다. 다 가진 듯한, 다 비운 듯한 삶을 살아보자. '내 영혼이 물처럼 깨끗하면 얼마나 좋을까'도 싶은 생각을 해 본다.

16. 심장에 울려 퍼지는 바보 아빠의 펌프질 소리

사는 것은 무엇일까. 살아보니 별거 아닌 것이 삶인 것 같은데, 다양하고 복잡하기도 하니, 사는 것이 이상한 세상이다.

3일 연속 비가 내리니 싫어지고 있다. 그 무엇이든 적당히 가 좋은 것이 분명 한 것 같은데, 지나치고 있는 것은 과학에 문제가 발생하고 있다. 사는 것이 사는 게 아닌 것 같기만 하다. 그 말이 맞기는 맞나 보다.

수십 년에 한 번 있을까? 엄청난 양의 강력한 비의 영향으로 서일본 열도는 호우 피해로 200명에 육박하는 인명과 엄청난 재산 피해로 몸살을 앓으면서 들썩이고 있다. 기적의 현장, 태국의 치앙라이주(州) 탐루엉 동굴에서는 폭우로 통로가 물에 잠기면서 유소년 축구선수와 코치 등 13명이 17일간을 기적으로 버티면서 구조되었다. 정부는 동굴을 재난구조 박물관으로 활용한다는 이야기 등 세상사 아이러니한 일들도 참 많기도 하였다. 그만큼 지구온난화와 이상기온 등의 진화 속에 변화하고 위협으로 다가오는 기상이 인간의 삶을 통째로 황폐화로 만들어 가는 모습들은 안타깝고 슬픈 현실이 아닐 수가 없다.

비는 내리고 흐린 날이 계속된다. 유난히도 심한 발끝의 통증이 밀려와 고통을 안겨 주고 있다. 아리고 시리고 쓰리고 하는 이 증상은 언제쯤이나 멈추어 잠을 청하여 주고, 정상적인 순환이 될까도 싶어지면서, 그날이 오긴 오려는 지도 모를 미지수이다.

벌써 6개월이라는 시간이 흘러 정기신료를 위해 병원에 가야 하는 날이 왔다. 왜 그렇게 가기가 싫은 것일까? 내 자신에게 의문이 생겨 똑똑하고 반문을 한없이 해 보기도 하였다.

이제는 지쳤는지, 병원 근처에는 얼씬도 하기가 싫어지는 듯하고, 몸과 마음은 거부하고 있다.

매번 정기진료차 병원에 가면, 채혈하고, 채혈 결과 분석을 통해 심장의 상태와 전체적인 건강 상태를 확인하는 수준이다. 어느 날부터인가 내 몸에 주삿바늘이 들어가는 것 자체가 두려움으로 싫어지고 있다.

그런데, 이번에는 그 어느 날보다도 좀 더 특별한 날이다. 채혈은 당연지사 1순위이고, 가슴 X-레이 촬영과 심전도, 초음파 검사까지 많기도 하였다. 오랜 시간이 소요되니, 그때까지는 기진맥진의 시간과의 싸움이 아닐 수 없다. 다행히, 검사한 결과의 수치와 판정이 좋은 결과로 이어져 작은 미소를 지을 수 있으면 좋겠지만, 그러하지 못하고 나무아미타불 관세음보살이면, 또 낭패다. 이런저런 생각을 해 보니 이 또한 근심이고, 걱정이다.

어쨌든, 이런저런 이유와 핑계로 병원에 가는 것이 싫어지고 두렵기만도 한 것은 사실이었다. 하루 전 병원에 전화하여 딱 1주만을 미루어 볼까 하고 혼자의 생각과 혼자의 말로 조심스러운 너스레를 떨어 보기도 하였다.

그렇게 아침은 밝았다. 출발시간 30분 전에 맞추어진 잠깨우는 소리는 '바보 아빠! 바보 아빠! 어서 일어나' 하면서 아우성을 친다. 비는 멈추었거니 하고, 창문 쪽을 바라보니 어둡기만 하다. 역시나 쉬지 않고 흩날리고 있었다.

오늘 아침은 우리 가족 모두가 바쁜 하루로 시작을 알린다. 05시부터 부산하게 움직이는 사람부터 10시까지의 느긋한 사람까지, 다양하고 각기 다른 모습들로 하루는 시작이다. 그런 찰나의 짧은 순간에 비상사태가 발생하고 있었다. 분명 바보 아빠와 병원에 동행하기로 한 사람은 멋쟁이 착한 아들이었는데, 거참 이상하게도 주인이 바뀌고 있었다.

큰일이 났다. 새벽 5시 정각이 되면, 제일 먼저 집을 나
선다고 공언한 아내 수네 여사는 떠나지 않고 움츠리며,
아들을 대신하여 바보 아빠랑 병원에 간다는 것이다. 그
렇게 어지럽고 복잡한 이른 새벽의 아침은 시작되었다.
무언가 꼬일 것 같은 이상한 소리와 바람의 흔적도 없이
스쳐 가고 있었다. 모든 검사가 순서대로 잘되어야 할 터
인데, 걱정만이 가득 밀려오고 있었다. 이젠 죽는 것은 두
렵지 않으나, 그 통증들과 고충의 놀이를 계속하며 살아
가야 하는 순간들이 더 두렵고 무섭기만 한 악몽으로 밀
려와 안기고 있다.

　병원 앞에서 내리고, 즉시 채혈실로 달려갔다. 접수 카드
를 아내 수네 여사가 하겠다고 우기는 바람에 체크가 늦
어 채혈순서는 조금 늦게 시작되었다. 눈치를 살피니 심
상치가 않다. 아마도 비가 오고 멈추기를 반복하다가 해
님이 고개를 쑥 내밀어 보이고, 전화 오기가 시작되니 심
술이 난 모양이다.

　모름지기 그 화살의 끝은 애꿎은 바보 아빠의 심장을 겨
누어 매몰차게 다가와 안기고 있는 것만 같다. 그 심술을
잠재울 뾰족한 재간은 바보 아빠에게는 옛날이나 지금이
나 주권이라는 것은 없었다. 슬프기만 하였다. 떠안아 숨
죽이면서 긴 세월을 무던히도 참고 살아왔다. 이제 채혈
부터 먼저하고 계획된 순서에 의거, 모든 검사를 진행시
켜 나가야만 하는 상황이 멍하니 전개되고 있다. 그 큰
주삿바늘은 어김없이 팔뚝의 혈관을 뚫고서 들어가고 있
다. 아 아 역시나 알싸한 아픔이고, 힘을 주니 미간이 흐
트러지는 고통이다.

　시간은 흐르고, 심장 병동의 여러 곳을 찾아다니며, 가슴

X-레이와 심전도, 심장 초음파까지 모든 검사는 종료되었다. 휴, 또 하나의 과정은 이렇게 끝나고 있었다.

사는 동안 얼마나 더 많은 병원을 출입하고, 살면서 인생길은 마무리가 될 것인지 나름대로 생각해 본다. 아픔과 슬픔의 연속된 삶이 아닐 수 없다. 이제는 주치의의 최종 검사 결과 판독과 현재의 건강 상태를 진단하고 결론을 내리는 중요한 판정만이 남았다.

긴 여운의 시간은 말없이 흐르고 있었다. 주변을 살펴보니, 아픈 사람들은 많기도 하였다. 젊은 세대로부터 두 개의 지팡이에 의지해 가며, 병원을 찾은 백발의 어르신들과, 발하나가 없으면서도 나이 드신 부친의 진료에 동행하는 맑고 밝은 모습의 40대의 여인, 산소통을 부착한 휠체어에 몸을 얹고서 남편의 도움을 받아 찾은 온 여인 등 많았다.

그런데, 그 여인의 열 손가락 끝마디는 화장이라도 한 듯한 짙은 된장 색 수준의 이상한 색깔이었다. 순간 목격되는 장면은 손가락의 마디마디가 얼마나 아리고 쓰리고 시린지, 남편의 손을 잡아당기어 비비고 있다. 아, 따뜻하다. 가까이에서 바라보는 순간, 바보 아빠의 상황과 여건을 견주어 생각하니 미간은 다시 흐려지고 있었다. 안타까움과 슬픈 바보 아빠의 모습들로 자화상이 되어 밀려오고 있었다.

아파보지를 않은 사람은 아픈 사람의 진실된 순간의 참기 어려운 아찔한 마음을 이해하기가 어려울 것이다. 모두가 아픔의 고통 없이 편안하게 삶을 나누고 누리다가 한 줌의 재가 되기를 조심스럽게 희망해 보고 있다.

허기진 배에 빵 한 조각을 밀어 놓고, 온기가 피어나는 따뜻한 커피 한잔으로 아침 요기로 대신하는 사이에 '최정식 님!' 간호사의 호출이다. 드디어, 기다리고 기다린 바보 아빠의 차례이다. 참으로 오랜만에 주치의 선생님하고의 대면이었다. 선생님, 안녕하세요. 하고 알려주지 않아도 바보 아빠는 인사도 곧잘 잘도 하고 있다.

채혈 검사 결과, 심장에 대한 각종 검사의 수치와 결과물들을 점검하고 진단하는 과정의 짧은 순간이 흐르고 있었다. 말 없는 고요 속의 적막만이 흐르고 있다.

'피검사도 정상이고, 심장 기능도 정상입니다.'

여러 장기의 기능을 살펴보기 위하여 다양한 피검사를 해 보았다. 모두 정상이고, 심장 기능도 이제는 정상인과 똑같습니다.

이제 6개월 후의 딱 한 번만 피검사를 해 보고, 심장약도 현재는 정상이나 나빠질 수도 있으니, 현재 먹던 양의 절반 이하로 줄이겠습니다.

'우와! 바보 아빠 만세! 바보 아빠 만세! 바보 아빠 만세!' 그 소리는 솟구치고, 그 기운은 하늘로 솟아오르고 있었다. 그렇게 가기 싫고, 병원을 찾아 채혈하고 주사를 맞기가 싫었던 길고 긴, 말할 수 없는 아픔 속의 고통은, 비 개인 후의 모습처럼 미소를 머금은 바보 아빠의 해맑은 속마음을 들여다보고 있었다. 웃음꽃이 활짝 피었다. 그리고 정오로 향하는 시간, 조용한 하루의 긴 시간을 뒤로하고서, 가장 편안한 보금자리를 찾아가고 있다. 비는 그치고, 청명함이 가득함 속에 '폭염'이라는 기상예보가 있었지만, 창밖의 모습은 흐리기만 하였다.

모든 생명체 특히, 사람들에게 아픔의 고통 없이 청명함이 가득한 세상에서 파란 하늘, 파란 숲속에서 노니는 근

심과 걱정이 없는 행복한 사람들의 모습만을 바라보면서
나누고 누리는 삶이 되어 달라고 소원도 해 보고 있었다.
아픔과 고통의 통증이 없는 새날을 위해 파이팅을 하면
서, 말 없는 맑은 미소를 바보 아빠는 짓고 있었다. 긴 시
름의 끝이었고, 새날의 시작을 알리고 있었다.

17. 재활을 방해하는 훼방꾼

하루와 세월의 흐름 속도가 빠르게 스치어 다가오고 있
다. 가을을 재촉하는 비가 엊그제 내리기 전만 하여도 가
을이 왔구나 하고, 시원섭섭한 마음이었다. 폭염과 장마가
속을 썩이면서, 아픔과 상처의 흙탕물을 주더라도 태양열
가득한 여름날이 바보 아빠는 그 옛날부터 좋아하였기 때
문인 것 같기도 하였다. 모름지기 활동의 제약을 받는 혹
한의 겨울보다는, 폭염의 여름날을 몸이 좋아하고 느끼기
때문이다.
가수 서영은의 노래 '가을이 오면'이 청명한 가을하늘의
싱그러운 소리가 되어 날아오고, 발랄한 이미지로 아침
나절의 하루를 노래하여 주고 있다.
'안녕, 좋은 사람, 좋은 친구 여러분! 오늘도 좋은 하루
를 보내세요.'
하루의 일과 중에 반드시 해야 할 일이 있다. 비가 오나
눈이 오나 폭염이 쏟아져 재난이 선포되지 않는 이상은
그곳에 가서 숨을 쉬고 노는 재미가 솔길하고, 일상이 되
어버렸다.
어느 날에는 왜, 그리도 그곳에 가기가 싫었는지, 게으름

과 나태함도 스며들고 있었던 날도 있었다. 그러나 아내 수네 여사의 도움이 컸다. 이제는 그곳 스포츠 센터에 가면 신이 나고 힘이 솟구쳐 오르고 있다.

거참, 희한한 일이다. 바보 아빠가 생각하여도 이상하기만 하였다. 그렇게 그곳에서 노는 것이 1년이 되고 있었다. 이제는 살아 숨 쉬는 동안 건강한 삶을 누리고, 아내 수네 여사의 건강 미인의 삶까지도 챙겨주고 지켜주기 위해서라도 중도에 멈추거나 포기하지 않기로 하였다. 삶의 일부분으로 누려야 하는 친구 사이가 되었고, 또 되어가고 있었다.

한평생 바보 아빠와 아내 수네 여사의 건강을 지켜주는 친구다. 오늘도 어김없이 오전과 오후라는 시간만 바뀌어지고, 옷을 갈아입고서 굳어버린 몸과 마음을 풀어 주는 준비운동에 이어 걷기와 자전거 놀이 등 지구력 향상을 위한 놀이를 시작하고 있다. 살을 찌우고 근력을 키워야만 살 수가 있는 바보 아빠이기 때문이다.

시간은 흐르고, 모든 예열이 되었는가 싶었다. 몸과 마음에는 열도 감지되고, 가을날의 이슬방울도 주렁주렁 많이도 맺히어 내리고 있었다. 물 한 모금으로 몸과 마음을 적시고서, 근력운동은 시작되었다. 확연히 달라진 무게와의 씨름으로 고난의 순간도 잘도 참고 넘어가는 장족의 발전이다.

그 여름날에는 에어컨과 선풍기 바람이 동시에 날아와 지치고 땀 흘리는 사람들의 몸과 마음을 달래주던 그들이 아니었던가도 싶다. 그들의 덕분에 운동하는 시간만큼은 폭염의 시간을 극복할 수 있었다.

한 여름날에 에어컨과 선풍기의 바람은 땅 위에서 불어

주는 모두에게 쾌적함을 주는 생명의 시원한 바람이었다. 그러나, 그 순간이 지나고 나면 바보 아빠는 고통의 시간이 서서히 다가와 미간의 편안한 멋이 사라지고, 아픔의 시간이 시작되고 있었다. 에어컨과 선풍기는 나쁜 친구가 되어, 괴로움으로 다가오고 있다. 재활훈련의 훼방꾼이 되고 있다. 그것은 차가운 바람과 뚝 떨어지는 기온이다. 특히나 에어컨 바람은 강한 독성의 버섯처럼 힘들게 괴롭혔다. 극복을 위한 온갖 제스처와 몸부림은 쉼 없이 이어지고 있었다.

퇴원 후의 어느 날부터 인가는 바보 아빠의 몸은 이상기온이 감지되었다. 한 여름날에도 선풍기와 에어컨 바람이 없이도 잘도 견디어 주었다. 반대로 겨울이 오면, 난방온도를 30도 이상의 고온으로 맞추어야 살만한 느낌으로 다가왔다.

이쯤 되니, 아내 수네 여사와 아이들은 얼마나 힘들었을까. 시간이 가고 세월은 말없이 흘러가고 있다.

이제는 새로운 환경에 잘도 적응되어 가는 듯하다. 많은 변화와 상태로 반전되어 가고 있으면서도 언제쯤이나 냉기와의 찬바람 전투는 끝날는지 아쉽기만 하였다. 가을이 오고 나면 겨울이니 걱정이다. 조심스럽다.

찬바람아, 네가 이기나 바보 아빠가 이기나 한번 붙어보자. 누가 이기는 싸움이 될는지도 기대가 되는 관심 사항이었다. 그 전투는 운동 시작부터 치열하게 물고 물리는 싸움의 시작이다. 운동하는 시간만큼은 바보 아빠가 백전백승하는 것 같은데, 싸움이 끝나면 맥없이 쓰러지고 말았다. 아쉽기도 한 것이다.

발이 시리고 쓰리고 아리는 틈을 주지 않기 위하여 그

녀석을 괴롭히는 전략을 수립하였고, 지금도 집중공략하여 밀어붙이기를 하고 있다. 찬바람아, 네가 이기나 바보 아빠가 이기나 한번 해 보자는 말이다. 강한 도전을 요구하고 있다.

바보 아빠에게는 이제 이길 수 있다는 꿈과 희망이 있었다. 하루가 다르게 몸의 변화가 일어나고 있었기 때문이다. 몸 전부가 추위를 싫어하던 그 시절과는 다르게 변화되었다. 이제는 무릎 아래로 한정되었고, 그것도 발목 밑으로 그런 상황이 되었다. 이 또한 기적이 아닌가도 싶은 생각이다.

폭염의 여름날에는 에어컨의 신선한 바람이 사람들에게 생명의 바람 아니었던가. 그 바람은 어느 날 바보 아빠를 미워하였다. 가을이 오니, 창밖에서 세차게도 비집고 들어오는 가을바람도 괴로움으로 다가와 있었기에 아쉽기만 하였다. 겨울을 살아야 할 일이 벌써부터 가장 큰 걱정거리다. 산바람도 좋아요. 강바람도 좋다고 하고, '산 위에서 부는 바람은 시원한 바람이다.'라는 노랫말도 있고, 정말 시원한데 말이다.

오늘도 어김없이 바보 아빠와 아내 수네 여사는 오전의 시간을 이용하여 운동하고, 허기진 배에 영양을 공급하기 위하여 동네의 한 노부부께서 운영하시는 집 밥하는 식당을 찾아 나섰다. 일주일에 한두 번 오순도순 식사하는 것도 하나의 즐거움으로 반겨주고 기다려지고 있었다. 이것도 사는 재미로 작은 행복이 아닌가도 싶다. 그 집 식당에 손님이 찾는 이유는 어린 시절 어머니의 손맛을 그리워하는 사람들이 다수인 것 같다는 생각이 들었다. 느낌으로도 한 아름 다가와 주고 있었다. 반찬 하나하나가 어린 시절에 어머니께서 해주시던 그 맛이 그대로 느껴지고 있었다. 그리워지면 그냥 찾아가는 곳이 되었다.

그런데, 바보 아빠가 싫어하는 에어컨 바람은 여기서도 술래잡기하고 싶은 모양이다. 이 자리 저 자리 바람의 방향을 피하여 자리를 잡고 숨어보지만, 에어컨의 기세에는 금세 잡히고 있다.

맛과 멋이 가득한 정성의 음식을 먹으면서도, 소리 없는 아픔의 고통과 보이지 않는 눈물은 시작되고 있었다. 발도 시리고, 머리도 아프다. 그야말로 죽을 맛이다.

"바람아, 바람아, 멈추어다오. 응." 애절함이다.

노부부에 대한 작은 배려의 마음으로 후다닥 현금으로 계산하고서 집으로 향하여 달려와야만 하였다. 할아버지 할머니, 맛있게 잘 먹었습니다. 다음에 또 오겠습니다. 건강하시고 돈도 많이 버십시오. 그 녀석, 에어컨은 바보 아빠가 싫어하는 짓은 쉬지도 않고 잘도 돌아가고 있다. 이제 여름도 다 가고 있다. 그만 이불을 덥고 쉬어주면 안 되겠니? 이야기를 해주어도 자기는 자신이 없다고 다른 손님의 눈치만 보고 있다.

그렇게 인사를 드리고, 머리 손질 계획도 취소를 하고서 집에 들어와 눕고 말았다. 얼마 후, 그곳에서 섭취한 아까운 어머니의 손맛은 영양이 흡수되기도 전에 내려가고 있었다. 바보 아빠는 에어컨의 찬바람과 힘겨운 전투를 하다가 판정패를 당하고서, 해는 서쪽 하늘 아래로 기울고 있었다. 몸에 이상한 냉기 현상으로 고통받는 주변의 사람들을 살펴보았다. 아프고 다치어 통증으로 고통을 받는 사람이 있는 반면에, 의외로 건강한 사람들이 발의 냉기로 아픔과 고통의 삶을 살고 있다는 사실로 아쉽고 슬프기만 한 인생살이이었다.

바보 아빠는 40도가 넘는 고온의 물을 용기에 가득 받아놓고서, 발을 담그고 누가 이기나 보자 하고, 절대로 포기하지 않는 전투를 계속하고 있다. 바보 아빠의 재활과 치유를 방해하는 그 나쁜 친구는 다름 아닌 에어컨의 찬바람이다.

가을비 내리면 각종 채소는 보약 한 첩으로 영양도 듬뿍 먹고서, 성장의 속도는 빨라지고 계절의 운치도 단풍으로 옷을 갈아입고, 깊어만 갈 것이다.

지금 이 시간, 어떤 이유에서이던 몸이 아파 병원에서 또는 가정이나 요양원에서 치료받고 계시는 모든 환우 여러분의 빠른 회복으로 쾌유와 완치의 꿈과 희망이 있는 건강한 삶이 되기를 바보 아빠는 소원하고 있다.

에어컨의 찬바람은 바보 아빠의 재활과 치유를 방해하는 진짜 훼방꾼이었다. 그래서 미웠다.

18. 손 재활의 특효약은 설거지다.

우리 집은 며칠째 집안이 한적하다 못해, 조용하고 깊은 적막감도 숨을 쉬고 있었다. 그날의 기온은 반 토막으로 뚝 떨어져 있다. 덩달아 보일러 작동기의 스위치도 움직이면서 연한 소리를 내어주고, 멈춤 없이 잘도 돌아가고 있다.

성탄절 이브의 날 아침이다. 함박눈이 내리어 주면 좋으련만, 겨울비가 소리도 없이 많이도 내리고 있다. 축복 가득 기쁨과 즐거움이 묻어나야 할 성탄절 연휴의 시간이 아쉽게만 다가오니, 섭섭하기까지 하다.

비 오는 날에도 보일러는 잘도 돌아가고, 짧은 순간에 보금자리는 어느 곳 하나의 빈틈도 없이 온기가 찾아 들어와 스며들고 있다. 사람 사는 향기가 들리는 듯하고, 다정다감도 하였다. 이 아침은 커다란 밥그릇을 커피잔의 대용으로 따뜻한 물을 적시어 보고 있다. 오늘은 그릇들을 보관하는 선반 위에 빈 그릇이 하나도 없다.

진하고 쌉싸름한 맛의 아메리카노 한잔이 온기 가득 입술을 적시었다. '바보 아빠 안녕하세요.'하고 가까이 다가와 입맞춤의 인사를 나누어 주고 있었다. 그리고 아주 오랜만에 싱크대 앞에 서 있다. 그릇 보관함에 있던 밥과 국그릇, 접시, 수저와 수푼, 그리고, 컵까지 하나둘 내려오더니, 설거지의 공간에 가득 쌓이어 있다. 그릇을 보관하는 선반은 비어 있다. 그나마 다행인 것은, 음식물의 쓰레기는 세척 해 비닐에 담아 놓으니 썩는 냄새는 없었다. 그 누구 하나 설거지를 하였느냐 안 했느냐 하고, 묻고 따지는 사람은 없다. 그 순간은 천만다행이었고, 자유가 분명하다.

모름지기, 큰딸 지혜가 한 번쯤은 둘러보고, 설거지해 놓아 주기를 은근히 바라고 기대는 하였는지도 모른다. 하지만, 바보 아빠가 집안일 중에 제일 잘하는 것이 있다면 딱 한 가지 설거지다. 그것도 욕심이려니 하고 괜찮았다. 설거지를 안 하고서 냄새나게 놓아두었다고 하여, 잔소리 안 하는 것만으로도 다행이었다. 바보 아빠에게는 그것도 편안한 행복인 것을 잘 알고 있기 때문이다.

이제는 설거지와 놀아야 한다. 혼밥으로 점심을 아주 간단하게 맛을 보고, 되새김하여 배에 넣고서는 설거지 놀이를 즐겨야만 하는 것이다. 그 이유는 두고 보면 알게 될 것이다.

바보 아빠는 이 시간이 가장 행복하였다. 싱크대 안의 설거지통에 며칠째 씻어주지를 않아도 군소리 한마디를 않고서 잘 지내고 있는 다양한 그릇들이 고마운 것이다. 이제 움직여야 한다. 마지막 혼밥도 챙겨 먹고, 목욕시켜 달라고 오랫동안 기다려준 설거지로 필요로 하는 그릇들과도 놀아주어야 한 것이다. 주방세제를 풀고 수세미로 거품 내어 빡빡 밀어서 시원하게 목욕시켜 주어야 한다. 찬물과 따뜻한 물을 번갈아 오고 간다. 그릇들은 뽀드득 하고 소리를 내며, 인사를 한다. '바보 아저씨, 고마워요. 아저씨 우리 파이팅해요.' '그래, 시원하지'로 대화도 나누고 있다. 바보 아빠도 너희들을 잠재우고서, 몸과 마음을 깨끗이 닦겠노라고 말로 토닥이고 있었다.

그렇게 밀린 설거지통 안에 있는 많은 그릇은 목욕하고, 흔적도 없이 제자리를 찾고 있었다. 그릇 보관대 위의 포근한 침대에 놓이면서, 긴 휴식과 함께 행복한 오후의 시간 낮잠 들고 있었다. 지긋이 물방울을 훔치고 있는 그릇들이다.

앞으로는 맛있는 음식을 나눌 때 가능한 그릇의 개수를 줄이는 대책도 세워보고, 이행하는 노력도 해봐야 하겠다고 다짐도 하고 있다. 젊은 시절부터 주부습진으로 고생한 아내 수네 여사와 피부가 약한 큰딸 지혜의 생각도 스치어 간다.

그러나 한계의 설거지 수량을 넘어섰는지 허리에서의 짧은 뻐근함이 밀려오고 있었다. '바보 아빠와 함께한 그릇들아! 고맙데이. 너희들과 함께 잠시 눈도 부치고, 허리에게 휴식도 주면서 펴주어야겠구나.'라고 말하고는 누울 수밖에는 없다.

설거지의 달인이 되어가면서 느끼고 있는 것은, 그것이 여성들의 몫으로 규정하긴 한 모양이다. 이유 있는 변명을 생각하고 있었다.

바보 아빠가 설거지의 달인이 된 이유는 분명한 목적이 있다. 바로 재활과 치유의 목적이다. 수개월 중환자실에서 손과 발 등의 움직임이 없이 누워만 있다 보니, 어느새 손가락은 굳어 있었다. 주먹을 쥘 수가 없었고, 수저와 젓가락의 사용도 제대로 못 하는 불편이었다. 굳어버린 손가락을 정상으로 회복을 위한 방편으로 생각해낸 것이 설거지다. 온수와 냉수를 번갈아 오가고, 손가락을 쥐었다가 폈다를 반복하면서 재활을 시작한 것이다. 그리고 효과를 보고 있었다.

어느 날이다. 많은 시간과 세월이 흐른 다음에 주먹도 쥘 수가 없었던 양손은 정상으로 회복되어 있었다. 깜짝 놀랄 재활의 성공이다. 노력한 대가의 보람으로 감격이고, 감동이었다. 큰 기쁨이 아닐 수 없는 것이다.

길고 길었던 고난의 세월을 참고 이겨낸 또 하나의 기적을 만들어내었고, 밝은 미소를 짓고 있었다. 현재의 싱크대 높이는 여성들의 평균값의 키에 맞추어 제작하였을까. 신장이 185cm나 되는 바보 아빠에게는 불량 싱크대로 불편함이 가득하였다. 큰 키에 고개를 숙이고, 허리를 굽혀야 한 것이다. 그것은 고통스럽고 피곤함으로 다가와 많이도 불편하기까지 하였다. 이런 느낌으로 어느 날 아내 수네 여사에게 주문했다. 다음에 혹이라도 집을 지을 기회가 다시 주어진다면, 그때에는 싱크대의 높이를 바보 아빠의 신장에 맞추어 제작하라고 간곡하게 요청했다.

어느 집이나 식사를 한 후의 설거지는 부담을 주는 존재의 것이고, 엄마의 일상이 되거나 아니면, 가장들이 도와주는 집도 있을 것이다. 가끔은 가위바위보로 설거지 당번을 정한다는 친구도 있기는 하였다. 그 방법도 좋은 방법의 하나다.

많은 손님을 접대하고 난 다음의 수많은 빈 그릇을 씻어내는 설거지의 달인이 되신 분들은 존경스럽기까지 하다. 힘든 일들을 잠시의 쉴 틈도 없이 해내야만 하는 것이다. 현재를 살아가는 삶 속에서는 설거지에 대한 변화도 건강과 연계하여 필요하지 않나 하고 생각해 본다. 가족이라는 이름 앞에서 누구의 몫이 아니라, 서로의 건강을 찾아서 챙겨주고 배려하는 소중한 가족 사랑에 대한 아름다운 마음의 메시지를 남겨두고자 하였다.

아는 남성 친구들로부터 혼이 날 것을 각오하면서, 사알짝 숨바꼭질하러 가는 바보 아빠였다. 성탄절의 하루도 지나고, 이제 새로운 한 해가 딱 1주가 남아 있었다. 다사다난하였던 한해의 끝자락에서 기쁨과 즐거움으로 가득한 큰 성과의 행복을 찾은 사람들도 있을 것이다. 반대로 생각하기 싫은 삶의 위협과 고통 속에 근심과 걱정이 되어 가시나무 새처럼, 험난한 삶을 보낸 사람과 보내고 있는 사람들도 주변에는 많이 있을 것이다.

마지막 남은 한주다. 좋은 생각 기쁜 마음으로 잘 마무리하고서, 더 좋은 아름다운 삶으로 변화되어 발전시키면 좋겠다.

바보 아빠의 작은 사랑의 마음이다. 설거지는 아내 수네여사의 몫이 아니고, 바보 아빠의 배려심 높은 가족 사랑의 큰마음이다. '에헴'이라고 헛기침하며 사라지고 있었다.
 가족이 함께라면 어떤 극한 위협이 찾아와도 극복할 수
있을 것이다. 힘과 용기가 생산되기 때문이다.

제3부

온정의 힘과
동병상련의 희망 찾기

사람 사는 세상에는 마음이 참으로 따뜻하고
포근한 배려심이 많은 사람들도 많다.
반대로 가식과 위선으로 가득 찬 개인 이익을 위해
신의를 저버리는 사람들도 있다.

가장 행복한 사람은 나눌 줄을 아는 사람이다.
베풀고 나누는 삶은 상대방에게는
또 다른 꿈과 희망으로 새싹을 돋게 하고,
꽃을 피워 아름다운 열매를 맺게 한다.

사는 재미의 웃음꽃과 사랑꽃을 선물하는 재미는
즐거운 삶으로 사는 맛과 멋이 아닐는지

19. 사랑꽃 노랑 고구마의 행복 찾기

가을은 수확하는 결실의 계절이다. 봄부터 가을의 10월까지는 정성과 사랑으로 씨앗을 뿌리고, 싹을 틔워 잘도 자란 곡식들은 햇살 가득 함박웃음을 지어내며 인사한다.

오랜 시간 심고 물을 주면서, 걸림돌이 되어준 잡초도 뽑아 주고, 뿌리를 내리도록 굳어버린 흙을 북돋아 주었다. 고맙다고 꽃을 피우고, 굵은 씨알의 속이 노란 고구마가 되어 예쁘게 인사도 잘한다.

추석의 긴 연휴가 지나니, 미루어진 택배 물품들이 하나둘씩 바보 아빠의 집을 찾아오고 있다. 다양한 종류의 것도 많지만, 그중에는 정성으로 다가오는 한 가지가 있다. 그 어떤 값비싼 선물보다도 좋은 마음이 배어 있었다.

'딩동! 딩동!, 고구마 택배입니다' 이내 현관 출입문을 열었더니, 택배 아저씨는 보이지 않는다. 빠르기도 하다. 택배 아저씨는 3층까지 뛰어 올라와 출입문 입구에 노랑 고구마 박스를 내려놓고서, 흔적도 없이 사라지고 있었다. 아저씨는 다람쥐가 도로를 횡단이라도 하듯이 빠르게 움직이며, 무거운 고구마를 두 박스나 올려놓고서 가셨다. 고맙다는 인사말도 하고, 물 한 모금으로 입술을 적시도록 생수 한 병을 줄 수 있는 어떤 틈새도 없었다. 아쉽기만 하다.

며칠이 지난 어느 날 오후이었다. 아내 수네 여사에게 이야기하였더니, 요즘 택배는 집안까지 들여다 주고 가야 한다니 그런다고 하였다. 사알짝 웃음도 나오고, 무서운 세상이 되었다는 느낌으로 다가온 것이다.

나름은, 다음 물건의 배달로 바쁘시니까 그러하시겠지. 고마움과 감사함, 미안함을 간직하며, 그냥 넘기었다. 이 다음에는 아저씨 잠깐만요. 큰 소리로 불러 생수 한 병을 꼭 드리겠다고 마음을 먹고 있다.

바보 아빠에게 한때의 삶은 출퇴근길에도 틈새의 자투리 시간을 내어 무엇이든 농사를 지었다. 다양한 방법으로 실험도 하고, 수확도 얻어 아내 수네 여사와 가까운 친구, 지인에게 보내어 나눔의 행복을 실천한 기억이 아직은 살아있다. 바보 아빠의 곁을 도망가지 않고 있었으니, 감사한 일이다.

이제는 역전이 되어 있다. 개인적 사유로 시골 생활을 정리하고, 도시 생활로 삶의 모든 것은 송두리째 바뀌었고, 일상에는 많은 변화가 일어났다.

모든 농산물 하나가 귀하고, 사서 먹는 것에 익숙해지면서 농사를 짓는 사람들의 심정을 이해하면서도 한편으로는 아쉬움도 가득하기만 하다. 농민의 생산자가 고객으로부터 사랑을 받고, 땀 흘린 농사의 대가를 정상으로 보상받는 유통체계가 늘 아쉬웠다. 그분들의 땀의 대가가 정성으로 보답받는 그날을 응원하고, 기대도 하여 보고 있다. 이제는 나누어 주기보다는 받는 것에 익숙해지고, 받기만 하는 행복을 누리고 있는 것 같아서, 어설픈 바보 아빠의 모습을 보는 것 같기만 하였다. 그것은 어디인가에는 허전함이 다가오고 있다.

오후 자락의 해 질 녘에서 날다람쥐의 택배 아저씨가 배달하여 놓고 간 노랑 고구마는 바보 아빠의 고향인 정읍 칠보의 섬진강 수력발전소가 있는 행단이 마을에서 보내온 고구마다. 바보 아빠의 예쁜 친구의 어머니께서 보내신 귀한 선물이다.

어머니의 정성과 사랑이 가득히 담긴 고구마이기에 보고만 있어도 좋았고, 먹을 수가 없는 아련함이 숨이 차도록 밀려오고 있다.

아홉 굽이를 돌고 도는 구절제와 옥정호의 물을 동진강으로 내보내어 농업용수를 제공하는 섬진강 수력발전소가 자리 잡고 있는 마을의 중턱에는 할머니 한 분이 살고 계신다. 그곳 마을에서 외롭게 홀몸으로 기거하시면서 밭농사를 짓고 계셨다. 자연과 함께 삶을 나누고 누리시며, 자갈밭을 일구시어 흙과 함께 술래잡기하면서도 기쁘고 즐거운 마음으로 여생을 보내고 계신 어머니이시다. 깊은 신앙심으로 기도하시는 마음 씀씀이가 고우신 어머니다. 어느덧 어머니의 연세는 팔순이 넘으셨다. 분명 연세도 있으시고, 걸음걸이가 많이도 불편하신 어머니다. 이것저것 다양하게 밭농사를 지으시고, 흙과 함께 살리라 이다. 삶의 보람도 있으시겠지만, 안타까움도 묻어나고 있다. 힘든 농사일이기 때문이다. 그 불편한 몸으로 모종을 심어 가꾸시었고, 밭고랑에 둑을 만들어 비닐을 씌우고 고구마순을 잘라 심었다. 물을 주고, 풀을 뽑으면서 맛있는 고구마를 관리하고 생산하는 것 자체가 쉽지 않은 긴 여정이다. 약 6개월의 시간이 지나 가을이 오면, 어머니는 노랑 고구마를 수확하신다.

몸이 불편하시어 손수레와 전동차에 의지하면서도 씨앗을 뿌려 싹을 틔우고, 모종을 심고 가꾸면서 힘들게 수확한 고구마다. 작은 것 하나라도 관리를 소홀히 하여 먹지를 않고 썩히면 안 되겠다는 생각이다. 잘 말리어 알콩달콩 어머니의 마음을 그려내면서, 겨우내 맛있게 먹어야 하겠다고 무언의 다짐도 하고 있다.

지난 어느 봄날에 어머니를 뵈었을 때의 일이다. 아내 수네 여사와 함께 '건강하게 살아 돌아왔습니다.' 라고 인사를 드리러 갔었다. 어머니께서 하신 말씀이 무거운 마음으로 짓누르면서 떠오르고 있다.

어머니는 '이런 불편한 팔과 다리로 이렇게 일하는 것은, 주변 사람들과 자식들에게 책잡히지 않고, 멸시받지 않기 위해서다.'라는 말씀하시었던 기억이 남아 있다.

농촌에 살고 계시는 이 나라의 모든 어머니의 한결같은 마음이 아닐는지. 한동안 뭉클함은 밀려오고, 숨을 죽이며 고개를 떨구고 있을 수밖에는 없었다. 그만큼 몸과 마음은 무겁고 힘이 들었지만, 열심히 사시는 모습을 보여 주고, 자식들에게 기대지 않고 떳떳하게 사신다는 말씀이셨다. 또한 자식의 입장에서 일을 그만하게 하실 수 있다. 그러나 그것이 전부가 아니고, 진정한 효도는 용돈을 주면서 하지 말라고 간섭하며 통제하는 것이 아니라는 사실이다. 그것이 맞는 말이다. 진정한 효는 용돈을 드리거나, 무엇을 하지 못하게 하는 것이 아니라, 할 수 있고 하고 싶어 하시는 것을 하시도록 주변 환경과 여건을 만들어 주면서, 어머니의 마음을 편안하게 해드리는 것이다. 결국은 자주 찾아뵈면서 말벗이 되어주고, 드시고 싶은 음식도 함께 나누면서 삶을 누리시는데 어떤 불편함이 없으신지 찾아서 심부름을 잘하는 것이 진정한 효의 실천이다. 바보 아빠의 어머니를 하늘나라에 보내고 얻은 큰 깨우침이다. 부모에 대한 효의 실천이 중요하다.

어머니는 바보 아빠가 몸이 회복되지 않은 고통을 받고 있던 지난해의 이맘때에도 노랑 고구마는 어김없이 초인

종을 눌렀다. 올해에도 집을 잊지 않고 고구마는 찾아왔다. 주일날에는 성당에 가시어 건강하게 잘 살아달라고 기도를 잊지 않으시는 어머니이다. 따뜻한 마음 고이 간직해야 하는 이유이다.

코로나 이후, 벌써 뵌 지가 수개월이 넘었다. 어머니의 정성과 사랑의 마음이 가득한 노랑 고구마를 입에 넣어 먹을 수가 있을는지 모르겠다. 2월부터 10월까지 약 9개월의 기나긴 시간 동안 얼마나 힘이 드셨을까를 생각하고 있다. 바보 아빠의 어머니에 대한 그리움이다.

유난히도 길었던 올해는 비도 많았다. 폭염과 태풍까지 찾아와 인명과 재산 피해도 컸다. 더위는 밭일하는 농부에게는 숨을 쉴 수가 없을 정도로 힘든 일이다.

어머니께서 오래오래 건강하시면 좋겠다. 언제나 해맑은 미소로 웃음꽃을 피워주시면서, 자녀들과 손주들의 재롱들을 바라보시면 좋겠다는 마음을 바보 아빠는 어머니에게 전하고 있었다. 아름다운 행복의 꽃을 한 아름으로 안으시면서, 삶의 보람과 행복을 찾아가시면 좋겠다는 것으로 최고의 기쁨일 것이다. 앞으로는 몸과 마음이 더 좋아지고, 움직임과 활동의 자유가 보장되면, 따뜻한 어느 봄날에는 꼬오옥 찾아뵙고서, 이미지도 한 장 그리고 싶은 생각이다.

평소 좋아하고 즐겨 드시는 요구르트와 딸기요플레, 단팥빵을 한 아름 사서 들고 찾아가 뵙는 그런 날이 하루라도 빨리 다가오기를 손꼽아 기다리고 있다. 사는 날까지 기억하고 싶은 그리운 어머니이기 때문이다.

10년의 세월이 흐른 2023년의 깊어 가는 가을날이었다. 수필작가로 등단한 이후, 첫 번째의 책 『바보 아빠』가

출간이 되어 세상 밖으로 나가게 된 어느 날이다.

바보 아빠는 책을 들고 꼭 가야 할 곳이 있었다. 전주 효자 추모관에 계시는 부모님을 찾아뵙고, 고향 덕두리에 계시는 작은아버님과 어머님, 그리고 수력발전소가 있는 칠보 행단이의 친구 어머님이었다. 영면하신 부모님께는 『바보 아빠』 책을 영전에 넣어 드리면서, 건강하게 잘 살아가고 있다고 말씀드렸다.

다음은 고향에서의 일정을 마치고, 서울로 상경을 하기 전에 연로하신 몸으로 농사를 짓고 계시는 친구 어머니를 찾아가고 있었다. 출발은 하였으나, 집에는 계시는지와 아프지는 않으시면서 건강하신지는 관심의 여지가 없었다. 마트에 들러 평소 좋아하셨던 요플레와 요구르트도 샀다. 아쉽게도 팥빵은 구할 수가 없었으니, 난감이다. 발전소를 지나 꼬불꼬불한 동네 길을 따라 집 앞에 섰다. 그리운 명패도 보였다. 대문을 들어서서 어머니라고 목청을 높여 큰 소리로 불러 보았다. 한번이 아니고 여러 번이다. 집안 에서 가녀린 어머니의 소리가 들리고 있었다. 맑고 밝은 목소리의 주인공 어머니이다. 방에서 나와 마루로 나온 연로해지신 어머니의 용안이 보였다.

살아계신 모습을 볼 수가 있어 저절로 웃음꽃이 피었다. 미닫이문을 열고, 어머니를 바라보면서 두 손을 잡았다. 온기는 있으나, 손등과 손가락에 얼룩진 그늘이 있었다. 왜 일까? 하고 여쭈어보았다. 나이는 드셨지만, 갸름한 모 습과 고운 얼굴에 웃음꽃이 만개하였다. 작년 가을에 밭 일하다가 불을 피워 태우는 과정에서 화상을 입었다고 하 셨다. 몸도 불편하셨을 것을, 얼마나 힘드셨을까? 눈물이 핑 돌고 있었다. 병원에 입원하여 오랜 기간 화상치료를 하느라고, 고생을 많이 하였다고 그때의 힘들었던 상황을 전해주고 계신다. 자식들에게 걱정을 안 주고 삶을 살려고 하였는데, 미안하다는 말을 먼저 하시는 어머니이다. 집에는 셋째 막내딸이 와서 어머니의 손발이 되고 있었다. 리어카를 끌고 밭에서 마지막 수확물을 수거하여 오고 있다. 작두콩과 무도 있었다.

출간한 수필집 『바보 아빠』를 드리고서 일어나야만 하였다. 열차 시간이 있어 더 이상 머무를 수는 없었다. "다음에 고향에 오면 다시 오겠습니다."라고 말을 하고서 무거운 발걸음을 돌릴 수밖에 없었다. 오래오래 건강하시면 좋겠다는 마음뿐이다. 부모님이 생존하여 계신다는 것은 행운이고, 행복이다. 자식의 도리를 다하는 좋은 사람과 친구가 되어주기를 바라는 작은 마음을 놓고서, 어머니의 정성과 사랑이 가득한 노랑 고구마의 애틋한 사랑 나눔은 마침표를 찍고 있었다.

고구마꽃이 피면 행운이 가득하다고 한다. 좋은 사람과 친구들에게 그 행운과 행복이 넝쿨째로 들어가기를 바보 아빠는 바라고 있다. 겨울이 지난 어느 봄날에는 돋아난 쑥을 채취하여 만드신 쑥 개떡을 그리워하면서, 어머니의 손맛이 정성과 사랑으로 가득하게 담긴 맑은 마음으로 뵐 수 있는 그날을 바보 아빠는 기다릴 것이다.

20. 고구마순, 그리운 어머니의 손맛

시원함이 묻어나는 8월의 주일 아침이다. 어느덧 장마도 폭염도 그리고 매미 소리도 잠시 주춤하고, 가을이 왔음을 알리는 듯하다. 고추잠자리도 세상 밖으로 나와 너울너울로 춤을 추고 있다. 그 모습은 내 세상이 왔음을 느낄 수 있는 진한 가을 내음이다. 좀 더 지나면 밤마다 귀뚜라미 합창 소리도 가득하고, 오곡백과가 무르익어가는 가을 냄새로 향기를 주려는 기대감은 새로운 하루가 다가오고 또 시작될 것이다. 이때쯤이면 옥수수도 끝물이고, 처서 전에 겨우내 먹을 김장용 각종 모종의 식재시기와 참깨 수확도 하는 시기이다. 그중에도 금값이 되어버린 채소와 각종 김치 만드는 일은 부담이다. 그 맛을 보기에는 무척이나 힘들고 그리워질 시기이다.

 바로 그때, 그 맛을 볼 수 있는 것이 사각사각 감칠맛으로 가득한 고구마순 김치이다. 고구마 순을 넣어 끓여 내는 갈치와 고등어찌개 또는 조림도 최고의 맛을 주는 음식이다. 7~8월에 먹을 수 있는 별미 중 별미다. 고구마순 김치는 비타민A 등 다양한 영양소에 미네랄이 풍부하여 소화 개선, 체중감량, 혈당조절과 시력 개선, 면역력 보호, 항산화 효과까지도 있어 건강에는 좋은 순기능이 많다고 알려져 있다.

 고구마 순을 매운탕에 넣어 끓여 얼큰한 맛도 아주 특별하고 담백한 일품요리 중의 하나인 것이 분명하다. 그러기에 어느 날에는 바보 아빠의 정보채널 바구니에는 고구마 순을 이용한 김치와 찌개에 관한 맛을 자랑하는 선배도 있었다. 멀리 이국땅에서 어려운 이웃을 위해 따뜻하고 포근한 선생님으로 역할을 하고 계시는 지인의 풍미가 넘치는 맛과 멋 자랑에 배는 아리고 있었다. 어머니에 대한 그리움과 손맛이 무척이나 강하게 다가오고, 생각이 나는 것이다. 분명 그리움이고, 몸에 배어있는 어머니의 손맛이다.

"아내 수네 여사님! 우리말이요. 고구마 순으로 담근 김치를 조금 사서 먹으면 안 되나요?"

"글쎄요. 그것이 하도 귀하신 몸이라서 반찬가게에서나 팔려는지 모르겠어요. 시장에 한번 가봐야겠어요."

바로 바보 아빠의 부탁을 이어 주고 있었다.

바로 오늘 아침이다. 바보 아빠의 고향 친구가 정성과 사랑으로 어머니의 따뜻하고 포근한 사랑의 손맛을 가득히 안을 수가 있었다. 그 참맛을 그리움 가득히 기쁨으로 보고 느낄 수 있는 것이다. 지성이면 감천이라고 하였다. 핸드폰의 전화 음악이 "어서 전화 받으세요"를 말을 하며, 바보 아빠를 찾고 있다. 이른 아침에 매미가 쉬지를 않고 울어대듯 우렁차기도 하였다.

"정식아. 나 ○○ 인데, 지금 여기가 김포대교이거든, 약 10분 안에 너의 집에 도착할 것 같다. ○○○의 다급한 목소리의 전갈이다. 응, 알았어."

바보 아빠는 대답한다. 바보 아빠의 아주 절친한 깨부짱구의 죽마고우 친구는 힘이 있는 다정한 마음으로 온기가 숨 쉬는 전갈이다. 멀리 고향에 계시는 어머니의 집에 갔다가 상경 길에 가져온 것이다. 어머니께서 바보 아빠를 가져다주라고 뜯고 손질하고 정성으로 담그신 김치이다. 집에서 직접 기르신 큼직한 토종닭까지 한 아름이다.

자나 깨나 논과 밭일하시면서, 바보 아빠를 걱정하고 있다는 전갈도 함께 전한다. 바보 아빠의 안녕과 안위를 생각하고 계신 것이다. 그냥 어머니의 정성과 사랑에 눈물이 핑 돌고 있다.

"어머님! 큰아들 친구 바보 아빠는 덕분에 건강 회복도 잘하고 있으면서, 이제는 걷고 뛰기도 제법 한답니다.”
고맙고, 감사함의 인사를 올리고 있었다.

　바보 아빠에게도 이렇게 소중한 친구가 있다는 것이 늘
자랑스럽고 뿌듯한 삶이라고 웃음꽃을 피우고 있다. 그
친구는 바보 아빠가 중환자실에 있을 때, 단 한주도 거르
지를 않고서 매주 찾아와 준 친구다. 그 정성과 우정에
아내 수네 여사와 아이들도 감동하고, 감탄하고 있다. 바
보 아빠는 지난번 사고로 입원하여 있는 친구에게 병문안
을 딱 세 번밖에는 가지를 못하였는데, 그 친구는 지극정
성이 넘치고 있는 우정을 준 것이다. 오랜만에 차 한 잔
나누면서, 고향 소식과 어머니 이야기를 주고받으며, 보내
주신 짐을 풀어 헤치고 있었다. 이 무더운 여름날에 채취
하기도 힘드셨을 것 같고, 이것저것 참으로 많기도 하였
다. 눈물은 다시 핑 돌고 앞을 가린다고 하는 말이 지금
필요한 것이다.

　고구마 순 한 포대에 깻잎 한 봉지, 된장찌개용 호박, 고
구마순 김치, 집에서 담그신 된장, 큼지막한 토종닭에 꽈
리고추, 청양고추까지 빼곡하다. 그렇게 기다리던 그리운
어머니의 손맛이 생각났던 여름날의 고구마순 김치가 앞
에 있었다. 애절한 마음으로 그리움에 울어보니, 소원이
이루어지는 하루가 되어 주었다. 예쁘게 곱게도 담은 고
구마순 김치만 바라보고 있어도 배가 부르고, 갓 해낸 흰
쌀밥 한 그릇은 뚝딱할 것만 같았다.

“어머니, 고맙고, 감사합니다. 보내주신 정성과 사랑은
마음속 깊은 곳에 꼭 저장하여 두고서, 살아 숨 쉬는 동
안에는 어머니의 마음까지 가득 담아 베풀며 나누고 누리
겠습니다.”

친구의 어머니께서는 10년 전에 작고하신 바보 아빠 어머니의 그리움과 살아생전 내어주신 손맛을 찾아주고 계셨다. 잠시 멈춤의 시간으로 뭉클하다. 이후, 어머니께서 보내주신 식재료 등은 그 무엇 하나도 소홀함이 없이 맛있게 잘 먹겠다고 다짐하고, 고구마순 껍질 벗기기에 심혈을 기울이면서, 손끝은 보랏빛으로 물을 들이고 있었다. "어머니! 좋은 생각 기쁜 마음으로 오래오래 건강하세요. 추석이 오기 전에 꼭 찾아뵙고, 건강한 모습을 보여드리겠습니다."

그리고 효를 실천하면서 자주 찾아뵙겠다고 무언의 약속을 하고 있었다. 사람 사는 세상 이야기는 고마움과 감사함으로 그리운 어머님과 정성과 사랑을 가득 채워주신 친구의 어머님, 두 분을 생각하는 따뜻하고 포근한 웃음꽃의 향기로 익어가고 있었다.

어느 여름날의 태양보다, 겨울날의 동장군보다도 더 강한 정성과 사랑 꽃으로 피어난 온기가 있고, 포근한 마음이 머무는 그리운 어머니의 손맛이었다.

바보 아빠는 어머니의 만수무강을 기원하고 있었다.

21. 쌀 한 가마니의 인연과 소망 나눔

그날은 12월 중순으로 함박눈이 내리고 있다. 이른 새벽의 동이 튼 아침이다. 창문 유리창에는 햇살이 없는 어둠으로 하이얀 눈꽃만이 여린 바람에 흩날리고 있다.

창문을 열었다. 창문 밖의 풍경은 동네가 온통 하얀 솜털로 옷을 갈아입은 풍경을 연출하였고, 쉼 없이 흩날리는 자태는 작은 미소가 피어 머물고 있다. 구수한 누룽지 한 그릇으로 아침을 먹었다. 온기 가득 피어오르는 아메리카노와 에이스 한 조각을 들고 창가에 앉았다. 눈꽃 세상과 속삭이면서 하루를 열고 있다.

오늘은 무언가 색다른 맛과 멋이 머무는 축복의 하루가 되었으면 하는 작은 바람의 기회가 주어질 것이라는 설렘이 머물고 있다. 함박눈의 입자는 조금 작아지면서, 해님은 그 빈틈 사이로 불쑥 고개를 내미는 아침나절의 풍경이다.

자유와 여유의 혼자만의 시간이다. 준비된 커피 향과 에이스 한 조각의 속삭임으로 하얀 눈꽃 세상과의 특별한 입맞춤의 시간을 누리는 재미가 좋았다. 바보 아빠에게 사는 재미라고 말을 건네고 있다.

바로 그때다. 핸드폰 화면의 카톡 방에 빨간색의 숫자가 눈에 들어오고, 이내 오른손 검지로 카톡을 하고, 가볍게 터치한다. 메시지의 내용은 이러하다. 제2의 삶을 시작한 장수와 장류의 고장인 순창에서 공직 생활 중에 인연을 맺은 기관장으로 당시 농협지점장을 지내신 여성의 선배이셨다. 인품과 배려하는 마음이 훌륭하신 분이다.

일주일 전 어느 날의 아침이다. 집안의 큰 대사에 해외 여행 중이라서 귀국 일이야, 카스토리를 보고는 큰 딸아이의 혼사를 알게 되었다는 말씀과 공직 생활 중에 배려해 준 고마움으로, 그냥 지나칠 수 없다는 전갈이다. 그리고 함박눈이 소복이 내린 어느 날 아침 시간, 새로운 연락의 메시지가 도착하였고, 그것은 정성의 마음이 깊게 묻어나는 축복의 메시지이다. 무농약 우렁이 농법으로 농사지은 햅쌀을 보내니, '맛있게 들고 건강하라'는 덕담까지 정성이 한 아름이었다. 이는 정보통신의 발달로 참으로 좋은 세상에서 숨 쉬고 있다는 사실을 알고 있었지만, 그 위력을 다시금 알게 된 기쁨의 시간이 아닐 수 없다. 60의 나이에 근접한 삶을 살아오면서, 수많은 사람들과 직간접으로 인연을 맺고서 살아가는 세상이다. 공직 생활 중에 전보나 보직 이동, 퇴직 등으로 어느 날 함께한 인연의 시간이 종료되고 헤어진 이후에는, 다시 만나고 연락한다는 것이 쉽지 않은 것이 현실이 아닌가도 싶다. 그 현실을 변화시키는 것도 깊은 정성으로 상호 존중과 배려가 있어야 만이 가능한 것이 사실이다. 그냥 스쳐 지나가도 될 사안을 챙기시는 그분의 따뜻하고 포근한 모습에서, 아직은 인간미가 숨 쉬는 사람 사는 세상이다. 분명 살아볼 만한 가치가 풍부한 것으로 또 하나의 소확행을 얻는 기쁨과 환희의 축복이다.

다음날의 오후이다. 해는 서녘으로 기울고 있는 시간에 정성으로 땀 흘려 농사지은 쌀은 순창을 출발하여 일산 킨텍스 앞에 사는 바보 아빠의 집까지 안전하게 배달이 되었다.

웬만한 관심과 정성의 마음이 없다면 쉽게 내어줄 수 없는 작금의 각박해진 삶이건만, 온기 가득 배려해 주시는 그 마음은 존중과 존경스러움으로 채워지고 있다. 그곳 장류와 장수의 고장 순창에서 나누고 누린 10년 세월의 여정이 사람 사는 세상의 아름다움으로 꽃을 피워 열매를 맺었다. 새록새록 더듬어 회자가 되고, 또 하나의 값진 추억의 선물로 기록되어 저장시키고 있다.

이제 기상과 기후의 변화가 갈수록 심화한 겨울 세상이다. 강력한 한파가 예고하고 있지만, 사람 사는 세상의 참

맛을 누리고 있는 현재의 삶은 분명 사는 재미의 맛은 좋은 것이다. 이는 겨우내 바보 아빠와 가족들의 삶에 건강한 보약이 되리라고 확신을 주고 있었다.

바보 아빠의 축복받는 하루는 그렇게 마무리되면서, 고마움은 소중히 간직하고, 소홀히 하거나 헛됨이 없도록 잘 보관하고 있다. 새로운 나눔과 배려의 기회로 발전시키겠다는 확신으로 다짐하고 있다.

바보 아빠는 참 행복한 사람 중 한 사람이다. 공직 생활 중에 인연을 맺은 다수의 사람으로부터 힘들게 땀 흘리며 농사를 짓지 않고서도 좋은 사람 좋은 인연으로 그 대가를 충분히 누리고 있다. 어쩌면, 그 속에는 작은 인연이라도 소중히 생각하고, '진실한 삶을 살라.'는 의미로 또 하나의 가르침이 되어 깨우침을 얻는 축복의 함박눈이 내린 하루가 되고 있다.

사람 사는 세상은 갈수록 각박해지는 삶 속에서 살다 보면, 인연의 간격을 좁히는 경우가 있다. 한 발짝 물러나면 멀어지면서 관심 없이 잊고 사는 관계가 된다는 사실을 인지하게 된 쌀 한 가마의 의미를 알게 되었다.

22. 우정으로 달려온 블루베리의 사랑꽃

어쩌면 만남의 인연은 삶 속에 소중한 친구일 것이다. 그것은 노년이 되어 있을 미래의 삶에 있어서는 더욱 큰 자산이 아닐 수가 없다. 참 좋은 인연인 것이 분명하다. 서로를 위한 마음이 통하고, 추구하고자 하는 삶의 가치와 목표가 같다는 것은 참으로 좋은 기쁨이고, 행운이다.

그 무엇이든 간에 크고 작은 것을 떠나 욕심 없이 내어 줄 수 있는 친구는 그리 많지 않기 때문이다. 각자의 수 많은 애경사를 오가면서 정말 상대방이 좋아서, 해 맑은 웃음으로 그 무엇을 내어주는 사람이 많다는 것은 잘살아 온 삶이 분명하다. 물건값으로 환산이 안 되는 따뜻하고 포근한 마음이다.

다시 말해, 수많은 학지연의 지인과 친구들을 통해서 볼 때는 더욱 그렇다는 이야기다. 그중에서도 그런 친구가 하나 또는 둘이라도 있고, 있을 수가 있다면 살아온 삶은 잘 살아온 것이다. 남은 인생길에서도 기분 좋고 재미가 있는 설렘의 행복한 삶이 아닐는지도 싶은 생각으로 다가 온다.

삶 속에 사람의 만남은 언제나 중요한 것이다. 누구를 어디서 어떤 인연으로 만나느냐에 따라 그 가치는 천차만 별이 되기 때문이다.

6월의 하지 전 어느 날이다. 동남아 전지훈련에서 복귀 한 이후, 비몽사몽으로 여독을 푼다고 잠에 취해 만사가 귀차니즘이다. 이는 또 다른 전지훈련이 아닐 수 없었다. 그러던 어느 날 옆에 있던 핸드폰에서는 연신 카톡카톡 소리가 울리고 있다. 그 주인은 전역 후에 춘천 신북에서 소양강 블루베리 사업을 하는 농장 지킴이 친구의 소식이 다. 그 카톡의 내용은 아래와 같다.

"오늘 첫 수확을 해서 맛보기로 보냈습니다. 이번 시즌 은 존경하는 최정식 동기와 행복한 가정에 첫 수확물을 전하는 것으로 시작하려 했고, 드디어 오늘 수확을 하여, 오롯이 최정식 동기의 건강과 행복한 가정을 위하는 마음 으로 하였네요. 첫 수확을 하다가 보니, 아직 덜 익은 것도 일부 있을 것입니다. 그래도 죽음의 문턱까지 갔다 온 농부가 세상에서 가장 안전하게 키운 먹거리니, 맛있게 드시고, 오래오래 건강하세요. 내일 우체국 택배로 받으실 것입니다."

파이팅의 글이었다. 세상을 살아가다 보니 이런 일도 있었고, 있을 수가 있는 것이다. 햇살처럼 반짝이는 친구가 내어준, 2019년산 첫 블루베리를 수확하여 보냈다는 전갈이다. 다음 날 오후에 새참 시간에 블루베리는 어김없이 집을 찾아왔다. 이 소중한 블루베리를 먹어야 하나, 아니면 상하지 않도록 냉동실에 보관해야 하나, 바보 아빠는 잠시 중심이 흔들리면서 망설이고 있었다. 그리고 정신을 차리어 마음을 가다듬었다. 고맙고, 감사함으로 정성을 담아낸 답장을 보내고 있었다.

"단결, 정말 고맙고, 감사합니다. 정성과 사랑이 가득 담긴 첫 수확의 소양강 블루베리의 맛을 보면서, 잘 먹고 건강하겠습니다. 그 깊고 큰마음도 잊지 않고서, 오래오래 가슴 한켠에서 숨 쉬고 있도록 잘 저장하고 관리하겠습니다. 늘 안전하고, 건강하게 한 해 농사의 산물인 수확 잘 해주시기를 소원하고 있겠습니다. 잘 지내세요. 얼마 후 좋은 날에 뵙겠습니다."

사는 게 무엇인지? 친구를 통해 알 수가 있었다. 약자에게 선뜻 내어주고, 베풀 수 있는 큰마음에 정성과 사랑의 감동을 맛보았고, 진정 감탄이 아닐 수 없었다. 동병상련의 온기 있는 마음이었다.

친구의 크나큰 마음을 위해서라도, 더 좋은 생각과 기쁜 마음을 간직하고, 배려의 의미를 되새기고 있다. 이제는 뒤따라 실천하고 행동하겠다는 의지로 주먹을 쥐어보고 있었다. 살아 있다는 것을 확인하였고, 살아야 하는 이유를 알면서, 닭똥 같은 눈물은 광대뼈를 타고 주르륵 목까지 굵은 선을 내고 있었다. 하염없는 미소의 그림이다.

이 시각에도 소양강 블루베리의 농막에는 훤히도 불빛을 밝히고 있었다. 농사를 짓는 일은 결단코 쉽지 않은 일이다. 봄부터 시작하여 겨울까지 사계절 내내 쉼 없이 관리를 해주어야만 잘 자란 튼튼한 꽃을 피우고, 열매를 맺게 하여 수확을 할 수가 있는 것이다.

농부의 땀은 거짓이 없다. 성공과 실패는 얼마나 관심을 갖고 정성과 사랑으로 가꾸었는지를 수확이 말해주고, 최고의 상품으로 고객으로부터 각광을 받기 때문이다. 성공과 실패의 차이는 그것이다. 분명 그것은 무엇 하나 쉬운 게 없었다. 피나는 노력과 숨이 차오르는 호흡으로 흘리어 낸 땀의 대가이고, 결실일 것이다. 소중한 친구가 정성으로 내어준 블루베리의 사랑 덕에 또 하나의 깨우침을 얻고 있다. 다시금 삶을 어떻게 살아가야 하는지를 깨우치면서, 배우고 있다.

이제 그곳 소양강 블루베리 농장에 찾아 나서려고 준비를 시작하였다. 1차로 아내 수네 여사와 함께 다녀온 후, 어느 날의 주말에는 아이들도 함께할 것이다. 수확의 체험도 맛보고, 살아가는 삶의 멋도 일깨워 주는 기회로 발전시키겠다고 다짐도 해두고 있다.

블루베리 할아버지의 정성과 사랑이 담긴 배려의 마음은 정말 감동이었다. 고맙고, 감사한 마음으로 소중하게 간직하면서, 잘 먹고 건강한 모습으로 보답하겠다는 마음을 가다듬고 있었다. 집 옆 하나로 마트에서 가장 큰 수박을 사서 블루베리 농장을 찾아가기로 하였다.

일 년 사계절을 하루라도 온전히 쉬지 않고서, 추위와 더위를 오가며 땀 흘리어 정성과 사랑으로 가꾼 눈물이 담긴 블루베리이다. 무더운 여름날에 건강도 잘 지키면서, 기상과 환경 등의 모든 것이 좋은 여건에서 수확을 잘하여 주길 소원하고 있다. 수고로움으로 제값도 받으면 더욱 좋겠다. 생산한 블루베리의 완전 판매가 되는 기쁨으로 한 해 농사의 결실을 큰 성과로 마무리시켜주면 좋겠다고 파발을 띄우고 있었다.

이후, 우리는 가끔 또는 자주도 만나고 있다. 틈을 내어 춘천을 찾았고, 살아 숨을 쉬는 듯한 분위기 있는 곳에서의 맛있는 닭갈비의 참맛도 보았다. 춘천 시내와 소양강, 의암호가 한눈에 들어오는 고즈넉한 카페에서 빵과 커피의 맛과 멋도 나누고 누렸다.

멋진 포스로 그림도 그려 두었다. 행복이 넘치는 웃음꽃도 만들어 창공에 띄우기도 하였다. 어느 날에는 아이들과 함께 농장을 찾았다. 난생처음으로 수확을 체험하고, 환한 미소의 기쁨도 맛보고 멋도 누렸다. 조금 더 먼 미래의 꿈을 위하여, 땅도 찾아가 밟아보고 있었다. 참 좋은 친구이고, 기쁨으로 함께라는 사는 재미의 행복이다.

2020년에는 기상악화로 블루베리 농사는 아픔과 고통의 눈물도 맛보고 있었다. 안타까움이고, 슬픔이다. 조생종 블루베리의 맛은 일품으로 대박을 예고하고 있었다. 그 친구는 올해에도 9월에 태어날 아가 봄봄이와 엄마를 위해서, 역시나 첫 수확한 기쁨의 블루베리를 선물로 보내주었다. 이후, 지극정성으로 가꾼 블루베리의 농사가 54일이나 지속된 멈춤 없는 장맛비와 태풍의 바람 때문에 아픔이 휘몰아치고 있었다.

조생종 블루베리는 정상의 수확으로 잘 마치었으나, 만생종은 전혀 수확할 수가 없었다. 엎친 데 덮친 격으로 그물망은 모두 망가지고 말았다는 전갈이 날아오고 있다. 참새들의 먹이가 되지 않도록 그물을 설치하였으나, 결국 참새들의 여름 보양식으로 헌납을 할 수밖에는 없었다. 눈물이 앞을 가리는 심경이었을 것이다. 바보 아빠의 몸과 마음에도 속이 쓰리고 아픈 고통이었다.

바보 아빠의 친구는 망연자실의 분위기이었을 것이나, 히늘의 뜻이라며 너털웃음을 지어주고 있었다. 오랜 군 생활로 산전수전 공중전을 수없이 경험하였기에 오뚝이처럼 다시 준비하면 된다. 다시 충분히 일어날 것이라고 믿고 있었다.

어느 날, 기쁨의 환한 미소로 박수칠 수 있는 그날이 다가오길 소원하고 있었다. 친구야 힘내라.

하루가 편안하니 좋았다. 오늘따라 하늘에는 미세먼지도 없었고, 화분에 심은 고추나무에서 매운 고추가 한 움큼이나 열린 모습에서도 아내 수네 여사는 함박웃음이다. 심어놓은 옥수수를 잘못 알고 풀이라고 뽑던 새댁이 이제는 어른스러워져 있다. 우리 집에도 덩달아 때아닌 웃음보가 계속 터지고 있다. 사람이 사는 재미의 사랑꽃이었고, 바로 그것이 즐거운 삶의 행복이다.

삶은 그렇게 만들어 가는 것이다. 그 정성과 사랑의 마음으로 관심을 가지고 지극정성으로 가꾸어야만 한다. 꿈과 희망을 먹고 잘 자라도록 사랑을 나누어 주는 것이 잘 사는 삶이라는 것을 얻고, 알게 되었다.

23. 오디와 함께하는 그리운 추억과 사랑 찾기

서울의 도심을 벗어나 시골 마을에 조금만 들어가 보면, 정성으로 가꾼 열매들이 주렁주렁 열리어 있다. 빨간 앵두, 노란 살구와 그중에 제일은 오디이다.

누에고치가 먹는 뽕잎 사이로 검붉은 모습의 오디는 뜨거운 태양 아래에서, 따뜻한 햇살을 가득 받아 무럭무럭 익어가는 모습이 멋지고 탐스럽기만 하다. 잠시 발걸음을 멈추게 만들고, 엷은 미소를 짓게 한다. 먹음직스러워 흐뭇하다.

산과 들녘에서 농사를 지으신 농부들의 땀의 대가도 보고 느끼고, 일에 대한 보람도 찾고 돈이 되시니 얼마나 좋으실까요. 고맙기만 하였다. 그 모습에는 덩달아 바보 아빠도 무척이나 좋았다. 땀을 흘려 보았고, 흘린 땀의 가치와 대가를 잘 알고 있기에 말을 할 수가 있는 아름다운 삶의 모습이다. 그때의 시골에서는 양파와 마늘, 감자 수확 등이 먼저 시작된다. 이제는 토마토, 매실 그리고 오디와 블루베리, 복분자, 체리 등도 본격적으로 수확이 시작될 시기다. 좀 더 지나면 참외와 수박 등 제철 과일의 풍년으로 출하가 시작되는 것이다.

비 내림 일수가 적고 햇살을 가득 먹어주니, 수확 시기는 당겨지고, 맛도 풍부한 듯하니 농사를 지어 놓으신 농부들의 입가에는 행복한 미소의 웃음꽃이 피어 있다. 사는 맛과 멋으로 정말로 좋아하고 있다.

사고 전만 해도 출퇴근 전에 텃밭을 가꾸며 풀을 뽑고, 물도 주고 수많은 밭작물의 씨앗을 뿌리고 성장시킨 경험이 있다. 익어가는 모습들을 관찰하는 재미는 힘은 들었지만, 아주 즐거운 삶의 재미이고, 보람이다. 그 재미에 푹 빠지면, 허리가 아픈 줄도 모르고서, 나누고 누리는 맛과 멋도 함께하면 많이도 좋은 시간이다. 그런 상황의 느낌으로 오디 사랑의 글감을 바보 아빠는 얻고 있었다.

바보 아빠의 고향 정읍의 원백암마을에는 초등학교 친구의 부모님과 막내동생 내외가 많은 양의 뽕나무를 심고, 가꾸어 오디를 생산하고 계신다. 매년 6월 초부터 약 3주 동안은, 오디 채취로 무척이나 바쁘고, 하루해가 너무나도 짧아 안타깝기도 한 6월초 여름날의 풍경이다. 단 한 번 그 현장에는 가보지는 않았으나, 그 양은 제법인 것 같다. 그런 상황으로, 친구는 매년 이맘때가 되면, 사업에도 잠시 손을 놓고서 전 가족이 출동하여 오디를 채취하러 나서는 것이다. 착한 가족의 모습들이 아닐 수 없다.

오디는 제한된 기간에 수확해야 하니, 늘 일손이 부족하다. 그러니 춘천에서 블루베리 농장을 하는 바보 아빠의 멋진 동기생이 하는 말이 있다.

"야! 정식아, 퇴직하면 해마다 블루베리 따러 오라."

오늘은 그 말이 실감이 나고 있었다. 다행히 어릴 적 기억 속의 뽕나무와는 다른 적당한 크기의 나무들이라 채취하기는 편할 것이다. 허리 숙이고 무릎 굽힐 일이 없으니, 키가 작은 사람도 오디를 채취하는 일에는 부담이 적은 것이다. 키가 큰 바보 아빠가 가면 일당백의 일손이 분명하였을 것이다.

한주의 끝자락으로 어둑어둑한 불금의 밤이 소리 없이 깊어만 가고 있다. 그리고 초등학교 친구들의 단톡방과 밴드에 댓글이 불이 나게 왔다 갔다 움직이고 있다.

"어라. 친구들이 바보 아빠에게는 신고도 안 하고, 뽕밭에 오디를 따러 간다고 하네."

심쿵도 하고 있었다. 남녀칠세부동석이라 하였거늘 아저씨와 아주머니들까지 많기도 하다. 그 시간 스포츠 센터에 다녀와서는 하루를 정리하고 있었다. 핸드폰과도 놀면서 열심히 글도 쓰고, 사람 사는 세상 이야기를 읽어주는 고객들의 댓글에는 언제나 정성과 사랑의 마음으로 답을 해주고 있다. 그 시간은 삶의 큰 보람이고, 기쁨이다.

잠시 후였다. 손위에 놓여 진 핸드폰에서는 깊은 진동과 함께 요란하게 전화를 꼭 받으라고 하는 애타는 목소리가 집안 가득히 울려 퍼지고 있었다.

"여보세요."

어디에선가 많이 들어본 예쁜 여성 아주머니의 신나는 목소리이다. 대화와 즐거움이 있는 음악 소리도 함께이다. 지금은 친구들 몇 명이 고향으로 가는 길이라고 한다. 친구들과 함께 원백암리의 유00이네로 오디를 따러 간다는 반가운 소식이다.

그 순간은 따라가고 싶은 마음은 꿀떡이었다. 몸은 따라주지를 않는 마음만이었으니, 그리움과 아쉬움만이 밀려오고 있었다. 친구들아, 그곳 뽕밭에 가서는 놀지만 말고 쉼 없이 땀 흘리면서 열심히 일을 해야 한다고 말을 건네고 있었다. 빌려 입은 옷값과 밥값은 하여야 할 것 아닌가로 응원과 격려도 보내고 있었다. 친구들은 농사일을 잘할는지는 의문이고, 걱정도 되었다. 그러나 도움도 드리고, 소기의 성과도 내어주고, 친구의 부모님 사랑도 한 아름 받고 올 것이라고 확신도 해 본다. 그냥 순수하고 소박한 친구들을 믿어주는 것이다. 그런데 이상하고 수상한 냄새가 곳곳에서 흘러나오고 있었다. 이건 뭐지, 어라 뽕은 안 따고 뭘 하는 건지, 알 수 없었다.

 멀리 부산 갈매기를 등에 업고 날아온 친구도 함께하였다. 모두가 착하고 기특하였다. 우정의 동심은 죽지 않고 살아만 있었다. 그곳에서 웃음꽃과 사랑꽃도 확실하게 피어나고 있다. 기지개를 활짝 켠 만발한 꽃들이다. 모처럼의 따스한 날에 선풍기 바람이 필요가 없는 웃음보따리 가득하다. 그 순간은 심술도 나려고 하였다. '바보 아빠를 빼고서, 너희들만이 즐겁게 놀겠다는 말이지'로 투덜대며, '그럼 안 돼' 불만이 있는 볼멘소리도 가득하다. 그곳 오디 채취 현장에 있는 다 큰 남자와 여성 친구들은 정말로 기특도 하고, 어찌 보면 멋지고 대단한 친구들이다.

 부디 조심조심 안전하게 내려가고, 날이 더우니 오디는 아침이 밝으면 바로 채취를 시작하는 것이라고 귀뜸도 해주었다. 그러니 수다를 생략하시고, 한숨 푸우욱 잠이나 자두라고 말을 건네주었다. 농사일의 고단한 어필이다.

 다음날의 아침이 밝았다. 하나둘씩 모이고, 오디 채취 현장의 모습과 오디밭의 풍경도 카톡 SNS로 올라오고 있었다. 나름 복장도 통일하여 입고서, 단체로 한집에서 구입한 뉘앙스도 한 아름이다. 그래도 죽마고우이고, 깨부짱구 친구들이라서 그냥 좋기만 하다.

 뽕나무밭에 같으면 뽕잎을 따던지, 오디를 따야지요. 거기서 무엇들을 하고 있었는지 알 수는 없었으니 아쉽기는 하였다. 자세히 볼 수도 없었다. 통일된 오디 채취의 복장과 바구니를 들고 있는 풍경은 고된 노동이었지만, 재미있어 보였다.

 짐작하건대, 얇고 두터운 각기 다른 입술도 붉게 물들이고, 시늉만 하는 사람은 없을 것으로 믿고 싶었다. 입술로 오디를 따서 먹고 있는 친구도 있다는 것이기 때문이다. 그것을 어찌 확인은 할 수가 없었다.

다음 어느 날에 고향 갈 기회가 되면 꼭 확인은 해봐야지 싶은 생각이다. 딱하고 걸릴 수도 있다는 것을 알 것도 같은 느낌이다. 그나저나 농사일 도와주어 고맙다고 찰밥과 팥죽까지 끓여주시고, 삼겹살까지 구워서 먹이느라고 어머님과 막내며느리의 수고가 많은 모습이다. 고부간의 아름다운 삶의 현장 모습으로 보기도 좋았다. 점심을 먹는 시간, 다들 허기진 모양으로 맛있는 점심식사의 모습들이다. 일을 하다가 밖에서 먹는 밥맛은, 진짜의 맛이고 꿀맛이 분명하였을 것이다.

친구의 아버님과 어머님, 아니 막내 며느님, 다음 어느 날에 '바보 아빠가 그곳에 가면 살짝만 알려주십시오.' 파발을 보내 놓고 있었다. 내년에는 아주 일을 잘하는 친구들로 선발하여 보내드리겠다고 귀띔의 약속도 해두었다. 현재 농촌의 풍경은 모내기는 거의 끝자락인 것 같다. 밀과 보리를 아직 수확하지 못한 곳도 있어 보였다. 아무튼, 오디 수확이 본격적으로 시작되는 시기일진대, 한 번도 경험해 보지 않은 친구들은 힘들었을 것이고, 모두 수고들 하였다는 분위기는 물씬거렸다. 어찌, 그 오디 맛은 좋던가요. 이내 말들이 없었다.

농촌에서 시부모님과 함께 행복을 나누고 누리는 착한 아들과 며느리도 있으니 정말 보기도 좋다. 아들과 며느리가 고맙고, 감사하기만 하다. '부모님 잘 챙겨 주세요.' 라고 바보 아빠는 당부의 말만 한다.

"작년의 꼭 이맘때 보내주신 오디는 잘 먹었고, 덕분에 건강하게 살아 숨 쉬며 사람 노릇도 하고, 사람 되어 가고 있답니다. 이제는 행복도 찾았습니다. 재활 운동과 글쓰기도 열심히 하고 있습니다."

바보 아빠의 근황도 전하였다. 오래오래 건강하시기를 바라고, 몸이 더 좋아지는 어느 날에는 기회를 만들어 한 번은 찾아뵙고 인사를 드리겠다고 다짐도 했다.

친구의 부모님과 형제자매의 사는 삶의 모습에서 깨우침도 얻고 있었다. 재미나는 삶의 아름다운 풍경도 찾아볼 수가 있었다. 부모의 역할도 매우 크지만, 5형제의 형제자매가 오순도순 서로 의지하고 도움을 주는 모습은 아름답다. 사이좋게 지내는 모습은 삶의 가치이고, 멋진 삶의 모습이기도 하였다.

가족의 화목은 큰딸의 역할이 힘이 되어주고 있다. 부모님과 형제자매의 안전과 안녕과 건강한 삶으로의 행복을 찾고 지켜주기 위한 헌신이다. 이해와 포용, 존중과 배려, 넉넉함의 희생도 한몫하고 있다는 사실을 멀리서도 알게 되었다. 쉽지 않은 노력이고, 삶의 지혜로 가족 사랑의 모범이고, 실천이었다. 부럽기도 하였다.

그해의 오디 농사는 실패였다는 소식을 최근에야 접하게 되었다. 뽕나무에 병이 생기어 수확을 전혀 하지 못하였다는 안타까운 소식이다. 코로나19와 함께, 기상과 기후의 심한 변화로 농작물에도 그 영향을 미치고 있는 것이다. 심한 일교차는 사람도 과일과 각종 농작물에도 극심한 피해를 주고 있다. 삶의 엄청난 변화가 시작되고 있다. 태풍과 길고 긴 여름 장맛비가 쏟아지면서 농어민의 눈물이 되는 것이다. 살아 숨 쉬고 있는 것이 기적 같은 느낌의 한해로 기록될 것만 같은 아이러니의 여름날이었다.

슬픔에 잠긴 모든 농어민과 국민 모두 힘내시라고 하는 메시지만을 남겨두고서, 바보 아빠의 글쓰기는 문을 닫고 있다.

24. 지리산 자락 산동마을에서 술래잡기하다

석가탄신일의 하루는 내 고향 전라북도의 좋은 사람 좋은 친구들과 동행의 길 속에 기쁨과 행복을 가득 담아 추억의 저장고에 보관할 수 있었다.

밤에는 비가 내린다는 예보가 있다. 서둘러 동기, 동수들과 아쉬움을 뒤로하고, 구순이 넘으신 장모님을 모시고서, 구례군 산동면에 위치한 The K지리산 가족 호텔로 달려갔다.

동네에서 재활하면서 놀던 터울을 넘어 멀리 나서는 기회이었다. 재활도 중요하였지만, 쉬면서 휴식과 조화로운 여유의 시간도 갖는 것이 필요한 때다. 여행 중에는 아내 수네 여사와 구순이 넘으신 장모님과 함께하는 것이다.

이른 새벽부터 하루의 움직임이 무척이나 고단하였는지 간단하게 여장을 풀고서는 곤한 잠을 청하였다. The K 지리산 가족호텔의 대표인 동기의 전화가 걸려 온 사실도 잊은 채로 폭삭 주저앉고 있었다. 눈 비비고 일어나니, 장모님 저녁 굶길까 봐 가지런한 음식까지 정성으로 챙기어 방에 넣어주고, 친구는 퇴근길에 나선다고 하였다.

아침의 해는 어김없이 뜨고 있다. 밤새 비 개인 후라서 그런지, 살포시 내려앉은 안개와 청명함은 가득 하얀 뭉게구름은 두둥실 춤을 추며, 덩실덩실 손끝을 마음껏 움직인다. 뭔가 특별함이 있는 좋은 날이 될 것 같은 예감으로 다가와 살포시 안기고 있다.

친구가 내어준 호텔에서 옷매무새도 단정한 모습으로 포토존에서의 이미지의 멋을 그려 보기도 하였다. 식당에서의 동석 아침 식사를 시작으로 이곳에서의 재활과 치유의 여행은 시작되었다.

따뜻하고 포근한 정성과 사랑이 가득한 동기 친구의 배려로 남자 하나와 여자 둘은 게르마늄이 풍부한 호텔 온천을 찾아 여행의 피로와 여독을 풀었다. 여유로운 시간 속에 온천수에 풍덩 빠지고 몸을 던져 헤엄치고 있다. 지친 몸과 마음의 피로까지를 제대로 푸는 시간이다.

그런데, 뭔가는 분명 이상한 일이 소리 없이 진행되고 있었다. 배가 고파 시간을 보니, 12시가 다 되어 가는데도 모녀는 나타나지 않고 있다. 아침을 멋진 친구와 황태 해장국으로 두둑하게 채워 두었기에 망정이지, 자칫 시간의 흐름을 잡고 놓아 줄 수 없는 듯, 배가 쏘옥 들어가 있다. 어서 무언가는 넣어 달라고 말이 없는 신음 소리는 가득하기만 하였다.

긴 시간이 흐른 뒤에서야, 두 모녀는 룸에 나타나고 있다. 자초지종을 들어보니, 가관이다. 약 3시간하고 30분 이상을 물놀이하면서 때 벗기기 놀이를 하였다는 것이다. 제대로 된 휴가를 즐기고 있었던 것 같아 안정은 되었다. 하지만, 바보 아빠의 생각으로는 아무리 이해하려고 생각해도 이해가 되지 않는 여성들의 속내다.

이후, 얼마나 배가 고프던지 그곳을 움켜쥐고서 토지초등학교 근처의 섬진강 다슬기로 만들어 내어주는 수제비 전문식당을 찾았다. 오랜만에 어머니의 손맛을 느끼고 있었다. 다슬기가 가득한 '띤죽'으로 영양공급이다. 얼마나 부드럽고 맛이 있었던지, 다음 어느 날에는 다슬기 무침에 막걸리 한 사발을 먹어야 하겠다고 옛말로 다짐해두었다. 다슬기를 숙성시킨 장에 구운 김 위에 하얀 속살의 밥을 놓으니, 밥 한 그릇이 뚝딱이다.

이제 본격적인 지리산 여행길에 나선다. 그것도 먼 곳이 아닌, 바보 아빠가 대형 산악사고를 내기 전에 벗 삼아 뛰놀던 그곳 지리산이다. 3,200원의 통행료를 지불하고, 천은사에도 들렀다. 성삼재에 올라 그 옛날 아내 수네 여사와 함께 2박 3일의 길고 긴 천왕봉 종주 산행길을 들추어 보았다. 구순이 넘으신 어머님께 천진난만한 지리산 자락의 속살을 여과 없이 보여 주고 있다.

그 시간, 아침 시간에 게르마늄 온천수로 깔끔하게 몸과 마음을 정화시켜 놓은 바보 아빠는 지리산의 산신령님께 살아 돌아왔노라고 '거수경례'로 멋지게 신고하고 있었다. "단결! 바보 아빠 최정식은 저승사자와 여러 번 싸워 죽지를 않고 살아서 다시 찾아왔습니다."

오늘은 '경로이세요.'라고 묻지를 않으니, 좋았다. '역시 바보 아빠인 나는 청춘이다.'라고 평가하여 주시니, 마냥 속웃음만 나오고 있다.

운전하는 아내 수네 여사는 기수를 뱀사골로 돌려 향하고, 성삼제 부근의 바래봉으로 향하는 서북 능선의 초입을 바라보더니 하염없이 구부러진 길을 굴러 내려간다. 뱀사골에 도착했다. 그 시절, 피아골에서 반야봉과 삼도봉을 거쳐 뱀사골로 향하던 그리운 추억의 '소'와 함께한 긴 시간도 찾아 더듬어도 보았다.

숙소로 돌아가는 길에는 정령치에서 아메리카노와의 입

맞춤 속에 지리산 천왕봉 종주길과 서북 능선 만복대와 바래봉 가는 길을 물끄러미 바라보았다. 세월의 무상함과 언젠가는 다시 오를 수 있다고 하는 꿈과 희망으로 도전을 다시 하겠다고 주먹을 쥐어보고 있었다.

이제 이 밤에 머물러야 하는 곳 The K 지리산 가족호텔의 친구가 기다리는 보금자리로 향해 전진이다. 호텔에 도착하니, 좋은 사람 좋은 친구는 노모님을 그리워하며, 손수 모든 음식을 직접 채취하고 준비하였다. 저녁으로 기울어 가는 해님의 반가운 인사로 안녕을 고하는 시간에 두툼한 흑돼지 목삼겹살로 근사하고 풍성함이 가득한 정성의 가든파티를 준비한 것이다. 아무나 할 수가 없는 것을 호텔 대표가 해주고 있었다. 어머니 사랑에 동기 사랑의 마음까지를 함께 담은 근사한 만찬이다.

친구의 온기 가득한 배려의 마음을 어떻게 갚으며, 보답을 해야 할 것인가. 조용한 밤하늘의 별을 쳐다보면서 긴 반문을 하고 있었다.

구순이 넘으신 장모님께서는 살아오신 삶 중에서 가슴 뿌듯하게 사는 재미를 맛보시게 해드린 것 같아 친구 덕에 정성과 우정 가득한 효와 예를 드린 것이다. 마음도 넉넉하고 포근함으로 뿌듯한 순간들이 아닐 수 없다.

하루 여행의 멋진 친구가 되어준 해님은 웃음을 내어주시며, '숨은그림찾기'를 하자고 말없이 떠나고 있었다. 짙게 드리워진 어둠의 그림자와 함께 하루는 그렇게 마무리되었다.

이 밤은 더 좋은 내일의 아름다운 꽃을 깊게 피우기 위해 눈을 감고 있다. 추억 쌓기의 맛과 멋은 동이 트는 목요일 날의 아침 07:30분부터 다시 시작되었다. 호텔의 대표 친구가 가꾸는 텃밭에 나아가서 채소를 수확하고, 아침을 함께 나누면서 다음을 기약하는 그리움으로 숨겨 두고서, 보답의 기회를 찾기로 하였다. 이른 아침 남의 밭에서 채소를 뜯는 이상한 남녀를 본 동네의 아주머니와 경운기를 몰고 가시던 아저씨의 눈에 목격되었다. 아차 하는 순간, 파출소에 신고 될 뻔한 아이러니의 참맛도 맛볼 수 있었다.

채취한 상추와 함께 쌈과 우거지 해장국으로 아침을 나누고, 온기가 숨 쉬는 아메리카노와 함께 못다 한둘만의 사람 사는 세상 이야기를 나누면서 체크아웃은 기다리고 있었다. 정들었던 친구의 곁을 떠날 준비에 들어가야만 하였다.

3일간, 지리산 The k 가족호텔 대표 친구 그리고, 장모님과 함께한 시간을 소중히 간직하기로 하였다. 구례 산동면 산수유 마을에서의 여유로운 휴식을 누리면서, 많은 것을 얻고 담아가는 시간을 친구와 함께 소통을 이루며 갖게 되었다. The K 지리산 가족호텔 대표와 직원들의 움직임과 활동, 고객 중심의 정성과 사랑이 가득한 미소는 감동이다. 자기 분야에 최고의 멋진 사장이라는 자긍심 속에 사업가 정신을 직원들에게 전수하며, 일깨워 주고 있는 친구의 아름다운 멋을 직접 보고 느낄 수가 있었다. 훈훈하게 사는 재미의 마음을 가득 담아서 가는 시간이 되어, 살아 숨 쉬고 있는 현재의 삶들 모두가 기쁨이고, 행복이다.

호텔 로비 한켠에 자리 잡은 좋은 글이 있다. 오늘의 좋은 생각 아름다운 산수유 사랑이 가득한 메시지를 남겨두었다.

'구부러진 길이 좋다. 들꽃 피고, 별도 많이 뜨는 구부러진 길 같은 사람이 좋다.'

두툼한 흑돼지와 청국장 한 그릇에 모녀와 사위 간의 정을 돈독하게 나누었다. 함께하고 동행하여 준 것이 그냥 고맙기만 하다. 다음 어느 날에 기억되고 회자 될 것이다. 사람으로 살아가면서, 나눔과 베풂은 진정 한 삶을 살아가는 가치와 의미를 되새겨 주는 아름다움으로 가장 행복한 사람이라고 노래를 부를 수가 있어 살아있는 삶이 좋은 것이다.

25. 인연의 만남과 아름다운 삶의 노래

인간은 태어나서 사는 동안 학연과 지연, 혈연관계에서 수많은 사람과의 만남을 통하여 인연을 맺고 살아간다. 그 인연의 만남 속에서 사는 동안 그립고, 보고픈 기억의 사람들은 과연 얼마나 되고, 찾고 만나고 있을까. 의문이다. 그것은 학교생활과 군 복무, 취업 후의 일과 업무 등 직장에서의 관계에 따라 천차만별의 결과로 산물이 되어 나타난다. 좋은 사람, 나쁜 사람, 이상한 사람으로 판단하고 분류도 될 것이다.

또한, 사람 관계에서 좋은 사람 좋은 친구로 인연을 맺은 사람은 과거와 현재, 미래의 어느 삶 속에 위치하여 있든 간에, 그리움으로 가득하다. 사는 동안 머릿속의 기억에 남아 언젠가 한 번은 볼 수 있겠지 하는 희망과 기대도 병행하여 충만할 것이다.

반대로 이상하고 나쁜 사람으로 분류된 사람은 기억 속

에 남아 있을 수는 있지만, 어떤 관계에 있느냐에 따라 일시적 또는 지속적인지 판단이 가능할 것이다. 조직에서의 관계에 따라 어쩔 수 없이 만나야 하는 아이러니한 현상이 발생 될 수도 있는 것이다.

사람으로 태어나 평생 죽지 않고 살 수만 있다면 참으로 좋겠지만, 언젠가는 말없이 가야 하는 것이 인간의 삶이 아닌가도 싶다. 그 아쉬움 속에서 살아가야만 하는 삶이라면, 가능하면 좋은 인연의 만남과 관계를 맺고 사는 것이 진정한 삶의 가치와 의미일 것이다. 그러한 관계가 지속되기 위해서는 서로가 이해하고 베풀고 나누면서 누리는 것을 실천하고 행동해야 만이 가능한 것이 아닐까도 싶은 바보 아빠의 생각이다. 그만큼 일방적이 아니고, 쌍방 간에 믿음을 주는 말과 행동으로 신뢰를 쌓아야 만이 가능하리라고 보고 있다. 이는 쉬운 문제가 아니고 대단한 고난도의 문제이기에, 심사숙고의 결단이 필요한 것이다. 진정 어떻게 사는 것이 사람답게 살고, 행복한 삶인지를 자신과의 고뇌에 찬 싸움을 해서 승리해야 그 해답을 얻을 수 있을 것 같다.

사람과의 소중한 인연과 만남, 그리고 인간관계는 매우 중요한 문제이기에 신의를 저버리지 않는 것이 인연의 만남을 소중히 간직하고 지키는 것이다.

바보 아빠와 아내 수네 여사가 찾아가는 친구는 대전에 거주하면서 인삼과 관련된 사업을 하는 친구이다. 소중한 인연과의 아름다운 만남의 시간은 30년 만에 이루어지는 결코, 흔치 않은 아름다움이다. 그러하기에, 더욱 값진 우정과 사랑의 마음으로 다가설 수가 있었다. 친구는 병원에서 퇴원한 이후 10년이 넘은 현재까지도 매년 잊지를 않고, 오직 바보 아빠의 재활과 치유의 완전한 성공을 바라면서 정성을 다하고 있다. 동기를 사랑하는 따뜻하고 포근한 마음이다. 매번 홍삼액을 보내주어 원기를 회복하고, 빠른 쾌유를 빌어준 삶 속에 참으로 고마운 친구이다. 고맙고, 감사한 마음의 좋은 사람 좋은 친구와의 만남의 시간은, 이 순간 문화유산의 아름다운 도시 공주에서 이루어졌다. 서로 포옹하면서 애절한 교감과 마음의 인사도 나누었다.

그리고 공주의 모 고교에서 선생님으로 근무하고 있는 동기를 약 30여 년이 되어서야 만나는 행운도 함께 누리었다. 우리는 공주 시내에서의 맛집을 찾다가 밤이 씹히는 육회비빔밥을 먹고 있었다. 영양 만점으로 최고의 맛과 멋이었고, 우정이 숨 쉬는 공주의 자랑이다.

이후, 다음의 만남을 다짐하고서, 아내 수네 여사와 함께 공주가 고향이면서, 용인의 00중학교에 교장 선생님으로 재직하고 있는 친구와 통화를 했다. 공주의 맛과 멋을 알기 위해서이다. 친구의 안내를 받아 공주 공산성과 송산리 고분(무열왕릉)을 둘러보면서, 공주의 맛과 멋을 기분 좋게 담아 저장하여 두는 소중한 시간을 간직하였다.

유유히 흐르는 금강을 사이에 두고, 구교량인 철교를 건너 신도심과 구도심을 오가면서 전통의 역사가 흐르는 공주의 참맛을 멋지게 누린 것 같아 기분이 좋은 시간이었다. 오르막길을 잘도 걷는 바보 아빠다. 좀 더 늦게까지 소중한 인연의 만남의 시간을 함께하였으면 좋으련만, 먼 길 돌아오게 되어 아쉽기는 하다. 희비가 교차하는 마음을 가슴에 담고만 있다.

초등군사반(OBC)과 고등군사반(OAC) 동기이었던 그립고 보고픈 좋은 사람, 좋은 친구를 찾아가 만났다. 재활과 치유를 병행하는 시간을 갖게 되어 기쁨이다. 바보 아빠와 아내 수네 여사의 얼굴과 마음에는 웃음꽃이 피어 있었다. 이후, 친구의 바보 아빠를 위한 정성스러운 마음은 계속되었다. 멀리 살고 있어 자주 볼 수는 없다. 동기들의 골프 모임 시에 정안 프린세스에서 보는 기회를 우리는 만들었다. 새싹 돋아나는 봄날이 오면, 그립고, 보고픈 좋은 사람 좋은 친구(동기)들을 찾아간다. 그 여행길은 아내 수네 여사와 함께 멈춤 없이 전국으로 확대 진행하여 나아갈 아름다운 마음으로 다짐하고 준비하고 있었다.

이제는 자유와 여유로 긴 휴식의 시간을 갖고, 재충전의 기회로 재도약과 도전의 멋진 삶을 연출하기 위하여, 노력하는 개인과 가족, 그리고 조직을 아끼고 사랑하는 시간을 가져야만 한다. 연말연시 혹한의 겨울을 잘 지키고, 고맙고, 감사함으로 삶의 가치를 실현하는 소중한 시간이 되었으면 좋겠다.

베풀고 나누는 일은 쉽지 않은 일이다. 친구가 내어주는 정성과 사랑이 담긴 따뜻하고 포근한 마음의 배려는 웃음꽃과 사랑꽃이 피어 삶을 기쁘게 하고, 좀 더 건강한 재활과 치유의 기회로 승화될 것이다.

26. 별난 동치미국수 한 그릇의 인연과 사랑

가을의 소리와 내음이 있다. 기상이변이 심한 요즈음은 폭염과 지루성 소나기의 예상 밖 심술로 삶의 보채기가 많기도 하다. 이즈음에 이열치열로 구수하고 담백한 온기가 있는 멸치국수나 시원하고 단백질이 풍부한 콩국수 한 그릇을 먹는다면 가슴속까지 뻥하고 뚫리는 음식의 맛과 멋의 시간을 누릴 수 있는 것이다.

고양시 행주산성에 가면, 국숫집이 밀집해 있는 풍경을 볼 수가 있다. 자전거 라이딩을 즐기는 사람들과 일반인이 모여들어 점심때가 되면 인산인해를 이룬다. 한참동안(30~1시간)이나 긴 줄을 서야만 그 맛을 볼 수가 있다.

어느 여름날에 아내 수네 여사와 함께 국숫집을 찾았을 때는 잔치국수의 맛은 부드럽고 구수한 본연의 맛으로 변함이 없었다. 그러나 밀가루값의 상승으로 4,000원에서 7,000원까지 가격은 급상승이다. 가격 인상 덕분일까. 평일이라서 기다림의 시간은 적었으나, 주말에는 변함이 없는 손님들로 가득하다. 줄서기의 풍경은 유효라고 한다. 가격이 껑충 뛰어도, 줄을 서야만 해도, 국수의 깊은 맛을 알기에 반드시 먹어야 하는 것이 맛을 찾아가는 사람들의 큰 의미일 것이다. 이 집은 재료가 소진되는 일은 없어서 기다리면 먹을 수는 있는 것이다. 그 맛은 벌써 침은 흐르고, 꿀꺽하고 부드럽게 목으로 넘어가고 있다. 추억의 맛이 그리운 것이기에 허름한 식당 풍경이지만, 음식이 어디에 있든 먹고 싶은 것은 찾아가 꼭 먹어야 한다는 것이 음식의 맛이다.

포천군 내촌면에는 동치미국수를 전문으로 하는 식당이 있다. 이름하여 '별난 동치미 국숫집'이다. 메뉴는 동치미국수, 잔치국수, 비빔국수에 고기와 김치만두가 주메뉴이다. 별난 동치미 국숫집은 점심때가 되면, 그 맛을 보기 위해 찾아오는 사람들로 붐비는 소문이 난 별난 국숫집이다. 때를 맞추지 못하면 장시간 줄을 서야 하고, 국수 재료가 소진되어 침만 꿀꺽 넘기고서 되돌아가야 하는 것이 별난 동치미국수 집의 풍경이다.

얼마 전의 일이다. 평소 가깝게 지내던 친구가 수년간의 병마와 싸우다가 끝내 힘겨운 순간을 극복하지 못하고, 하늘나라에 갔다. 평소 과묵하면서도 정도 많다. 따뜻하고 포근함으로, 쉽지 않은 사랑의 배려심과 도전정신이 강한 멋진 친구다. 그는 멋진 자전거 라이딩맨이기도 하였다. 친구와의 인연은 제17대 총동기회의 운영위원으로의 활동과 고양지회 소속으로 함께하면서다. 말은 없어도 마음은 통하는 사이가 되었다.

ROTC 23기의 특전동기회 2대 회장직을 수행하면서, 검은 베레의 헌신적인 희생정신으로 화합과 단결을 이루어 하나로 만드는 구심점이 되었다. 명실상부한 특전동기회로 우뚝 서게 해주었다. 바보 아빠에게는 명예 특전 요원의 자격을 부여하여 주었다. 현역 부대에는 없는 제15여단장의 직책을 부여해 주었다. 명예 장군이 된 것이다. 지휘봉도 받았다. 훗날에 성판과 장군 베레모도 바보 아빠를 찾아왔다.

아픔의 고통을 감내하느라 얼마나 힘들었을까. 바보 아빠는 7년 전 삶과 죽음의 기로에서 모진 갈등과 번민의 목마름으로 살기 위한 생명선 전투를 해 보았기에 친구의 마음을 헤아릴 수가 있었다.

물 한 모금, 밥 한 숟가락, 냉면 한 젓가락을 입에 넣어 목으로 넘기기도 힘든 그는 직장의 출근을 끝까지 포기를 하지 않았다. 신촌 세브란스 병원에 긴급으로 후송될 때까지도 00제약 회사에 출근하는 강인한 투혼으로 직업의 애착을 보여 주었다. 분명 쉽지 않은 일을 친구는 정신력으로 버티면서, 실천해 주었다.

수년간의 투병 생활은 얼마나 힘들었을까. 그런 의리의 검은 베레 김00동기가 너무도 빨리 하늘나라에 갔다는 부고는 친구들에게는 믿을 수가 없는, 믿기지 않는 청천벽력의 소식이었다. 소리 없는 눈물을 흘렸다.

친구는 스스로 죽음의 끝에 서 있음을 직감하고 있었을까. 부고 소식을 접하기 전의 지난 6월에는 바보 아빠의 집 옆까지 찾아와 을밀대라는 냉면집에서 평양냉면과 '수연재' 찻집에서 차도 함께 나누는 기회도 있었다. 그해 7월 초의 어느 토요일에는 강화도의 학사제에서 있었던 동기회 모임에도 함께하였다. 식사 시간에는 바보 아빠의 옆에 앉았다. 노릇하게 잘 구워낸 삼겹살을 아주 작게 자르고 으깨어, 찰밥에 묵은김치로 맛있는 한 끼의 밥을 입에 넣어 오므리게 해주었다. 만찬이었다. 친구는 찬조까지 많이도 해주었다. 바보 아빠가 능력 범위 내에서 해줄 수 있는 친구에 대한 정성과 사랑이 담긴 배려이다. 아픈 사람의 속마음은 누구보다도 잘 아는 바보 아빠이다.

이렇듯 몸은 힘들었으나, 생전에 함께하였던 그리운 친구들을 찾아 마지막 인사를 친구는 하고 있었다. 자신만이 알고 이별을 준비하고 있는 것이 분명하였다. 바보 아빠는 아내 수네 여사와 함께 침울한 분위기의 억눌림으로 가슴을 쓸어내리면서, 조문해야 하였다. 밤을 지새우며 애도의 시간을 함께하여야 하나, 부실하고 불편한 몸이 되어 그만 뒤돌아올 수밖에는 없었다.

장례식장에는 많은 친구들이 찾아와 조문해주었다. 애도의 시간을 함께하면서 살아생전에 친구가 남겨주고 떠난 인생 이야기를 떠올리었다. 다시는 볼 수가 없었기에 친구를 보내야만 하는 이별의 큰 아쉬움이다. 친구는 목 놓아 불러도 아무런 대답이 없다.

장례식 날의 새벽 아침, 친구들의 중지를 모아 만들어진 친구에게 보내는 마지막 편지는 이별의 슬픔으로 다시는 보고 싶어도 볼 수가 없어 서글픔의 눈물을 짓게 한 추모의 글이다. 헤어지기 싫은 서러움이 복받친 뭉클함으로 얼룩진 슬픈 사연들을 담고 있다. 새벽에 있었던 신촌 세브란스 병원에서의 장례식과 통일로 승화원 화장장, 양주 천주교 공원묘지의 안장식까지 함께하지를 못하였다. 친구에게는 죄를 짓는 누를 바보 아빠는 범하고 있다. 더 이상 아픔과 고난이 없는 평화로운 안식과 영면을 소원하고 있었다. 다행인 것은 친구가 가는 하늘나라의 길은 맑음으로 하늘이 돕고 있었다.

부고 소식이 파발로 올려지고, 장례식을 마치고서 승화원으로 가기 전까지만 하여도 참으로 많은 비가 내렸다. 친구가 가는 길을 아쉬워하는 슬픈 눈물이 흘러 비가 되었다.

화장을 마치고, 안장식이 이루어지는 장례 3일차의 오전 시간은 햇볕은 쨍쨍 맑음이다. 비를 뿌리지 않으니 고마운 기상이다. 생전의 정 많고 사랑의 베풂과 나눔으로 따뜻한 친구의 배려하는 마음을 하늘도 알고 있다. 그렇게 친구는 아픔과 고통이 없는 평화로운 하늘나라에 올라갔다. 가족, 친구들의 수고와 함께 긴 안식에 들어가고, 영면을 기리며 두 손을 모아 마음의 기도를 시작하였다.

장례 절차를 마무리한 8월의 어느 날이다. 수일이 지난 후에 가까운 친구로부터 친구의 산소에 가자는 전화 연락을 받고, 당일 아침 차에 올라 이동을 시작하였다. 그런데 산소에 가기 전에 꼭 찾아가야 할 곳이 있다고 하였다. 바로 앞에서 말한 포천군 내촌면에 위치한 별난 동치미국수 집이다. 별난 동치미국수 집은 친구가 지난 6월의 어느 날에 소문난 그 집을 찾아 동치미국수 한 그릇을 먹기 위해 먼 길을 마다하지 않고 찾아갔다고 한다. 그런데 동치미국수의 맛을 못 보고서 되돌아온 사연을 듣게 되었다. 그날따라 찾아오는 사람들이 얼마나 많았던지 줄을 섰으나, 국수 재료는 이미 소진이 되었다고 하였다. 사정도 해 보았으나, 그 맛은 볼 수가 없다고 하였다. 한이 되었을 것이다. 아쉬움이었다. 애를 태우면서 생전에 먹고 싶었던 국수 한 그릇의 참맛을 보았으면, 친구의 얼굴에 웃음꽃과 사랑 꽃이 피었을 텐데, 못내 아쉽고 안타까움이다.

우리가 찾아간 그날도 평일이라서 줄은 서지는 않았으나, 손님들이 많기는 하였다. 친구가 못 먹은 대신에 구수하고 담백한 부드러움의 깊은 맛을 느끼고 있었다. 그 맛 그대로를 친구의 산소 앞에 앉아 들려주기로 하면서, 동치미국수의 참맛들을 기록하여 저장시켜 두었다.

그날 오후, 양주 천주교 공원묘지에 안장되어 영면에 들어간 친구를 찾아가고 있었다. 문제는 기상의 악조건이다. 햇볕이면 좋으련만, 비는 많이도 내리어 시야 판단하기가 곤란한 나쁜 기상에 흐림이다.

공원묘지 입구까지 가는 길은 지루성 폭우로 인하여 공사 중인 도로에서 쓸려 내려온 흙더미와 일부 구간에서는 작은 산사태의 흔적을 보면서, 폭우의 위험을 직접 보고 있었다. 악조건이지만, 친구의 묘지에 도착하였다. 하고 싶은 예를 다 하지 못한 것은 큰 아쉬움으로 어쩔 수 없는 형국이 되었다.

어느 맑은 날에 다시 찾아가기로 하였다. 친구는 다음에 다시 꼭 와서는 별난 동치미국수의 이야기를 들려 달라고 손을 내밀어 귀 옛말을 해주고 있었다. 그렇게 친구를 찾아간 하루는 가고, 평소에 한 번은 꼭 먹이고 싶었던 능이 영계 삼계탕을 주문하여, 친구의 소중한 아내와 아들이 저녁밥 대신으로 드실 수 있도록 포장 배달했다.

바보 아빠는 1주기 추도식에 친구를 다시 찾았다. 학교 동기들과 평소 가깝게 지내었던 친구들도 함께했다. 바보 아빠는 친구에게 술도 따르고, 큰절로 인사하며, 안부를 물었다.

이후, 동기 목사님의 교회에서 추도식 예배도 올리었다. 미국 뉴욕에서 온 동기 등, 특전맨의 많은 동기들이 추도 예배를 드렸다. 그 이후에는 묘지에도 찾아가 생전의 환하게 웃는 모습을 그리며, 이야기꽃을 피우는 하루가 되었다.

이제 친구는 하늘나라에 가고 없다. 가족들과 친구들은 정성으로 최선을 다하였다. 부고를 받은 후부터 장례 절차에 따라 예를 갖추었다. 승화원 화장과 양주 천주교 공원묘지 안장, 1주기와 추도식 예배까지 뜨거운 여름날의 힘든 시간 속에 참으로 수고가 많았다. 친구도 많이 고마워하고 있으리라

이제 살아있는 가족과 우리는 평소 친구가 알려주고 실천한 우정과 사랑의 따뜻하고 포근한 배려의 마음 등 좋은 유지들을 받들어야 하는 것이다. 그리고 남은 가족 모두가 힘내어 잘 살아갈 수 있도록 바라고, 도움을 주어야 하는 일이 있다면 도와야 할 것이다. 따뜻한 마음으로 응

원하면 좋겠다.

바보 아빠의 친구 김00는 참으로 잘 살고 하늘나라에 간 참으로 멋진 동기이다. 특전동기회의 회장직을 수행하면서, 소통과 배려의 큰마음을 간직하였다. 베풀고 나누는 아름다운 덕을 쌓고, 실천하는 선행으로 장례식과 1주기 추도식 그리고 특별예배까지 많은 동기들이 함께하여 주었다. 그 깊은 뜻은 함께한 동기들이 다시금 마음에 새기었다.

김의수 친구, 내년 2주기에 또 만나 이야기하자.

27. 김장 김치의 사랑과 삶의 행복 찾기

차가운 바람이 불어오는 늦가을은 김장철이다. 진풍경이 시작된다. 김장을 담그는 일이 농사를 지은 다음의 한 해를 마무리하는 중요한 연례행사로 동네와 집집마다는 큰일이다. 김장도 1년 농사이다. 맛있는 김장 김치 하나만 있어도 겨울은 반찬 걱정이 필요 없다. 그것이 현실이고, 신선함으로 냉장고 안으로 들어가 조금씩 숙성이 되어가면서 묵은김치로 잘도 익어가는 것이다. 하얀 속살의 밥 위에 김치 한 가닥을 올려 입에 넣으면 그냥 행복이었다. '바로 이 맛이야.' 포만감은 가득 채워지고 있었다. 김치찌개와 김치 볶음, 김치전까지 다양한 요리의 주재료가 김치이다. 그만큼 김치는 최고의 주 반찬으로 김치를 먹어야 밥을 먹었다는 시원하고 개운한 맛을 느끼며, 간직할 수 있는 것이다.

그해 2012년 2월의 어머니께서 살아계실 때까지만큼은 더욱 그러하였다. 반찬 걱정을 할 필요가 없었다. 참으로 고마우신 우리 어머니이셨다. 손맛이 좋아 동네의 대소사 시에는 초대 손님으로 으뜸이었다. 그 이름 어머니 정금옥 님은 언제나 마음속 바보 아빠의 고향이다. 이별한 지가 그새 10년이 넘고 있다. 아쉬움이 가득하여 언제나 그리운 어머니이기에 많이도 보고 싶다. 그런데, 아무리 큰 소리로 목청을 높여 어머니를 불러 보아도 대답은 없으시다. 아련함으로 말 없는 눈물만이 주르륵 흐른다.

아직도 부모님의 도움으로 김장 김치를 먹는 사람은 분명 선택받은 사람이고, 큰 축복을 누리는 복이 많은 것이다. 부모님께서 오래오래 건강한 삶을 사시도록 지키고 가꾸어 드려야 한다. 자식은 고마움과 감사함을 소중히 간직해야 하는 의무가 있다. 그 이후로 겨울이면 사실은 김장 김치와 각종 밑반찬으로 걱정은 가득했다.

고향 정읍의 시골 마을에 계시는 작은아버님 내외분께서 부모님의 역할을 톡톡히 해주고 계셨다. 나이가 있으신데도 조카 사랑의 마음이 크시기도 하였다.

매년 6월이면, 마늘과 양파, 농사지은 콩 등을 보내주신다. 8월이 넘으면, 어김없이 고춧가루와 참기름, 들기름 가득하다. 깨 볶는 소리가 집안 가득 스며든다. 농사일이 끝나면, 농사지으신 쌀을 보내주었고, 코로나19 전까지는 매년 김장 김치를 보내주시어 겨우내 김치 걱정 없이 따뜻하고 포근한 겨울을 보낼 수가 있었다.

복이 많은 바보 아빠다. 그렇게 보살펴 주신 횟수가 무려 10여 년이 넘어 강산이 한번 변한 것이다.

이제는 작은아버님 내외분도 연세가 있으시어 어렵고 힘든 일은 그만하셔야 한다. 바보 아빠는 스스로 해결할 마음으로 준비를 시작하였다. 더 이상 폐를 끼치면 안 된다는 것을 알기 때문이다. 어머니께서 하늘나라에 가신 이후부터 현재까지도 잊지를 않으시고서 매년 챙겨주신 것만으로도 고맙고, 감사한 일이다. 작은아버님 어머님, 참 고마웠습니다. 그 은혜는 잊지 않고 꼭 보답하겠습니다.

또한, 최근에는 준기의 응봉동 할머니께서도 역할을 많이도 해주시니 고맙고, 감사하기만 하다. 특히나 음식을 만들어내시는 손맛의 솜씨가 명인을 넘어 탁월한 재능을 겸비하셨다. 음식의 달인이시다. 인연의 소중함으로 큰 복을 누리고 있다.

김제에 사시는 손위 처남 내외들께서도 계절별 생산한 야채와 자연에서 채취한 산나물, 김장 김치 등을 보내주신다. 큰 힘이 되었다.

코로나19가 시작되면서, 사람과 사람의 왕래가 차단되고, 친인척과 친구 간에도 만남과 상호교류가 없어진 3년의 긴 세월이 있었다. 친구들이 챙겨주던 고향의 맛을 보는 것은 생각도 하지를 못하는 상황이 되고 만 것이다. 매년 한 여름이 지나고, 처서가 다가오면 씨앗과 모종을 파종하여 물을 주고, 풀을 뽑아내어 비료 거름을 줘가며 벌레를 잡아내는 것이 일상이다. 정성들여 가꾼 것이 김장배추이다.

엄동설한 차가운 바람을 맞고, 찬물에 손을 담가 소금에 절이고 씻기를 반복하여 만들어낸 수고로움을 마다하지 않는다. 정성과 사랑을 가득 채워 보내주신 김치는 보약이 따로 없는 값진 선물이다. 김치만 있으면, 겨울은 아무런 반찬 걱정 없이도 견딜 수가 있는 으뜸 고급 요리다.

밥 한 끼를 먹는 순간에도 그 고마움과 감사함은 마음

한 켠에 꾹 하고 눌러 기억시키고, 사는 동안은 보답의 기회를 만들어 은혜를 다하여야만 하는 것이다. 건강을 지켜주셨고, 잘살고 잘되는 파수꾼의 역할을 충분히 해주신 잊어서는 안 되는 고마움이 가득하였기 때문이다.

이제 3월의 끝자락, 정성이 가득 담긴 김장 김치는 다 먹고, 냉장고 안은 어느새 텅텅 비어 있었다. 채울 것이 없다. 스스로 자생하여만 하는 것이다. 어디 남은 김치를 나눌 사람은 없는지 공개로 손을 내밀고 싶은 오늘이 되고 있다.

어찌 아셨을까. 그 순간 열무김치와 밑반찬이 도착하고 있다. 준기의 응봉동 할머니께서 보내 주셨다. 하루의 해가 어둑해지기 시작할 즈음이었다. 손자 준기의 응봉동 할머니께서 대화역까지 오셨다가 다시 돌아가셨다는 것이다. 눈에 넣어도 아프지 않을 손주도 못 보시고서 가신 것이다.

이유는 손주 사랑, 아들과 며느리 사랑이다. 준기가 좋아하는 카레와 고사리무침, 오징어가 들어간 도라지무침, 열무김치까지 많이도 주고 가셨다. 무겁고 힘드셨을 텐데, 고맙기만 하다. 카레에는 아직 할머니의 따뜻하고 포근한 온기가 남아 숨을 쉬고 있었다.

'할아버지는 잘 먹겠습니다.' 꾸벅 인사를 드린다. 참으로 복도 많은 바보 아빠의 밥상이다.

가끔 아내 수네 여사는 작은어머니께서 보내주신 고춧가루를 이용하여 깍두기와 생채, 김치까지도 담그고 있다. 사실 그 맛을 넘어 이제는 김치를 스스로 담가 먹어야 한다는 중압감이 컸을 아내 수네 여사다. 그 맛은 점진적으로 향상이 되고, 정상의 수준을 뽐내어 가고 있다. 겨울철

서너 차례의 생채와 파김치 등을 담가 내는 솜씨는 맛도 좋다. 멋진 작품이었다. 그 맛도 참으로 신선하고 좋은 느낌이다.

바로 오늘(3.25:금)의 저녁 시간이다. 아내 수네 여사는 지난번 장모님 생신 때에 처남께서 정성으로 챙기어 주신 하얀 속살의 배추로 겉절이를 만들고 있었다. 옷을 갈아입힌 김치의 색상도 좋고 맛이 느껴지는 고운 맛이다. 먹어 보니 맛도 으뜸이다. 더불어 그 배추로 끓여낸 된장국의 맛도 좋았다. 밥 한 그릇을 뚝딱 비우는 시원하고 구수함의 향이 가득 피어나고 있었다.

이제 선수반열에 오르고 있다. 그러나 어렵고 힘든 것이 분명한 김장을 담는 것이다. 김치산업이 잘 발달된 요즈음의 환경과 여건에서는 맛과 질이 좋은 김치 생산 공장을 찾아 주문하여 먹는 것이 수고를 더는 우선의 방법이다. 가끔 여유가 있을 때는 겉절이와 생채, 파김치 정도로 담아 먹는 것이 좋은 것이다. 현재로서는 준기를 안전하고 건강하게 잘 키우는 것이 할머니의 큰 임무이고, 역할이라고 보기 때문이다.

당장 김치 생산 공장을 찾아 주문해야만 하는 상황이 되었다. 어머니의 손맛을 찾을 수 있는 맛있는 김치 생산 공장을 만나면 삶의 기쁨이 될 것이라는 희망으로 할아버지는 인터넷 검색을 시작한다. 그리고 찾아가기로 했다. 아내 수네 여사와 함께 집 근처에 위치한 소문난 김치 생산 공장인 000식품이다. 000식품은 손녀 여름이의 잠실 할머니께서 알려주신 김치 생산업체이다. 입맛에 맞으면 계속 구매하는 것이다. 또 하나를 해결하는 즐거움이 분명하다. 내일은 새로운 김치로 밥을 먹어보자.

28. 꼬마와 껀다리의 동병상련의 마음

매미 소리가 신선한 아침이 열리고 있었다. 아침마다 바보 아빠가 하는 일은 하루 200~300여 명이 넘는 고객 및 독자(가족, 친구, 동문, 지인 등)들을 위하여, 소소한 일상에서, 자칫 놓치기 쉬운 것을 찾고, 늦은 시간까지 글을 쓰고 다듬어 세상 밖으로 보내는 일이다. 그런 기쁜 날의 아침은 뜸을 들이면서 망설이고 있었다. 어젯밤에 써놓은 글을 올려야 되나, 아니면 올리지를 말고 하루를 쉬어야 하나로, 잠시 먹먹한 시간으로 저울질하는 것이다. 일주일도 채 안 되는 시기에 바보 아빠의 주변에서는 크고 작은 많은 사건과 사고가 발생하고 있다. 쓸어내리는 가슴 아픈 전갈이 연속으로 날아오고 있었으니, 또 다른 삶의 고통이고, 아픔이다.

방송이나 인터넷상의 보도 통제는 정말 어려운가 하고, 독백에 빠져도 보고 있다. 모든 사건 사고를 여과 없이 송출하고 있는 것이 작금의 방송들과 SNS의 상황이다. 좋은 것만 보고 살아도 짧은 삶일진대, 모방 범죄 등의 좋지 않은 효과가 더 많다는 생각도 해 보고 있다. 결국은 정상적으로 송출하기로 하고, 어젯밤 고뇌하여 쓴 글이 아니고, 오래전에 준비 해 놓은 공개되지 않은 글을 올리게 되었다.

일상의 주변에서 일어나는 사건 사고를 접하면서, 바보 아빠의 소중한 사람들에게 아프지 말고 다치지도 말면서, 건강한 삶을 누려 달라는 경각심을 주기 위한 글이다.

이른 아침에 놀라셨나요. 글을 올린 후에는 침대 위에

누워서 한참이나 뚝뚝 눈물을 흘리고 있었다. 두 딸 아이를 출근시켜주고 들어오는 아내 수네 여사에게 바보 아빠는 그 순간을 또 들키고 말았다. 아내 수네 여사가 하는 말은, "또 엄마 보고 싶어서 우는 거예요."라고 말을 하면서, 토닥이고 있다

그렇게 몸과 마음으로 많이도 아파보고 울어보니, 글도 쉽게 써진다. 무언가에 빠져서 미쳐 봐야 뭔가 보이고 잡힌다는 말이 인정되는 순간이다.

옛날 초등학교 때부터 지금까지도 키가 제일 컸던 꺽다리 바보 아빠와 제일 작은 꼬마 친구의 이야기다. 꼬마 친구는 아주 멀고도 깊은 산골짜기에서 살았고 바보 아빠는 그 친구보다는 학교도 가깝고 곡창지대로 야산 하나 없는 평야 지대에서 살았다.

와, 너네 들은 정말 고생한다. 그 먼 골짜기에서 학교 다니려면 새벽밥을 먹고 뛰어다녔겠다는 생각이다. 그런 친구들을 중간에서 괴롭히는 골목대장 친구도 있었다는 이야기는 behind story가 되어 떠돌고 있었다. 그렇게 초등학교도 힘들었는데, 두 배 이상의 거리에 있는 중학교에 다닐 때는 얼마나 힘들었을까? 지금에 와서 생각하면, 그 동네의 친구 중에는 국민 마라토너 이봉주 이상의 깡다구가 있는 의지의 마라톤 선수가 나왔어야 하는데, 아쉽기는 하였다. 남자들보다 여자들이 훨씬 많았고, 그 탓인지 그 시절부터 현재에도 동네 친구 간에 화합과 단결은 늘 일등이다. 그 동네의 친구들이 없으면 동창회가 안 된다는 것으로 대단한 친구들의 돈독한 우정이고, 의리이다.

어디 보자, 남자는 정말로 딸랑 둘이다. 그럼, 여자들은 몇 명이지? 너무 많아서 세어보아야 하는 상황이 전개되

고 있다. 그런 여자 친구들의 사랑을 듬뿍 받고 자란 바보 아빠의 좋은 사람 좋은 친구가 월요일 아침나절의 업무수행 중에 빗길에 미끄러지는 교통사고를 당하였다. 옛 어르신들의 말처럼 법 없이도 살 수 있는 착한 꼬마 친구이다. 그 친구는 산골에서 용이 되었고, 재경지역의 동창회장에 당선된 뒤에는 지금껏 장수하고 있는 멋지고, 고마운 친구이기도 하다.

저승사자님들은 왜, 꼭 착한 사람만 먼저 데리고 가려 하는지 그것은 아무도 모르는 일이다.

이른 아침 친구로부터 숨이 넘어갈 듯한 급한 목소리로 전갈이 오고, 팔과 다리는 다 부러지고, 머리는 다행히 다치지를 않아 살아 숨 쉬는 데에는 지장이 없다는 안타까운 이야기이다. 얼마나 다행이던지요. 바보 아빠는 가슴을 쓸어내리는 하루가 되고 있었다. 울먹일 수밖에는 없었다. 이후에, 사고 주변 병원에서 응급처치한 후, 집 근처의 병원으로 이송하여 치료받고 있었다. 부기가 완전히 빠지면 부러진 팔다리에 대한 복합수술을 받는다고 한다. 천운이고, 천만다행이었다.

야, 작은 꼬마야, 꺽다리가 아프니까 그것이 그렇게도 부럽더냐를 말하며, 꺽다리 바보 아빠가 얼마나 큰 고통과 고난의 한 많은 세월을 참고 견디어 냈는지를 아파보니 알겠지 이다. 누누이 강조하였지만, 그러니까 아프거나 다치면 안 되는 것이 삶에는 매우 중요한 것이다. 이후, 통증의 고통이 너무 심해 강력한 마약성 진통제를 투여하고, 3일이 지나니 조금은 살만한가 보였다. 꺽다리 바보 아빠는 질기고 질긴 고통과 고난을 감당할 수가 없어 강력한 수면제를 투여하고, 죽었는지 살았는지 움직임도 없이 꿈만을 꾸면서, 수개월을 보냈었기에 아는 것이다. 그 고통과 고난의 맛과 멋을 보고 싶으시다구요. 그럼, 아파 보고 다쳐 보십시오. 바보 아빠에게는 알려주지 마시구요. 아프고 쓰리고 시릴 것이다.

오늘 아침, 통화는 이루어졌다. '잘 참고 극복해주고 살아주어 고맙다. 꼬맹이 친구야.' 살아있는 기쁨으로 그 맛을 전하고 있는 것이다. 힘들지만 잘 참아주고 빠른 쾌유를 소원하고 있었다. '남은 복합수술도 잘 받고 좋은 생각하고 쉬면서 꺽다리 바보 아빠의 말을 잘 듣고, 재활훈련을 아주 열심히 해보자.'라는 말로 안정을 찾아주었다. 그리고 그 친구와 약속하였다. 다음에 예쁘게 옷을 차려입고서, 빳빳하게 서서 말이지, 그림을 딱 한 장만 그려 보자고 위로해주었다.

어느 해에 출간 예정인 바보 아빠의 수필집에 꺽다리와 꼬마의 사진을 넣어 친구에게 살아준 보답으로 선물을 줄까도 고민이다. 초상권이 문제이다. 이걸 어찌해야 하나요. 어제 글에 바보 아빠는 분명히 자장면과 햄버거, 순대와 떡볶이, 컵라면, 짬뽕 등을 먹었다고 하였다. 그런데 꼬맹이 친구는 회 초밥을 먹는 것이 정보망에 딱 걸리었다. 얼마나 배가 아프던지 심쿵으로 곤란도 하였다. 아이고 배야, 2년 사이에 격세지감이다. 재경 동창회장님, 맛있게 많이 드십시오. 초밥이 목에 넘어가시던가요. 애고, 누구는 회 초밥을 먹고 있는데, 자장면을 먹으려니 입맛이 없지. 바보 아빠는 그거라도 먹어야 산단다. 얼버무리었다. 꺽다리와 꼬마 친구의 신장이 얼마나 되느냐구요. 그것은 고음 불가다. 단호하게 잘라서 말을 해주었다.
퇴원 후에 너무도 많은 추위를 느끼어 여름에도 이불을

덥고 견디어 왔는데, 이제는 좋은 사람과 친구들 덕분에 몸이 정말 좋아지긴 좋아진 듯도 하였다. 껑다리 바보 아빠도 아내 수네 여사와 아이들과 좋은 사람 좋은 친구들을 위해 늘 기쁜 마음 좋은 생각으로 재미있게 잘 살겠노라고, 다짐도 하고는 있다.

사고는 순간이다. 언제 어느 순간에 불어 닥칠지도 모를 위협에서 살아가는 삶이 안타까운 것으로 어찌 보면 불행이다. 안전이 제일인 것이다. 아프지 않고, 다치지도 않으면서 건강하게 사는 것이 제일이었고, 삶의 행복이었다. 꺼진 불도 다시 보는 조심, 조심이 우선이다.

나이를 들어가면서, 최고로 출세한 사람은 건강한 사람이다. 안전을 우선으로 건강한 삶을 누리자는 메시지를 올려놓은 바보 아빠다.

제4부
살맛나는 재활과
치유의 웃음꽃
피우기

바보 아빠는 살았다. 아내 수네 여사와 아이들,
그리고 새 가족이 된 사위와 며느리, 손자와 손녀, 주변
의 친구들까지 웃음꽃을 피울 수 있도록 재활과
치유를 위한 커다란 힘이 되어 주었다.

그런 정성과 사랑의 마음은 바보 아빠가 포기하지
않고 다시 일어날 수 있는 힘과 용기를 불어넣어
주었다. 덕분에 기회를 찾아 도전은 계속되었고
꿈을 이루는 짜릿한 성취감의 맛을 보고
멋을 내는 것이다.

함께 나누고 누리는 동행 덕분에 힘든 재활의 고
난과 고통을 이겨내면서 극복할 수가 있었다.
참으로 고마운 사람들이다.
덕분에 살아 숨 쉬고 있다.

29. 학교와 학부모 졸업하는 날의 풍경

우리 집의 하나밖에 없는 남자 지환이가 대학을 졸업하는 날(2017.02.16.(목))이다. 바보 아빠의 병간호를 위해 학교를 휴학하고 난 이후의 학교생활은 산전수전 공중전이었다. 힘들었던 순간들을 극복하고, 절박한 심정의 노력과 열정으로 완전하게 성공한 청년이 되었다. 대학을 졸업하는 의미 있는 날이다. 신촌 세브란스 병원에 입원한 바보 아빠를 살리기 위해 큰딸 최지혜 변호사와 건축전공의 아들 지환이, 유치원 선생님 지원이까지, 오랜 시간 눈물겨운 어렵고 힘든 고난의 시간을 극복하였다. 아이들 셋 모두가 이제 16년(초등~대학교)의 학교 교육을 모두 마치고 졸업하게 된 것이다.

참으로 기특하고 자랑스러운 바보 아빠의 딸과 아들이다. 큰딸 지혜는 2016년 1월에 사법연수원을 졸업하였고, 늦둥이 지원이는 2016년 2월에 졸업하였다. 가장 중요한 시기에 바보 아빠의 사고로 최가네의 자랑스러운 아이들 셋은 자신들의 미래까지도 포기를 하면서, 오직 바보 아빠를 살려야겠다는 신념으로 본인들의 취업과 공부를 뒤로하고, 병간호에 전념하는 정성과 희생, 바로 헌신이었다. 그 무엇과도 바꿀 수 없는 가장 소중한 바보 아빠를 살리는 일에 아이들 셋은 자신들의 현재 삶과 미래를 과감하게 던졌다. 그리고 기적이 일어났다. 아내 수네 여사와 아이들 셋의 지극정성과 사랑의 힘으로 바보 아빠는 그 험난한 고난과 고통의 긴 여정을 감내하면서 살 수가 없는 상황과 여건에서 살아서 아빠의 자리로 돌아왔다.

최가네의 온 가족이 하나가 되어, 만들어낸 활짝 핀 웃음꽃으로 불확실한 위협을 확실한 승리로 있을 수 없는 기적을 만들어냈다. 믿음으로 사랑꽃이 피었다. 듬직한 청년 멋진 아들의 대학 졸업과 함께 최가네의 학교 교육은 종료가 됨과 동시에 아내 수네 여사와 바보 아빠도 학부모라는 딱지를 기쁨과 환희로 떼어 낸 것이다. 긴 세월 아이들 셋을 뒷바라지한 아내 수네 여사에게도 큰 박수를 주고 싶은 '고맙소'이다.

졸업식 하루 전날 밤이다. 아내 수네 여사는 잠이 안 온다고 뒤척이다가 끝내는 잠을 이루지 못하고 있다. 새벽 03시, 부엌에서는 달가닥거리는 소리의 그릇 부딪히는 소리가 기상 알람이 되어 한참 동안 울리더니, 여명을 깨우고 있다. 졸업식 날의 아침은 그렇게 아내 수네 여사로부터 시작이 되었다. 아들 지환이의 대학 졸업하는 것이 아내 수네 여사는 그렇게도 좋은지 얼굴에 기쁨의 표정이 나타났다. 졸업식 날의 축하사절단은 안타깝게도 아내 수네 여사와 듬직한 청년 누나다.

바보 아빠는 재활치료로 움직일 수가 없어 보금자리를 지키는 초병으로, 졸업식에 꼭 가고 싶어 하였던 늦둥이 지원 선생님은 유치원의 출근으로, 잔뜩 심술이 나고 있기는 하였다. 세상사 다 그런 것이다. 이내 출근을 준비한 후에도 분위기는 가라앉지 않았다. 대꾸도 안하고는 출근 길에 나서고 있는 막내딸이다. 잘 다녀오겠다는 인사도 없이 집을 나서고 있는 선생님은 많이도 아쉬운 모양이다. 오빠의 졸업식에 꼭 가고 싶은 마음이었을 것이다. 그래도 예쁘기만 하다. 선생님이기 때문에 더욱 그러하다. 바보 아빠도 대학을 졸업하고, 군 생활이 끝나면 국어 선생님이 되려고 하였다. 바보 아빠를 대신하여 선생님이 되어 주었으니, 이 얼마나 고마움과 동시에 자랑스럽고 기특한 기쁨이 아니겠는가. 그냥 예쁘기만 하다.

서울 충무로 위치한 대학의 졸업식장에 가려면 서둘러야 하는데, 아내 수네 여사는 늦둥이 선생님을 유치원까지 데려다준 후에 홀가분하게 준비한다. 아무튼, 바쁜 사람은 아내 수네 여사다. 다시금 집으로 돌아와 아침을 준비하고, 큰딸 지혜 변호사를 깨우고 있다. 그 틈새에 바보 아빠는 말없이 숨을 죽이고, 밥을 줄 때까지 눈치만 보고 있었다. 그리고 상이 차려졌다. 아들 졸업식 날의 아침은 한 상 가득하다. 소고기와 값비싼 금덩어리 계란프라이가 3개나 나왔다. 며칠 전에 아주 맛있게 먹었던 고등어조림까지로 밑반찬을 포함하니, 정말 한 상이다.

시간이 지나, 졸업식에 가야 할 시간이다. 연지곤지 찍고 바르고 볶고, 옷까지 갈아입고는 분주한 우리 집의 분위기다.

바보 아빠는 아침도 착한 아들 덕분에 두둑이 먹었고, 셀프 커피로 여유까지 누리며, 듣고 싶은 감미로운 음악에 심취하고 있다.

출발시간이 되었다. 큰딸 최지혜 변호사가 내려와 '아빠, 다녀오겠습니다.'라고 인사를 하고 출입문을 나선다. 인사도 잘하고 참으로 예쁘고 기특도 하다. 이어, 아내 수네 여사도 곱게 차려입고서, 오랜만에 입가는 웃음꽃이 피어 기분 좋은 모습으로 집을 나서고 있다. 좋긴 좋은가 보다. 서울 한복판으로 가는 나들이 기회로 아들 지환이는 엄마에게 선물하는 것이다.

바보 아빠를 병간호한다고 중요한 시기에 대학 생활 1년이나 휴학하고, 이제 졸업하는 것이다. 고맙기도 하고, 안타까움도 많았다. 다행히 졸업 전의 학기 중 취업이 되어 큰 행운이었다. 요즈음은 젊은이들이 사회생활에 적응하기가 쉽지 않겠지만, 힘내어 잘 적응도 하고 인내하면서, 하고자 하는 큰 꿈을 꼭 이루면 좋겠다고 바라고 있다. 잘하리라고 내심 기대를 하며 소망도 해주었다.

아내 수네 여사는 안전하게 학교의 졸업식장에 도착하고, 학사모를 쓴 졸업식장의 아름다운 풍경이 밀물처럼 집중으로 전달되고 있었다. 그동안 아이들 셋을 잘 성장시키고, 공부하고, 동생들을 챙기고, 아내 수네 여사와 아들 지환이, 큰딸 지혜, 막내 지원이까지 모두가 수고한 삶의 큰 보람이다.

최가네의 학부모 졸업도 병행된 아들의 졸업식에 함께하였으면 참으로 좋았을 것을, 아쉽기도 하고 미안하기도 하였다. 그러나 잘 성장하여 주었기에 뿌듯하기만 한 졸업식 날이다.

큰딸 사법연수원과 늦둥이 지원 선생님의 졸업식에도 가지 못하였으니, 죄를 지은 느낌이 든다. 그냥 미안하고 큰 아쉬움으로 남고 있다.

최가네의 아이들 셋 모두가 이제 성인이 되었다. 전공과 관련된 변호사. 건축가, 선생님으로 취업해 주었다. 건강하게 잘 성장해주었으니, 더욱 축하하고 박수를 보내주고 싶은 하루다. 살아 있기에 이 모습을 보고 가족 사랑의 아름다운 글을 쓸 수가 있는 것이기에 그 기쁨은 더 좋은 것이다. 덕분에 학부모의 임무와 역할도 졸업이다. 아이들 셋을 뒷바라지하느라고 수고도 하였다. 용돈과 교육비 지출도 끝이다.

이제부터는 아내 수네 여사의 곳간도 가득 채워질 것만 같았다. 졸업식 날의 점심도 맛있게 드시고, 기쁘고 즐거운 시간을 누리고서, 아늑하고 편안한 최가네의 보금자리로 안전하게 돌아와 주기만을 소원하였다. 바보 아빠는 한 치의 오차도 없이 집을 지키는 초병의 임무를 다하고 있다.

'듬직한 청년 착한 아들 최지환 군의 대학 졸업을 진심으로 축하합니다. 사는 동안 오늘 같이만 마음껏 웃고 즐기는 행복한 날로 가득하게 해주세요.'

바보 아빠는 기쁜 졸업식 날의 흔적을 남겨두었다.

위의 글은 바보 아빠가 퇴원 후 글쓰기를 시작한 '사람 사는 세상 이야기' 제1호의 글로 기록이 되어 저장한 것이다.

30. 와이셔츠와 다림질 풍경

세월의 흐름은 참으로 빠르게 진행되었다. 삶과의 이별을 뒤로하고 새 생명을 얻어 휠체어와 착한 아들의 등에 업히어 퇴원한 지가 어느덧 1년이 되었다. '시간이 약이다.'라고 하였던가.

퇴원 시에는 몸과 마음도 가누지 못한 바보 아빠가 1년이 되어가니, 아장 아장에서 이제는 사뿐사뿐 걷고 있다. 아들 지환이의 등에 업히어 이동하다가 휠체어에 이어, 밀고 다니는 보조기구를 뒤로하고, 지팡이를 거쳐 온 험로의 여정이다. 이제는 걷기까지 하고 나들이한다. 대단한 변화고 발전이다.

결국 상상하기 싫은 고통의 순간을 넘고 넘어 바보 아빠에게도 봄에 돋는 새싹처럼 가까이에서 봄은 와주고 있다. 양치질로부터 세수하기, 대소변과 숟가락 사용, 목욕, 옷 입기 등 개인이 해결해야 할 그 어느 것 하나도 수행하지 못한 바보 아빠가 아니었던가. 이제는 그 모든 것이 부자연스럽지만, 스스로 해결하는 자립심을 갖추었으니, 바보 아빠가 보아도 참 기특하고 대견은 하였다. 이렇게 쉽지 않은 세월의 흐름 속에 하나둘 해결 능력을 키우고 발전적으로 변화해 가는 어느 날의 저녁이다. 맛있게 저녁을 먹고 휴식을 취하고 있는데, 큰딸 최지혜 변호사가 걱정이 많은가 보다. 무엇 때문일까? 이야기를 들어보니, 그럴 만도 하다. 내일 중요한 재판에 갈 때 입어야 할 와이셔츠가 다림질이 안 되어 있던 것이다.

그 분위기는 난감이다. 내심 애꿎은 엄마에게 투정이다. 딸아이는 며칠 전 엄마에게 세탁소에 맡겨 달라고 부탁을 한 모양이다. 바쁜 아내 수네 여사가 그것을 잊고 만 것이다. 나이를 먹어가니, 가끔은 챙기지 않으면 잊고 빠트리고 있는 흔적이 많기는 하다.

엄마는 풀이 죽어 있다. 지금 세탁소에 가본들 문은 닫았을 것이고, 다림질할 능력도 안 되었다. 서로 눈치만을 보면서, 이거 참 난감하고 야단났다. 그래도 다림질해보겠다고 아내 수네 여사와 딸은 바쁘게 움직인다. 다리미와 깔판, 물 뿌리게 등을 챙기며, 전투태세를 갖추고 있었다. 준비는 다 된 듯한데, 망설이고만 있다. 결혼 후 다림질하는 것을 가르쳐 줄 것을 하는 아쉬움의 여운도 있다.

정말로 이거 참 난감하다. 어떡하지? 서로가 눈치를 보고만 있다. 이때 물끄러미 그 광경을 바라보던 한 남자가 가까이에서 구세주가 되어 나타나고 있었다.

"최 변호사, 걱정하지 말아라. 아빠가 해줄게요."

"아빠 옷 다릴 줄 아세요? 한번 보시겠습니까."

부족한 준비물을 추가로 확보하고 옷 다림질을 시작하였다. 쓱쓱 싹싹, 옆에서 지켜보던 아내 수네 여사와 최 변호사는 두 눈을 크게 뜨고 보더니, 신기하기는 한가 보다. 한참을 관찰하던 최 변호사가 하는 말이 더 재미있다.

"아빠 내가 한번 해볼게요."

"아가야 아서라"하고, 바보 아빠는 말렸다. 그렇게 긴급 상황에서 어려운 문제 하나를 해결해 주었다. 바보 아빠가 보아도 다림질의 시작은 참으로 오래된 것이다. 학군 무관후보생(ROTC)으로 선발된 후부터 사고 전까지 그 많은 세월 속에 바보 아빠의 수의였던 전투복과 근무복, 그리고 사복까지, 밤에 빨아서 어떻게든 칼같이 날을 세워 폼나게 다려입고 다녔던 바보 아빠다.

부모님 세대에는 다림질은 어머님들이 하는 기본으로 인두를 이용하여 삼베옷을 다리느라 수고하신 기억이 스쳐 지나가고 있다. 학창 시절의 파랑과 하얀색의 교복 다리기의 추억들도 기억이 새록새록 솟아나고 있다.

'최 변호사님. 이거 다림질 배우려 하지 마시구요. 본업에 충실하고 전념하세요.'

이젠 아빠가 할 일도 없으니, 시집을 갈 때까지 다림질 해주겠노라고 말을 건넸다. 시집가서는 고생하지 말고, 세탁소에 맡기라고 귀띔도 잊지 않았다. 잘한 건지는 모를 일이다. 말을 잘못한 거 같기도 하다. 큰일이다. 일을 만들고 말았으니, 이 또한 난감하다. 어찌하겠는가. 이 나이 아직 청년인데, 아내 수네 여사와 아이들 셋을 위해 할 수 있는 일이 있다는 것이 기쁨이다. 즐겁지 아니한가. 어 젯밤에는 큰딸 최 변호사가 바보 아빠에게 쓱 하고 봉투 하나를 내밀고 있었다. 의뢰인이 관심과 변론을 잘해주어 고맙다고 봉투를 주었다고 하였다. 그래, 고마워. 다림질 해준 대가다.

바보 아빠는 아이들 셋에게 늘 강조하였다. 성실한 사람, 정직한 사람, 노력하는 사람이 되어 달라고, 그리고 하찮 은 일이라도 대표변호사에게 꼭 보고는 잘하라고 말을 전 하였다.

그런데, 곰곰이 생각하니 아내 수네 여사와 아이들 셋 모두가 이상한 것, 한 가지가 있었다. 살아서 퇴원만 해주 면, 저 푸른 초원 위에 그림 같은 집을 짓고, 바보 아빠가 원하는 건 무엇이든 다 해준다고 하였다. 지난해에는 퇴 원한 날을 기념하여 1년에 생일상을 두 번은 챙겨준다고 하였다. 까마득히 잊고서, 슬그머니 넘어가고 있다. 이렇 게 하루는 또 가고 있었다. 그리고 세탁소를 차릴 준비를 단단히 하고 있었다. 최가네의 안녕과 행복을 위해서다. 그날 이후, 아이들 셋의 옷 다리기 아르바이트는 시작되 었다. 식탁 위에서의 다림질은 맹목적이 아닌, 하체의 근 력을 키우는 운동으로 제일 좋은 안성맞춤의 운동이라고, 친구는 귀띔도 해주었다. 바보 아빠 친구의 이야기다. 환 경과 여건은 불충분이지만, 가족을 위해 무언가를 할 수 가 있고, 해주고 해냈다는 것은 살아있는 증거다.

31. 최가네의 엄마, 수네 여사가 이상하다.

　최근 재활훈련을 진행하면서, 몸의 변화와 느낌이 좋았다. 함께 운동하는 사람마다 이구동성으로 하는 말이다. 스포츠센터의 어떤 사람은 몸이 완전하게 회복이 되어 지면, 떡 한 말을 쏘라는 말도 한다. 정말로 그렇게 좋아진 건가도 싶다.

　어느 날은 아내 수네 여사의 속도를 추월하여 바보 아빠가 잘하는 것이 하나둘 늘어나고 있었다. 물론, 몸은 불편하고 가치는 적었지만, 그래도 남자란 말을 강조하고 싶은 것이다.

　재활과 치유를 위한 운동을 진행하면서 매일 보고 느끼는 것이었지만, 걸음걸이와 운동기구 사용 능력이 지속으로 발전되고 있다는 것이다. 처음 재활 운동을 시작할 당시만 하여도 런닝머신 걷기의 속도는 2.0km를 유지하기도 힘들었다. 균형을 잡고 서 있기도 힘든 불안한 세 살배기 어린 소년 같은 바보 아빠다. 그런데, 어제는 아내 수네 여사를 처음으로 추월하고 있었다. 바보 아빠의 속도는 4.6km, 옆에서 걷고 있는 아내 수네 여사의 속도는 4.5km로 드디어 추월이다. 이 환희의 기쁨을 어떻게 누구와 함께 나눌까 하니, 가슴 벅차오르는 감동이다. 드디어, 바보 아빠가 해냈구나. 커다란 기쁨과 희망을 보았기 때문이다.

　그런데, 우리 집의 딱 한 사람은 정말로 큰일 났다. 몸과 마음이 강건한 아내 수네 여사가 요즈음 보이는 가정사의 행동 모습은 참으로 이상하지 못해 수상하기까지 하다.

늘 이상한 행동을 보일 정도로 가정사에 문제가 없고, 그 어느 시절에 누리지 못한 행복을 다시 찾아가고 또 누리고 있는 것이 현재이다. 1년 반의 긴 시간에 우리 집 말썽꾸러기인 바보 아빠가 아프지 말라니까 다쳐서 근심 걱정 속에 속을 썩이었다. 바보 아빠를 병간호한다고 힘들어서일까?

여러 가지 이유가 있을 수 있었겠으나, 최근 일어나는 상황을 종합하여 말하자면 이렇다.

첫 번째는 핸드폰을 안 가지고 나가는 일이 자주 발생하니, 이것이 문제를 일으키고 있다. 한두 번이 아니고, 발생 빈도가 잦아지고 있다. 세상에 이런 일이 아내 수네 여사에게도 일어나는구나 싶다. 엊그제에 있었던 실제 상황이다. 아내 수네 여사는 평소에 신분증을 핸드폰 케이스에 넣고 다닌다. 그런데, 은행 업무를 보러 가서 신분증을 제시해야 하는 상황으로 가방과 호주머니를 아무리 뒤져 보아도 핸드폰이 없다고 한다. 이것이 무슨 일인가 하고, 어이없는 웃음 밖에는 나올 수가 없는 상황이다. 헐레벌떡 숨을 몰아쉬며, 대문을 열고 들어오는 아내 수네 여사다.

"여보, 내 핸드폰 어디 있어?"

"조금 전 거실에서 문자가 왔다고 말을 잘하고 있던데요." 참말로 말이지, 바보 아빠의 아내 수네 여사이지만, 우습기만 하다. 그날의 오후 날씨는 이상하게도 잔뜩 찌푸리고 있었다.

스포츠센터에 운동하기 위해서 가는 중이다. 한참을 운전하고 가다가 헐레벌떡 또 하시는 말씀이

"핸드폰 가지러 집으로 다시 돌아갈까요."

 이내 아내 수네 여사는 침묵이다. 바보 아빠는 요즈음 아내 수네 여사가 말하면 그 어떤 말대꾸도 안 하고, 좋은 말과 시키는 일을 아주 잘한다. 그렇게 잘해야 하루 세끼의 밥을 얻어먹고, 마찰이 없으니 집안은 조용하고 늘 행복하기 때문이다. 삶의 지혜로 터득한 고난도의 전략이다. 바보 아빠는 핸드폰을 가지고 왔는데, 바보 아빠의 덕에 위기를 모면하고 있었고, 긴급 연락 수단으로 준비는 끝이라고 한숨을 내쉬고 있다. 운동을 마치고 집에 와서 확인해 보니, 전화와 메시지 등 아무것도 온 것은 없었다. 핸드폰이 없으면 불안하고 초조하고 아무것도 할 수가 없는 모양이다. 아기도 아니고 환갑을 향해가고 있으면서 그러하니 분명 이상도 하긴 하였다.

 바보 아빠는 강요와 통제받을 일이 없으니, 글을 쓸 때와 음악을 청취할 때를 제외하고는 운동을 갈 때도 안 가지고 가는 것이 일상이다.

 아무튼 정말로 이상하다. 통상은 출근이나 외출할 때는 핸드폰과 자동차 키 그리고 지갑이 있는지 없는지는 반드시 확인하고 나가는데, 아내 수네 여사는 그러지 못한다.

 두 번째는 도시가스와의 실 전투 상황이 계속되고 있었다. 이는 정말 큰 일이다. 잘못되면 집 한 채가 그냥 한순간에 혹하고 날아가는 상황이고, 그 많은 세입자는 어찌 감당하리오.

 작년 11월 초의 어느 날에 있었던 일이다. 퇴원 후, 어느 정도의 몸이 회복되고, 그리운 바보 아빠의 친구들이 바보 아빠를 보려고 집으로 온다고 예정된 날이다. 정말 수고한 친구들로 좋은 사람 좋은 친구들이기에 고맙기만 하다.

그날따라 신촌 세브란스 병원에 통원 치료가 예약되어 있었다. 접대할 음식을 미리 준비도 해 놓고 다녀와야 하겠다는 생각으로 우럭매운탕을 맛깔스럽게 잘도 끓여 준비한 것이다.

이게 웬걸. 가스레인지에 올려놓고 가장 약하게 불을 맞추어 놓았으니, 문제없겠지 했다. 이것이 문제였다. 가스레인지를 끄고 가는 것이 정답이었을 것이다.

병원 진료를 마치고, 대문을 여는 순간이다. 집안은 온통 뿌연 연기로 가득하였다. 불이 나지 않은 것이 이상하고, 천운이라고 생각이 되었다.

"불이야, 불이야."

거실 공간과 이방 저방 창문을 열고, 2층까지 재빠르게 뛰어 올라가 환기를 시키기 위해 서로 바쁘게 움직이고 있다.

군부대도 아닌 집에서 실제 상황 칵키트 피스톨(Coked Pistol 데프콘1)이 발령되는 것이다. 그야말로 전쟁이었다. 그래도 화재경보기는 작동이 안 되었으니 불행 중 다행인 것이 분명하다. 그냥 아내 수네 여사가 이상하기만 하였다.

기적으로 새 생명을 얻고, 새집을 완공한 지 6개월도 안 되어서 일어난 일이다. 기가 막힐 노릇이 아닌가.

이후, 다시 시장을 보고 찌개를 준비하느라 헐레벌떡한다. 숨 가쁜 움직임은 연속이었다. 얼마나 놀라고 힘들었을까. 웃음만 나오고 있었다.

아내 수네 여사는 매일 아침, 아침을 준비하여 먹은 후, 신데렐라의 두 딸 최 변호사와 선생님을 직장의 사무실까지 차량을 이용하여 태워다 주고 있다. 바보 아빠가 보아도 끔찍한 자식 사랑이고, 지극정성으로 대단한 엄마라고 생각되었고 평가하고 있다.

그러나 오늘도 역시나 또 한 건이 시작되고 있다. 아침을 먹고 달달한 다방 커피가 생각나 주방으로 향하는데, 우습기만 하다. 곰국 끓이는 작은 냄비에서 가스가 켜져 왁자지껄 자글자글, 지글지글 좋은 소리 맑은소리는 다 내면서 잘도 끓고 있다. 이번 사건은 말하지 않고, 어느 날 아내 수네 여사가 바보 아빠를 공격하면, 또는 기분 좋을 때 사알짝 말을 하겠다는 방어권으로 보험을 들어 놓고 있었다.

그날도 운동을 마치고 집으로 향하는 길이다. 퇴근길에 큰딸 최 변호사를 만나서 그 이야기를 하였더니, 화들짝 놀란다. 그러더니 하는 말이 재미가 있다. 아빠, 오늘 아침에는 엄마가 자동차 Key도 안 가지고 운전하려고 나왔단다. 실상황의 웃지를 못할 에피소드를 전하고 있었다. 이걸 어찌한단 말인가. 정말로 큰일 난 건 아닐는지. 앞으로의 삶이 심각한 혼란 속으로 빠지고 있었다.

무엇인가 특단의 대책은 필요하고, 곰곰이 원인을 분석하며 판단하느라고 바보 아빠는 바빠지고 있었다. 도대체 한두 번도 아니고, 왜 그런가로 이러한 현상과 원인은 무엇일까? 이다. 건망증일까 아님 여성이기에 갱년기라서 그럴까 번민의 시작이다. 행여, 나이가 들어가니 이상하게 변해가고 있는 건 아닐까. 하여간 걱정이 되고 또 되고 있었다. 머릿속까지도 복잡하기만 하다. 다행인 것은 약 1개월 전 장모님과 아내 수네 여사가 동시에 건강검진을 받았고, 검사 결과 특이사항이 없었으니 문제다.

결론적으로 얻은 답은 이러하다. 참으로 아이러니하다. 바쁘게 살아야 하는데, 한가하니 그런 거와 갱년기가 되니 나타난 현상이려니 하고 생각한다.

아내 수네 여사는 바보 아빠와는 정반대다. 여성으로서 하기 힘든 남자가 할 일을 가볍게 늘상 해내고 있다. 원룸관리와 웨딩 관련 일만 하고, 여유로움이 가득 편히 쉬면 좋으련만 그게 아닌가 보였다.

아파트와 단독주택 리모델링과 건물을 철거하고 새로 집 짓는 일을 재미로 쉽게 하니, 바보 아빠의 노후 전선은 이상 없는 것 같다. 아내 수네 여사는 고생스러울 텐데, 어렵고 힘든 일을 잘도 해내고 있다.

나이가 들어가니 직장 다닌다고 등한시하였던, 아내 수네 여사에 관한 관심을 확인하고 서로 도우며, 행복을 찾기 위한 놀이를 해야 한다.

바보 아빠에게 소중한 아내 수네 여사가 아프거나 잘못되면 어쩌나. 밥도 얻어먹지 못하고 고생만 죽도록 하는 노후 전선에 빨간 신호등이 켜지니, 생활은 비참해지면서 대혼란의 상황과 여건은 불 보듯 뻔하였다.

그날 이후, 외출 시에는 반드시 부엌으로 가서 가스렌지의 이상 유무 확인을 습관처럼 하는 바보 아빠다. 그러니 심각하게 우울하다. 바보 아빠 자신의 재활 운동도 좋지만, 아내 수네 여사도 열심히 운동해야 한다는 생각 밖에는 이유 불문이다. 가정의 안녕과 평화를 위해서다.

즉시, 큰딸에게 긴급 SOS를 타전하였다.

"퇴근길에 여성들 갱년기에 좋은 영양 가득한 약 좀, 사 오시게나. 엄마가 이상합니다. 흑흑."

그러고 보니, 결혼생활 30년이 넘었다. 지금껏 아내 수네 여사가 바보 아빠를 챙겨 먹이고, 새 생명까지 찾아주었는데, 이제는 정말로 잘해야겠다는 생각뿐이다. 오래오래 참 행복을 나누며 재미있는 삶을 위해서다.

이제 세월이 참 많이도 바뀌었으니, 냄새나고 화재위험이 큰 가스레인지는 그만 이별하고, 안전이 확보되는 인덕션으로 바꾸어 바보 아빠네의 행복을 지키겠노라고 다짐하였다. 3년이 지난 어느 여름날에 인덕션이 설치되었다. 안전과 건강한 삶이 우선이었기 때문이다.

삶의 행복은 어느 누가 주는 것이 아니라 부부가 함께 만들어 가는 것임을 알게 되었다.

32. 비빔밥에 피어난 아들 사랑의 꽃

그날은 새싹이 돋고 꽃이 피는 봄이다. 따뜻하고 포근함이 가득한 일요일이 느껴지고 있는 분위기이다. 보금자리 앞의 작은 교회에서는 부활절 행사가 열리고, 창문 넘어 교회당 찬송가 소리도 나지막이 담장을 넘어 메아리가 되어 창문을 넘어 들어오고 있다. 이즈음에 아름답고 멋진 봄꽃의 향연은 더 높은 곳을 향하고 있다. 그 속에서도 어떤 이는 향연을 마치고 씨를 뿌려 내년을 기약하고, 그새 사라져만 가고 있다. 봄의 전령 복수초는 이미 사라지고, 민들레는 일부 홀씨가 되어 먼 길 여행을 떠나 목적지를 찾아 헤매고 있는 분위기다.

꽃이 만개하니, 빠른 시간의 흐름 속에 앙상한 가지만 드러낸 채로 움츠리고, 숨을 죽이던 겨울나무는 맑은 공기와 햇살을 먹고 있다. 새싹이 돋고 푸르른 옷으로 그림 그리기를 하며, 고즈넉한 그늘 집을 만들어냈다. 그 어렵고 긴 터널을 지나 햇살 가득 새로운 세상의 문을 열어젖히니, 환희를 맛본 눈물의 꽃이 되어 바보 아빠에게로 다가왔고, 이내 안기었다. 환희의 눈물, 여러 사람의 아름다운 사랑이 포함된 감정으로 승화되고, 그 속에서 표출되어 나타난 아름다운 꽃이 분명 '환희의 아름다운 눈물'일 것이다.

우리 집에는 언젠가부터 여자도 아닌 아름다운 꽃, 세 살배기 어린 꼬마가 아니면서 싱싱하고 풋풋한 내음을 간직한 젊은 남자가 딱 한 명이 있었다. 어렵고 난감한 시기에 오직 한 가지 일념으로 자신을 채찍하고, 희생하여 아름다운 꽃봉오리로 맺어 주었다. 주변을 아주 예쁘게 꾸며주니, 얼마나 자랑스러운 한 남자의 꽃이겠는가.

아름다운 남자의 꽃을 위해 비빔밥을 준비하고 있다. 그 맛이 깔끔하면서 향기롭고 아름다워야 비빔밥에 꽃을 피울 텐데, 걱정이 앞서고 있다

'젊은 아들아, 바보 아빠가 힘들고 어려운 고난의 길에 헤매고 있을 때 너를 채찍하고 희생하며 사랑을 베풀어 주었으니 너무나 고맙구나'

긴 시간 중환자실과 회복실을 오가며, 생사의 갈림길에서 정성과 사랑으로 꽃을 피워준 아들 지환이와의 사랑을 나누기 위해서 노크를 하는 것이다.

사회생활 초년으로 짧은 기간에 단맛과 쓴맛, 그리고 신맛까지 아침부터 밤늦게 까지도, 어느 날엔 잠을 설쳐가며, 새벽까지 치열한 생존의 전투를 하는 모양새이었다. 그 과정을 겪어가며, 삶의 고단함과 치열함 속에 인생의 참맛을 보고 느끼는 듯도 하였다. 내심은 기특하면서 안

쓰럽기도 하였다.

일찍부터 파릇파릇 생기 돋는 야채를 구입해 씻고 데치고 하니 먹음직스럽기는 하였다. 덤으로 살아 숨 쉬는 제철 쭈꾸미가 없어 금싸라기 낙지까지 구입해서 원기 회복을 위해 잠깐 대기를 시켜 두었다. 쭈꾸미 철인데 쭈꾸미가 없다. 장날에 나오는 쭈꾸미의 80~90%는 수입산이라고 하였다. 대용으로 낙지를 사고 있는 것으로 비싸기는 하였다. 한 마리의 값이 1만하고 5천 원이나 되었다.

그 옛날 옛적의 학창 시절과 전역 후에 공부하고, 먹고 살기 위한 생존을 위해 허름하지만 아늑하고 포근한 보금자리를 떠나 스스로 삼시 세끼를 해결해 본 경험이 많다.

이제는 그 삶의 변화가 일어나니, 같은 서울 하늘 아래인데도 시간을 아끼고 삶의 질을 높이기 위해 분가 아닌 분가를 하고 있다. 혼족이 되어 혼밥 생활하게 된 아들 지환이다.

삶 속에 이런저런 이유로 쌀 씻고 밥도 못 하였던 바보 아빠도 어느 시기에는 밥도 하고, 혼밥의 음식도 제법 할 줄을 알게 되었다.

이제 몸이 완전히 회복되면, 밥하고 빨래하고, 설거지, 청소하면서 이거저거 다 해달라고 하니, 걱정도 되긴 하였다. 이러려고 바보 아빠가 그 험난한 고통을 이겨내어 살았기에 바보 아빠가 된 것일까? 심히 우려스럽기까지 하다. 먼저, 낙지를 산산조각 내어 널찍한 접시에 올리고, 참기름으로 몸을 적신 후에 초장과 고추, 마늘 등을 준비하여 한 잎 넣어 보았다. 거참 일품의 맛이었다. 구미가 쏠쏠하다.

이름다운 꽃 남자도 모처럼 구미가 당기는 모양이고, 꿈틀거리는 낙지를 한 잎 넣어주었다. 물론, 아내 수네 여사에게도 당근이다. 바보 아빠의 살아가는 방법 1순위는 잘하는 것이다. 말로라도 그래야 산다는 것을 알고 있었다.

이어 커다란 양푼 하나가 대기하고 있다. 준비한 봄나물과 열무김치에 밥과 고추장(초장), 참기름과 통 참깨, 그다음은 계란을 톡톡 깨트리어 흩날려 주었다. 먹다가 남은 낙지를 덤으로 넣으니 맛도 좋았다. 그야말로 기가 막히는 그 맛이다.

젓가락으로 쓱쓱 싹싹, 뒤적뒤적 혼합하여 물감을 섞고 색칠하니 화려한 봄꽃으로 탈바꿈했다. 적당한 비율을 맞추어 놓고 보니, 그 녀석이 왠지 예뻐 보이기만 하다.

일명 낙지비빔밥으로 대변신을 시작하고, 처음으로 맛보는 재미가 가득하니 좋기만 하다.

두 딸은 외출하고 젊은 남자와 바보 아빠 그리고 아내 수네 여사와 함께 정성 가득한 사랑으로 피워낸 꽃 비빔밥의 완성이다. 서로를 격려하며 한입 두입 나누니, 금세 양은 줄어가고 바보 아빠가 만든 비빔밥의 사랑에 감동하였는지 정말 맛있다고 아우성친다.

"젊은이, 이다음에 또 해줄까?"

피식하고 웃으며 위기를 넘어가는 바보 아빠이다. 작고 하찮은 비빔밥 한 양푼이다. 별것은 아니었다. 가족이라는 이름으로 피운 아름다운 비빔의 꽃이기에 더욱 애착이 가고, 아름답기만 하였다. 바보 아빠가 된 이후로 아내 수네 여사의 음식 솜씨가 일취월장이다. 칭찬의 목소리가 높기만 하다.

"엄마, 아빠의 요리 솜씨가 많이 느셨어요."

하루 세끼 말썽꾸러기 바보 아빠의 밥을 챙기려니, 미우나 고우나 뭔가 만들어야 할 것이 아닌가. 덕분에 바보 아빠는 밥값을 가벼운 마음으로 마무리하고, 기분이 좋은 웃음꽃이 핀 글 하나 만들어 배달을 나갈 준비를 마쳤다. 저장고에 저장되어 기쁘게 대기하고 있다.

큰일이 생겼다. 일상이 되어버린 하찮은 일이지만, 작은 이야깃거리가 휘리릭 스치면서 내 마음의 풍금이 되어 만사를 제쳐두고서, 똑똑똑 자판에 손이 가면서 놀자고 아우성친다. 그래도 좋다. 좋아하는 글을 쓰고 지우고 놀 수가 있어 좋다.

언제 어느 날, 기분 좋은 날이 내게 주어진다면, 나는 젊은 아들 지환이와 함께 한강을 끼고서 임진각, 아라뱃길, 춘천과 낙동강, 기타 명소를 찾아 달리고 도전을 다시 할 것이라고 주먹을 쥐어보고 있었다. 자전거는 늘 대기 중이다.

삶 속에 아름다운 꿈을 펼치기 위해 꽃을 피우고, 열매를 맺도록 아낌없이 나누어 주련다. 행복을 찾아 먼 길을 다니면서 새로운 마음으로 준비하는 도전은 계속될 것이다. 그날이 어서 오면 좋겠다.

33. 심장과 친구가 되어 울리는 삶의 메아리

살기 좋은 잘 사는 나라 우리나라에서 코로나19의 첫 확진자가 발생한 지 어제(20.4.28.(화))는 100일이 되는 날이다. 확진자 10,722명이고 회복 인원 8,854명, 사망자는 244명이다. 많은 사람이 감염되었고, 사망자의 수가 많아 큰 아픔과 슬픔의 한으로 남는다.

중국과 일본 등 이웃 나라와 프랑스, 이탈리아, 스페인, 영국, 미국 등의 나라들에 비하면 작은 인원으로 이만하기가 천만다행이다. 코로나가 휩쓸고 간 자리는 상처가 너무도 크다.

이 모두가 질병관리본부와 전국의 의사와 간호사 등 의료진 덕분으로 최고의 수훈갑이다. 우리의 가치는 치솟고 있었고, 전화위복의 확실한 분위기가 분명하다. 정부를 믿고 사회적 거리두기 등을 실천해 준 대다수 국민의 의식 수준 결과이기도 하였다. 최고가 분명하다. 아파본 사람은 그 아픔의 진실과 실체를 알고, 처참한 고통의 맛이 어떤 것인가도 고개를 상하좌우로 써레질하며, 혀를 내두를 것이다.

건강하게 명대로 살고, 삶을 사는 동안 조금만 더 사는 맛과 멋이 풍부함을 보고 느낀다. 사는 재미를 찾아가면 얼마나 좋고 아름다운 삶일까도 생각한다. 가장 중요한 것은 역시 건강한 것으로 운명과 싸워서 이기는 것이다.

이제 코로나19의 후유증으로 일상에는 예기치 않는 수많은 변화가 따를 것이다. 겸허하게 받아들여야 하고, 사람들은 거리두기와 개인위생 등 정부의 지침을 잘 지켜서 공동체에 피해를 주는 우를 범하지 않는 것이 중요한 실천으로 남아있다.

건강한 삶을 위해 현재의 건강을 가꾸고, 지켜가는 일에 한 치의 오차도 없도록 각별한 관심과 실천이 필요한 중요한 시기이다. 작은 것 하나도 소홀함이 있어서는 안 될 것이다. 함께 누려가는 삶이었다. 약 6개월여 만에 건강상태를 확인하기 위하여 병원을 찾아가는 날이었고, 이른 아침 동은 터오고 있었다. 좋은 날이기를 바람하고 있는 것이다.

2015년 9월 12일 산악사고 후, 퇴원한 지는 4년이 흘렀고, 어느새 5년째가 되고 있다. 산전수전 공중전으로 아픔과 고통을 감내하면서 정상에 가까워지도록 치유의 삶을 잘 견디어 왔다. 자동차 운전을 제외한 누구의 도움도 없이 일상생활을 영위하고, 가장으로 그 무엇이든 도움을 주고 있다는 것이 더없는 기쁨으로 자랑스럽기도 하였다.

지난날의 흘린 눈물은 장독대의 빈 항아리들을 가득히 채우고도 남아서 넘쳐흘렀을 것이 분명하다. 아내 수네 여사와 아이들 셋, 가족과 친척, 친구라는 이름으로 모두가 희망이었고, 현재가 있도록 해준 삶의 일등 공신이 되어 박수받아야 마땅한 것이다. 사는 동안 고맙고, 감사한 일이다. 그 마음은 깊은 곳에 잘 저장되었음으로, 잊지 않고 꺼내어 나누겠다는 무언의 약속도 엄지척 든다.

세브란스병원에 2주 전 내원하여 심장과 관련한 각종 검사(피와 소변검사, 초음파, X-레이 촬영, 심전도 검사 등)를 받았다. 그 결과를 확인하는 절차가 남아있다. 바로 그날이다.

나름의 생각은, 멈추고 흔들리었던 심장의 기능이 완전히 정상의 상태로 회복되었다는 판정을 받고, 더 이상 내원도 하지 않으면서 처방약도 먹지 않으면 최상의 결과로 좋겠다는 기대와 희망이다.

그런 부담되는 심정으로 이른 아침 예약 시간에 맞추어 아내 수네 여사와 함께 신촌으로 달려가고 있다. 잘되어 주기를 바라는 간절함과 애잔함으로 만감도 스치어 간다. 도착과 동시에 확인한 혈압과 맥박은 정상(92/62/92)이었고, 두 근 반 세 근 반의 심장 떨림을 심정으로 토닥이며 달래고 있다가 주치의 선생님과 마주 앉았다. 첫마디는 어떤 언어로 진료실의 작은 공간에 울려 퍼질 것인가 하는 것이 최대의 관심 사항으로 잠시 침묵이 흐른다.

"잘 지내셨어요. 결론부터 말씀드리자면 아주 좋습니다. 약은 꼬박꼬박 잘 드시는지요. 밤에 잠은 잘 주무시는지요. 이것이 전부이었다. 잠깐 밖에 나가서 기다리세요."

새벽밥을 먹고 왔는데, 너무나도 허무와 허망이었다. 날이 추우면 발가락이 아리니 통증의 고통을 달래기 위한 추가 처방을 요청하는 것으로 검사 결과 확인은 종료다. 거참, 검사 결과라도 보여주고 아니면, 참고하도록 출력이라도 해주면 좋겠다는 아쉬움에 야속하였다. 너무 합니다. 전화상담 진료의 필요성도 알 수가 있는 대목이다.

그래도 좋다고 하는 평가를 해주시니 고맙고, 감사한 일이다. 더 이상 나빠지거나 확대되지 않고 이만하니 다행이다. 집으로 돌아가는 길은 아쉬움이 묻어나는 홀가분한 마음이다.

많은 환자가 동이 트는 새벽에 병원을 찾아가는 이유는 살기 위한 몸부림이자 아우성친다. 의술보다는 희망의 배려를 기다리는 인술이었을 것이다. 사람이 먼저고 돈이 우선이 아님을 알고, 심장의 뛰는 소리를 듣는 청진기가 되어야 한다는 바람이다.

33년 이상을 함께한 아내 수네 여사와 네 명의 최가네 식구들, 그리고 새 식구가 된 사돈댁과 9월이면 이 세상에 태어날 3세대 봄봄이를 위해서라도 건강을 잘 지켜야 한다.

삶의 힘과 용기도 나누어 주고, 가치와 의미를 찾아서 누리는 삶이 되도록 울타리가 돼주는 것이 속 깊은 바보 아빠의 생각이다. 가족을 위한 정성과 사랑, 관심이 필요한 이유이다.

코로나19의 영향으로 이제 서야 긴 겨울잠에서 깨었고, 그 위협에서 벗어나 살 수가 있었다. 기상이변의 속출과 심한 일교차에서 살기 위해 집에서만 지내느라 수고로움이 컸다.

이제 몸과 마음의 기지개를 켜면 된다. 겨우내 푹 쉬고 있었던 자전거를 꺼내어 오르고, 동네와 공원 등 한 바퀴를 휘리릭 돌아오는 희열도 맛보고 있었다. 더 이상 멈춤이 없는 건강한 삶으로 만들어 가는 인생 역전의 꿈과 희망의 도전은 다시 시작되었다. 햇살을 먹는 싱그러운 맛이다.

내일은 희망이었고, 정상으로 가기 위한 막바지 재활과 치유를 위한 힐링 프로그램은 계속 진행 중이다. 심장과 친한 친구가 되어 나누는 똑똑이의 소통이다.

34. 봄날의 첫 나들잇길에서 새싹을 보다.

첫 외출이다. 바람을 쐬러 가는 가족 나들이의 시작이다. 비록, 지팡이에 의존하는 일상이었으나, 장족의 발전이다. 봄에 돋는 새싹처럼 바보 아빠에게도 몸에서는 새싹이 움트고 있었다. 삶의 소리가 시작되고 있다.

병원에서 퇴원한 이후 1년여 만이다. 아내 수네 여사, 그리고 두 딸과 함께 가까운 삼송리 농협대학 근처의 서삼릉으로 첫 봄날의 나들이를 다녀왔다. 그날은 어린이날이었다. 그곳에서는 햇살 가득 맑고 밝은 날에 신선함이 있는 맑은 공기를 흡입할 수가 있었다. 아직은 몸을 스치어 가는 봄바람의 차가움에 코끝은 시리어 오고 있는 봄이다.

목장의 언덕배기를 돌아가는 양지바른 쉼터에서는 새싹이 돋아나는 바보 아빠의 그림자를 찾아보고 있었다. 아주 열심이다. 그곳에서 만개한 진달래와 개나리, 목련과 매화꽃을 보았다. 넓은 목장의 평야에서는 한적하게 노니는 말들의 풍경을 보고 있다. 살아 숨 쉬고 있음이 자랑스럽기만 하다. 아내 수네 여사와 두 딸의 얼굴에 핀 햇살을 먹은 봄의 미소를 찾을 수 있어 좋았다. 가슴 벅찬 감동이다.

아직은 가녀린 몸으로 작은 바람에도 흔들거리어야만 하는 움직임과 활동에서 지난날의 처절한 아픔을 이겨내는 것이다. 살기 위해 몸부림을 치고만 있었던 흔적들이 바람을 타고 와 잠시 머뭇거리고 있다. 이내 맴맴, 바보 아빠의 주변을 한 바퀴 돌면서 놀다 간다. 이어서 달려오는 바람을 타고 어디론가 날아서 멀어지고 있었다.

이제 앞으로 쉽지 않은 고난도의 재활과 치유가 바보 아빠의 오늘이라는 새날에는 기다리고 있었다. 벤치에 앉아 눈에 보인 드넓은 목장은 한적하게 풀을 뜯는 말의 여유도, 싱글벙글 재롱을 하면서 내달리는 그들만이 그려낼 수 있는 풍경에서 안녕과 평화를 볼 수 있었다.

바보 아빠가 살아 숨 쉬고 있는 것은 분명하다. 어떻게 할 것인가 하는 앞으로가 문제이다. 가족 사랑을 위해 잘해내야 할 것이다. 이대로 멈추느냐와 포기하지를 않고 새로운 변신을 위한 도전을 해야 할 것인가 하는 선택의 기로에서 숨을 고르며 침묵이 쉬어가고 있었다. 잠시 후

봄은 손을 내밀어 바보 아빠의 손을 감싸고 온기를 넣어 어루만지고 있다.

어떠한 악조건에도 절대 포기하지 말라는 사랑의 메아리이다. 힘을 내도록 용기를 주었고, 이내 바보 아빠의 어깨를 잡아 몸을 일으켜 세우고, 툭툭 치면서 힘을 내라고 용기를 주고 있다.

우리 집 세 명의 여성 얼굴에서 햇살 먹은 웃음꽃이 피었다. 아주 오랜만이다. 한참이나 봄의 소리와 함께 쉬어가고 있다. 가족 사랑이었고, 포기하지를 않고 살아야만 하는 이유가 분명하다.

새봄과 함께 아내 수네 여사, 두 딸과 함께한 첫봄 나들이는 희망과 용기와 또 하나의 멋진 도전의 기회를 만들어 주었다. 힘이 생기고 있다.

인생 걸음마는 다시 시작되었다. 서오릉에서의 한 바퀴를 걸어 돌아온 길은 새싹의 용틀임을 보는 기회의 시간이 되었다. 이내 우리는 손을 마주 잡고서 사랑을 노래하며, 그곳을 나오고 있었다. 듣기가 좋은 휘파람 소리이다. 첫 번째로 시도한 봄나들이 끝내고, 집으로 왔다. 역시나 보금자리는 아늑하고 포근한 우리 집이었고, 사랑 꽃향기가 피어 있었다. 향기는 오랜 시간을 머물러 주고 있다. 봄나들이 잘 다녀왔느냐고 인사도 주고 있다. 사는 맛이 감지 되고 있다.

봄나들이와 휴식의 참맛을 보며, 여유를 취하고 있는 짤막한 사이의 터울에서 딩동, 출입문의 벨은 울리고 있다. 택배 아저씨다. 동기가 보내준 정성과 사랑이 가득한 복분자 숙성 LA갈비이다. 어서 빨리 원기를 회복하고, 건강하게 지내라는 정성과 사랑의 마음으로 보내준 귀한 선물이다.

잠시 후, 아내 수네 여사에게 보고하였다가 바보 아빠는 그냥 혼이 나고 있다. 장사하는 사람 상품을 공짜로 받아먹으면 어찌하느냐고, 안 된다고 하면서 상거래 질서를 지키라고 하는 꾸지람의 말이다.

그래도 정성으로 보내주시는 거니, 잘 먹고 건강도 챙겨가면서 잊지 말고 꼭 보답하라고 하는 아내 수네 여사는 속 깊은 말을 건네주고 있었다. 고마운 말이다.

누군가에게 무엇을 주는 마음은 분명 쉽지 않다. 베푸는 사람의 마음에서는 사람 사는 맛과 멋이 숨 쉬고 있는 따뜻한 사람일 것이다. 그것은 친척 간에도, 가까운 친구 사이에도, 이웃 간에서도 웬만한 정성과 큰마음을 먹지 않으면 쉽게 실천하기 어려운 일이 분명하다. 베풂과 나눔을 실천에 옮기며 사람 사는 재미를 솔솔 보고 느끼게 해주는 좋은 사람 친구에게 고맙고, 감사함의 흔적을 기록하여 저장시켜 두었다.

작은 물결은 삶의 아름다운 감동이다. 사람 사는 세상에서의 꼭 필요한 삶의 향기이었고, 힘과 용기를 주는 희망이다.

이제부터 시작이다. 잘 먹고 좀 더 빠르고 확실하게 몸과 마음의 건강을 회복하여 베풀어 주신 수많은 소중한 사람들에게 그 깊은 은혜와 사랑에 보답하고, 한마음으로 동행하는 노력이 필요함을 깨우치며 사람 사는 세상을 바보 아빠는 바라보고 있다. 사람과 어울려 함께 살아가는 세상에서 베풀고 나눌 줄 아는 사람은 삶의 가치와 의미를 실천하는 행복한 사람이다.

새싹이 돋는 봄날은 희망을 주는 봄날이었다.

35. 어떤 인연과 홀로 선 봄나들이에서의 만남

그날은 비가 예보되었다. 아침 기상 후 몸의 상태는 그리 좋지 않은 상태로 찌뿌둥하다. 하룻밤을 자고 나도 몸은 굳어 있다. 컨디션 조절을 위한 스트레칭이 필요한데, 7개월이라는 길고 긴 여정을 병원 생활을 하다가 나왔으니 제대로 된 몸이겠는가. 분명 긴 시간과의 전투가 필요하였다. 언젠가는 바보 아빠의 굳어버린 몸의 뼈와 근육들도 봄날이 오는 날에는 얼어붙은 땅이 녹듯 열심히 걷고 근력을 키우면서, 살다 보면 풀리지 않겠는가 하는 기대와 생각도 해보고 있다.

오늘은 아내 수네 여사가 약속이 있다고 하였다. 효녀 가수 현숙의 모교인 김제여고 동창생들과 부천의 원미산 진달래 꽃길 산책에 나서기로 하였다고 한다. 봄바람이 살랑살랑 잘도 불고 있다.

"아내 수네 여사님, 바보 아빠 걱정일랑은 잠시라도 접어두고, 친구들과 함께 기분 좋은 시간 보내며 놀다가 오십시오."

배웅하였다. 호주에서 날아오고 천안에서 올라오고, 그 시절 김제를 주름잡던 여걸들이 다 모이는 분위기다.

아내 수네 여사가 없는 자리는 복잡하기만 하였다. 스포츠센터의 운동도 못 가고, 혼자서 끼니도 해결하며 빈둥빈둥 뒹굴고 있다. 이제 시간 때우기만 하는 피치 못할 사정이다.

아내 수네 여사가 없는 빈자리에서 달콤한 커피도 끓여내고, '기타 하나 동전 한 잎' 등 음악도 듣고 있었다. 그리운 전주 선배와 전화 통화도 나누고, 혼자만의 한적한 시간을 누리고 있다. 오후로 넘어가니, 아늑하고 포근한 햇살이 동네에 가득하고, 이내 집 옆에 위치한 아름다운 호수공원을 찾아가 반 바퀴만을 아장아장 걷기로 하고 집을 나섰다.

혼자만의 힘으로는 걷기를 지탱할 수가 없기에 오른손에는 언제나 지팡이가 들려 있다. 그 지팡이는 오른쪽 하체에 유독 부족한 근력을 보충해주는 도우미가 되어 주었다. 아주 절친한 바보 아빠의 친구이다.

호수공원 목적지를 향하여 뚜벅뚜벅 길을 따라 쉬지 않고 걸어 노래하는 분수대에 도착하고, 이내 호수공원 산책길을 따라 쉼 없이 앞으로만 전진의 걷기이다.

산책길을 걸어가는 호수공원 내의 풍경은 화려하였다. 개나리, 진달래, 벚꽃과 목련이 만개하여 자태를 뽐내고 있다. 물오른 수양버들은 늘어질 때로 늘어져 작은 바람에도 왔다 갔다 흔들림이다. 가녀린 몸으로 날갯짓하고 있다. 봄은 봄이다.

호수 안에는 잉어의 먹이 쫓는 한적함도 장관을 이루고, 이내 사람을 모으며 육중한 몸을 흔들어 재롱을 부리고 있다. 잉어의 건강미가 부러웠다. 정상의 몸이라면 쉬웠을 텐데, 쉼 없이 걷고 걸으니 그것도 걸었다고 그새 고단함이 밀려오고 있었다. 쉬어가라는 신호이다.

팔각정 입구의 한적한 곳에 위치한 벤치에 앉아 바보 아빠만의 망중한에 빠져 보기도 한다. 옆에 앉으신 할머니와 대화도 나누어 보았다. 호수를 물끄러미 바라보며, 깊은 생각의 시간에 잠겨 본다. 옆에 앉으신 할머니가 보기에 아직은 젊은 사람이 못내 안타까운 모양이다. 할머니께서도 몸이 안 좋아 병원 생활을 많이 하였다고 하신다. 동병상련이라고 서로의 투병기를 주고받는다. 잠시의 짧은 정적으로 귀를 기울이고 있다. 바보 아빠의 인생사와 중환자실에서의 삶의 애환을 다 들으신 후에 할머니가 하시는 말씀이 살갑게 다가와 재미를 주고 있다.

바보 아빠가 '살 운명이니까 살았다고 하신다.' 그러고 보니, 명이 길기는 긴 모양으로 어릴 적부터 다치기를 잘해 죽을 고비를 여러 번 넘기면서도 여기까지 왔으니 그럴 만도 하다. 살아온 삶의 반성 기회다.

바로 이 순간이다. 할머니와의 진한 향기가 묻어나는 사람 사는 세상 이야기로 꽃을 피우려던 찰나였다. 훼방꾼은 아내 수네 여사다. 몸이 심히도 불편한 바보 아빠를 혼자 두고서 집을 나오니, 걱정되었나 보다. 외출 전 아침에 혼자서 호수공원 한 바퀴를 돌면서 산책을 겸해 아장아장 운동하고 온다고 보고는 했다.

큰딸 지혜와 아들 지환이도 걱정이 되었는지, 우리 집 단체 카톡 방으로 조심조심 여러 번 당부하였다. 아쉽게도 우리 집에 말썽꾸러기로 낙인은 분명하게 찍혔나 보다. 막내딸 지원이의 걱정은 어디에도 흔적은 보이지 않았다. 그런데 대화의 중심은 걱정이 아니고, 다짜고짜로 어디이냐고 묻는 것이다. 집을 나와 호수공원 정자 근처라고 하니 거기에 있으라고 하는 명령이 떨어진다.

"네, 아내 수네 여사님, 꼼짝을 않고 잘 있겠습니다."

무언가 이상하고 진한 냄새가 나고는 있었다. 친구들과 원미산 진달래꽃 산책을 나선 아내 수네 여사가 산에는 안 가고 중동 치기를 한 모양인가보다. 어리둥절하다. 그렇다면 정말로 '헐'이다. 그렇게 아내 수네 여사와 함께한 친구들과의 생각지도 않은 황당한 호수 공원 내의 길거리에서 만남은 이루어졌다. 깜짝 놀랄 일이 분명하다. 가녀린 바보 아빠의 모습을 보여주는 것은 부담이다. 바보 아빠의 혼자만의 자유는 그렇게 산산조각이 나고 있었다. 어떤 이유로 이런 상황이 일어났었는지 자초지종의 이유를 들어보았다. 원미산의 산행길 입구에 도착하여 차량을 주차하려 하는데, 차와 사람들이 너무도 많아 빙빙 돌다가 산책을 포기할 수밖에는 없다고 하였다. 점심 식사를 마치고, 급선회하여 호수공원으로 왔다는 이야기다.

참으로 이상하고 이해하기 힘든 김제여고 아주머니들이었다. 칼을 뽑았으면 끝을 보아야지 그렇다고 포기하다니 웃을 일이다. 친구들의 몸 상태를 잘 알기에 속웃음으로 미소를 짓고 있는 바보 아빠다. 그렇게 생각지도 않은 만남은 이루어지고, 산책과 벤치에 앉아 소통의 시간을 나누니 바람은 일고, 어느새 하루는 저물어 가고 있었다. 아내 수네 여사의 친구들과 아주 오래된 만남의 여운을 뒤로하고, 아쉬운 헤어짐의 인사를 나누고 있다. 대신 친구들에게 맛있는 저녁 식사를 대접하시라고, 카드를 아내 수네 여사에게 건네주었다.

다시 오던 길로 뚜벅뚜벅 걸어 보금자리를 찾아 나서며, 퇴원 후 2번째의 나들이를 안전하게 마무리하고 있었다. 그래도 대한민국의 멋진 신사 ROTC장교로 아내 수네 여사의 남편 아닌가로 힘을 주고 있었다. 귀한 인연의 사람들과 저녁을 함께하고픈 마음은 간절하였다. 하지만 아직은 면역력이 부족하고, 일교차가 심한 야간에서의 활동이 제한되는 것은 못내 아쉽다. 불편함도 많은 아픔이었다.

어려운 걸음으로 한 바퀴를 돌아오니 지구력도 늘었다.

운동도 하고 꽃구경과 사람 구경 그리고, 절묘한 타이밍에서 예견되지 않았던 인연의 만남으로, 한편의 사람 사는 세상 이야기는 다시 생산되고 있었다.

하루가 즐거운 것은 미소를 주는 만남이다. 이 또한 기쁘고 즐겁지 아니한가? 동네 한 바퀴의 인연은 정리가 되었다.

친구인 지팡이와 대화를 나누며 걷기를 시작하는 것은 희망을 얻기 위한 것으로 결코 포기를 하지 않겠다는 바보 아빠의 다부진 정신을 추스르는 하루이었다.

36. 시장 나들이와 어머니 생각

새 아침의 시작이다. 한결 가벼운 몸과 마음으로 팔을 쭉 뻗어 기지개를 켤 수가 있었다. 어제는 먼 나들잇길이 벅찼을까, 밤새도록 몸과 마음이 고단하였다고 몸은 말을 해주고 있다. 긴 병원 생활을 마치고 퇴원 이후에 처음으로 잠다운 보약 같은 잠으로 숙면을 이룬 듯도 하다. 살아있음이 느껴지는 좋은 아침이다.

미소 가득 누리면서, 몸과 마음에 영양도 보충하여 주고 살도 찌우고 있었다. 때 묻지 않은 자연 속에서 숨을 쉬며 놀 수 있다는 것이 진정, 인간이 삶 속에서 누릴 수 있는 작은 행복의 기쁨이 아닌가.

두 주먹을 불끈 쥐고서 기지개를 켜고, 하루를 연다. 그리고 삶의 현장 일산시장(구)을 찾아가 시장 놀이하는 시간이다. 꽃보다 아름다운 도시 일산에는, 신도시로 개발되기 이전부터 약 100여 년이 된 경기 북부 최대의 전통시장이 있다. 매월 3일과 8일이 포함되는 날은 장이 선다.

그런 역사가 있는 일산 전통시장에 아내 수네 여사와 함께 시장 나들이에 나선 것이다. 시장 구경과 사람 사는 구경도 하고, 시장 음식도 맛을 보면서 세상 이야기를 스쳐 보낼 수 없기에 글로서 맛과 멋이 아름다운 시장의 풍경을 스케치하는 것은 큰 즐거움이다. 살아 숨 쉬는 외출이었다.

흥정이 이루어지고, 덤이 있는 시장, 그 맛에 대형 마트를 제쳐두고, 장이 서는 날에는 가끔 전통시장을 찾고 또 찾아 나서고 있다. 사람 사는 맛, 인정이 넘치기도 한 곳이고, 다양한 사람들의 움직임을 볼 수도 있다. 볼거리와 먹거리 가득하다. 고향 내음 가득한 사는 재미를 찾고 느낄 수 있기 때문이기도 하다. 나름은 그때 그 시절을 동경하고, 그런 삶에 익숙하여져 있는 것 같기는 하였다.

시장가는 길옆의 자주 가던 오붓한 찻집 근처의 화단에는 그새 가을이 온 듯, 코스모스도 만발하여 있었다. 기후변화가 심하니 꽃들도 이상하기는 하다. 벌써 가을인가 싶어 놀라움이 머물다가 이내 스쳐 지나간다.

어디 보자, 오늘은 새로운 그 무엇이 시장에 나와 있을까. 어느 한적한 곳에 차량 혼자 놀라고, 아내 수네 여사와 바보 아빠는 커다란 시장 안을 두리번거리면서, 뚜벅뚜벅 앞으로 걸어 나가고 있다. 아내 수네 여사의 눈에는 걱정스러운 모습도 역력하다. 좁은 시장 골목에 인산인해의 틈바구니에서 행여 넘어지지나 않을까 하고, 노심초사로 걱정인가 보다. 정말로 조심조심해야 할 일이다. 순간, 그 옛날 어린 시절의 추억도 새록새록 떠오르고 있었고, 잠시 머물다가 다시 앞으로 나아가고 있다. 그 먼 길을 쌀과 강냉이 한 되박을 이고 가시어, 한 보따리 튀밥으로 만들어 오시고, 난장에서 지푸라기로 묶은 고등어와 갈치 한 마리를 달랑달랑 들고서, 대문으로 들어오시는 어머니의 정겨운 모습이 그리움으로 그려지고 있다.

어머니, 지금은 어디에 계시는지요. 순간 울컥하고 있다. 보고 싶다 오늘은 바보 아빠의 어머니가 많이도 보고 싶은 시장놀이의 시간이다.

시장을 다녀와 글을 완성하기도 전에 큰일이 시장에서 일어나고 있었다. 한참을 울먹이며 토닥이고, 달달한 커피 한 잔으로 마음을 달래주면서, 그 흔적을 넣어두고 자리를 뜰 수가 있었다.

첫 번째로 시행한 시장 나들이는 아쉽게도 개고기를 판매하시는 노점 할머니와의 만남으로 시작되었다. 늦은 감이 있다고 생각하고 있었는데, 고구마와 콩 등의 모종을 판매하는 모습도 보면서 그 옛날 땀을 흘리면서 텃밭 가꾸는 생각에 잠시 들어가 보았다. 그때에는 힘은 들었지만, 땀 흘리고 나서 샤워하는 맛은 시원하였고, 막걸리 한 사발 쭈욱 들이켜면서 시름을 달래기도 하였다. 이어서 꽃게와 갈치, 조기, 낙지, 미꾸라지, 전복 등을 판매하는 생선가게도 둘러보았다. 퇴원 이후에 열심히 사 나르며 수고한 아내 수네 여사의 이야기도 귀를 열어 들어보고 있었다.

"하나밖에 없는 남편 바보 아빠를 위해 헌신하느라 수고하셨네요. 고맙고요. 살아 숨 쉬면서 하나하나 보답하오리다." 다짐도 해두고 있었다. 잘해야 할 텐데 걱정이다.

각종 야채를 판매하는 노점상도 구경하고, 연로하신 할머니의 자판에도 들러서 완두콩도 한 봉지를 샀다. 그런데, 도로변 끝자락에서 야채를 판매하는 할머니는 위험하기도 하고, 아직 점심시간도 멀었는데, 또 한 분의 할머니는 고단하신지 낮잠을 주무시는 풍경도 있다.

할머니, 힘드시지요. 힘내세요. 할머니 파이팅!

조금 더 안쪽으로 들어가니, 번데기와 젓갈, 홍어무침, 족발과 떡 갈빗집도 스쳐 지나는 앞으로만 계속이다.

"아따, 그 넘들 맛있겠다."

벌써 군침은 돌아가고, 입맛은 당겨오고 있었다. 저기 불족발 너는 따로 좀 보자. 시장은 인산인해로 아침나절이었는데도 사람들은 많기도 하였다. 아내 수네 여사의 말대로 부딪히면 한방에 훅이고 넘어지는 대형 사고의 위험이다. 조심 조심이고, 앞뒤와 좌우를 살피며 시장 나들이는 계속이다.

이제는 제법 잘도 걸어가고 있다. 살과 근육이 어서 조금만 더 붙어다오. 그래야만 내년 봄에는 바보 아빠의 가족들과도 해외여행을 갈 수가 있단다. 스스로 위로하고 있다.

이번에는 장어구이 집과 수수 호떡, 고구마, 버섯, 반찬 가게도 두리번거리고, 입맛을 다시고 있었다. 그것참 맛있겠다. 그냥 다 먹고 싶은 마음이다. 아내 수네 여사는 바보 아빠를 위해 무엇을 사주시려나 모르겠다. 기대해야 하나 말아야 하나요. 보아하니, 일산시장이 크기는 큰 것 같다. 없는 것 없고, 있어야 할 것은 다 있는 시장 분위기다. 맷돌로 가루를 내고, 쌀과 옥수수 튀밥 튀기는 모습도 보고, 한 봉다리를 사주는 아내 수네 여사다. 그 옛날부터 꼬마이고, 어른이든 시장에 따라가는 이유는 똑같았다. 그리고 닭발집도 들러 뼈 없는 닭발도 두 팩이나, 편육과 머리 고깃집을 스치면서 돼지머리의 이미지도 담아내었다. 근처에는 사주팔자를 보는 점집도 보였다. 아내 수네여사 몰래 한번 가볼까 보다. 그러다가 혹하고 가고 말지, 지팡이를 짚고 쫄랑쫄랑 뒤따라서 잘도 따라가고 있다. 시장 나들이의 끝이 보이는 것 같다.

과일가게에 들러 서비스의 수박 맛도 보고, 시장의 옷가게에 들렀다. 아내 수네 여사에게 4,500원짜리 여름용 원피스도 딱 한 벌 고르고 사주니, 싱글벙글 신이 난 듯 환하게 웃고 있다. 맑은소리 밝은 웃음이 오랜만이다. 덤으로 액세서리집도 스치면서, 눈요기도 실컷 누리어 보고 있었다. 시장 놀이는 그냥 재미가 있었다.

시장 놀이의 끝은 물어물어 찾은 집으로 동지팥죽이다. 아내 수네 여사가 워낙에 좋아하는 음식이라서, 고향 정읍에 아내 수네 여사가 오는 날에는, 반드시 그곳 시장에 들러서 새알심이 듬뿍 들어간 동지팥죽에 설탕까지 듬뿍 뿌려 먹던 기억이다. 그 맛이 무척이나 좋은가 보다. 그 시절, 옆에는 그리운 어머니께서도 늘 함께하고 계셨다. 어머니를 찾아보고 있었다. 두 시간 가까이 이 골목 저 골목 지팡이와 함께 걸으며 스케치하고, 완두콩과 닭발, 메추리구이, 국수와 팥죽, 옷 한 개를 검은 봉투에 담아 들고서 차에 오른다. 시장 나들이는 끝이다.

그리움의 추억을 보고 먹고 왔다. 시장 한 바퀴를 돌아 나오면서 많이도 걸었다. 걷고 또 걷는 것이 사는 길이고, 재활의 완성에 가깝게 가는 것이다. 그래서 또 걷고 걸어야 한다.

팥죽을 좋아하시던 우리 어머니, 새 생명을 다시 주시어 고맙고, 감사합니다. 인사를 드리고 있었다.

37. 새싹 복수초와 함께 도전의 꿈을 먹다.

봄은 살짝 노크도 없이 다가왔다. 길고 길었던 동토의 터널 속에서 한파와 미세먼지, 그리고 사람들의 굴레를 털고, 작은 날갯짓의 움직임으로 페달을 밟고 있다. 오랜만의 외출이었다. 자전거 타기는 퇴원 후 처음이다.

기후변화의 심각성을 체험하는 듯도 하고, 건조기의 산불과 이른 봄날의 바람결에 함박눈도 내리고 있다. 세상 변화를 실감하고 있다.

황금돼지의 새해부터 모든 움직임은 접어두고 일손도 내려놓았다. 몸과 마음은 긴 휴식과 여유 속에 생체리듬의 변화도 피어오르고, 맑고 밝은 정신의 열매를 맺어 주는 것 같기도 하였다. 들녘과 산모퉁이에는 각종 봄나물이 고개를 내밀었고, 이내 생동감으로 다가와 손짓하며 반갑게 안기고 있다.

냉이와 쑥부쟁이도 캐어 된장국과 나물로 봄의 향기를 입에 넣어 보기도 하고, 쑥 향기 가득한 인절미 만들어 콩고물과 쑥 내음을 한 입 쏙하고 넣어 오물거려 보았다.

이제는 두툼한 두릅도 시장 한 모퉁이의 바구니에 올려져 있다. 봄의 향연은 그렇게 시작되었고, 그 틈을 놓칠세라 바쁘게 먹을거리도 찾아 제철의 보약 한 첩을 제대로 먹어 보고 있다. 도다리쑥국과 냉이와 어우러진 살아있는 쭈꾸미 샤브샤브, 오골계까지 건강 보양식을 많이도 섭취하여 보았다. 그 맛은 일품이고, 감칠맛의 향기도 풍부하다.

어느 날부터, 겨우내 멈추어 버린 움직임은 진달래와 개나리가 만개하고, 수양버들처럼 축 늘어진 가지 사이에서 하얗게 만개한 벚꽃의 너울춤 등 수많은 형형색색 공원의 풍경이 실바람을 타고 콧등을 적시어 주고 있다. 작은 미소는 멈춤 없이 신나는 봄날의 풍경이다.

봄은 봄이었다. 도심 속 산기슭 작은 울타리 안에서는 봄볕을 받아 노는 염소와 닭의 모습도 한가로운 봄이다. 부화장 속의 알에서 깨어나는 모습과 이미 깨어나 먹이를 쫓는 꼬마 닭의 풍경은 '아이, 귀여워라' 싱글벙글, 감탄의 연속이다.

오랜 시간 옷걸이에 매달리어 숨죽이면서 대기하던 라이딩복을 차려입고서, 자전거에 올라 페달을 밟기 시작하였다. 자전거길 사이로 터널을 이룬 하얀 벚꽃 길은 축하라도 하듯, '바보 아저씨, 어서 오세요.' '참으로 오랜만이에요' 말하며, '살짝궁'의 인사로 불어오는 바람에 꽃눈을 선물해 주고 있다.

오랜만에 자전거 페달을 밟아보았다. 미세먼지도 없고, 바람이 낮잠을 자던 날의 해님이 잉크 하던 때에는 홀로 동네 한 바퀴를 돌아보았다. 봄이 어디까지 왔는지 눈짐작으로 확인도 해보았다.

이제 많은 시간이 흘렀다. 철쭉이 꽃망울을 맺고서, 하나둘 터져 꽃을 피우기 시작한 4월의 중간에서 1개 분대를 감소 편성하여 한 울타리 가족의 자전거와 딱 한 명이 빠진, 가족이 총출동하여 봄바람을 타고 꽃길 따라 자전거 라이딩에 나선 것이다. 그 틈새에서 기적을 일으킨 바보 아빠는 또 하나의 기적을 만들어내기 위한 도전으로 봄의 소리와 흔적을 열심히 찾고 있었다.

퇴원한 지 3년이 되었다. 수많은 산악사고에서 유일하게 살아남은 남자, 기적을 일으킨 남자는 또 하나의 새로운 기적을 만들어 더 멋지게 폼나는 아름다운 꽃을 피우고 있다. 황금 봄기운과 함께 새로운 마음으로 도전의 나래를 다시 시작하고 있다.

어느 인터넷 글에서 혹자가 흔적을 남긴 댓글에는 '인생 별거 아닌데, 다들 너무나 거칠고 격하게 사는 것은 아닌지'라는 것을 보면서 아쉬움으로 삶의 교훈도 얻고 있다.

봄봄봄 봄이 왔어요. 찾아온 봄과 찾아준 봄을 놓치는 누를 범하지 말아야 할 텐데, 잘 되려는지 걱정도 뒤따르고 있다.

친구 간과 지인 간의 우정도 산길과 같은 것이어서 자주 오가지 않으면 없어진다는 말을 되새겨보고 있었다.

새싹 돋는 봄날의 자전거 타는 바보 아빠의 행복한 풍경이다. 반신불수가 될 뻔하였던 바보 아빠가 스스로 일어나 걷고, 자전거를 탄다는 것은 상상도 할 수가 없었다. 바보 아빠는 분명 살 놈이었고, 잘 될 놈이다.

바보 아빠 최정식 살아 숨 쉬느라고 수고했다. 이제는 아프지 말고, 다치지도 말고, 건강하게 살면서 놀다가 부르면 가자. 욕심부리지 말고, 베풂과 나눔으로 누리면서 말이다.

38. 자전거와 봄날의 한강 소리를 찾아서

먼 길 바람을 쐬는 여행을 다녀온 후, 일반의 사람들보다 기력과 면역력이 부족하기에 그날은 고단하였나 보다. 아이들 셋이 식탁에 앉아 닭강정을 펼쳐 놓고서, 맥주잔이 오가며 나누는 소통의 시간이 평화롭기만 하다. 바보 아빠의 귀여운 새끼들로 보기에도 좋은 고마운 아이들이고, 젊은 친구들이다.

바보 아빠라는 위치에서 아이들의 사람 사는 세상의 천진난만의 웃음이 있는 그 푸념을 들어 주다가 이내 거실 바닥에 누워 곤하게 잠들어 버린 밤이다.

새벽 02시가 되니, 얼마나 추웠을까. 일어나 침실을 찾아가려다 보니, 아내 수네 여사는 반대였다. 방은 덥기만 하였을까. 창문을 반쯤 열어놓은 상태가 잠자리 풍경이다. 어느새 귀뚜라미 울어대는 가을의 밤인 줄로만 알고, 어찌나 추위에서 오돌오돌 떨었던지 이불을 뒤집어쓰고 있었다.

어젯밤, 아내 수네 여사께서 당부한 말이 있다. 내일은 미세먼지 등을 고려하여 아들이랑 셋이 자전거 라이딩을 가자고 하였다. 사고 전의 취미가 바보 아빠네의 가족은 모두가 자전거를 타고 먼 길을 달려보는 재미에 많은 시간을 할애하여 즐기기도 하였던 라이딩 가족으로 사랑을 받았다.

'네, 잘 알겠습니다.' 이내 깊은 잠에 빠져들었고, 창문으로 들어오는 빛의 속도에 맞추어 봄날의 아침을 맞이하고 있다.

웃음꽃이 머문 기분 좋은 점심을 나누고 복장을 갖추었다. 자전거 라이딩을 하자고 눈빛의 약속도 다시 한다. 저녁은 밥상 차릴 일이 없도록 소리 없이 가족 건강의 몸보신을 약속해 두었다. 아뿔싸, 오전 11시가 되니, 오늘도 어김없이 전화벨은 울린다. 열심히도 바보 아빠를 찾고 있다.

'야, 정식아! 난데 말여, 12:10분까지 너네 집 옆의 굴토리 식당으로 와라.'

난 오늘은 곤란한데 어쩌지, 아내 수네 여사와 아들이랑 한강 자전거 라이딩 도전에 나서기로 하였단 말이다. 그렇게 전갈받고 나니 갑작스럽게 바빠지고만 있다. 어제 치유의 여행을 다녀온 후에 글 한 편을 만들어 정리하겠노라고 접근금지 명령까지를 내려놓고서, 좋아하는 음악과 함께 마지막 방점을 찍을 찰나의 순간이다.

결국, 현 상황을 바보 아빠의 상급자이신 아내 수네 여사에게 보고 후, 결재받기로 하였다. 상황을 파악한 다음에야 긴급 보고를 시작하였다.

'단결! 동기생 000가 굴국밥을 먹고, 라이딩을 가라 하니 다녀와도 되겠는지요. 13:30분까지는 복귀하여 자전거 라이딩에 나서도록 하겠습니다.'

'하이고, 바보 아빠는 오늘도 겁나게 바쁘시네요.'

그렇게 갑작스러운 돌발상황에 허락받고 굴국밥에 파전까지, 그리고 아메리카노까지도 잘 먹고서는 아내 수네 여사와의 약속 시간만큼 정확히 맞추기 위한 노력의 흔적은 대단하였다. 할 일이 없는 바보 아빠가 더 바쁘다는 말이 맞기는 맞는 것일까. 생각해 보니 아이러니한 일이기는 하였다.

그리고 라이딩 옷으로 갈아입고 있었다. 1톤 트럭에 자전거를 싣고, 그곳 목적지로 출발하면서 얼마 후에 도착이다. 사람과 자전거의 안전을 확인한 후 이내 한강 변 자전거 라이딩의 도전은 시작되었다.

1차 도전 시에 가양대교를 지나 성산대교까지 다녀왔으니, 이번에는 여의도의 마포대교까지를 다녀오기로 거리를 늘려 놓고서, 순조롭게 진행시켜 나가고 있었다. 한강에는 미세먼지도 없고 바람도 잠을 자고 있다. 평일이라서 사람들의 움직임도 적은 한적한 분위기이다.

반대로 가족끼리 연인끼리 잔디와 벤치에 앉아, 데이트하는 모습들도 정겹기만 하고, 어느 중학교 학생들의 카누 체험과 남북정상회담과 관련하여 군함도 정박하여 있었다. 긴급 상황에 대비하는 모습도 포착되었다.

자전거에 오르는 포즈도, 페달을 밟아 질주해 나가는 힘과 속도도 안정적으로 정착되어 가는 느낌이다. 뒤따라오는 아내 수네 여사와 아들 지환이도 연신 감동과 감탄을 표현해 주고, 이내 바보 아빠가 기특도 하고 신기한 모양이다.

이대로라면, 하루 50km와 100km까지도 굴하지 않고서, 완주 능력의 전투준비태세를 갖추고 있는 느낌이다. 바보 아빠가 보아도 분명하게 지난 1차 때와는 확연히 다른 멋진 모습들이 가득하였다.

자전거 라이딩의 2차 도전을 축하라도 하듯, 길옆의 화단에 있는 팬지와 튤립 군락지에서는 형형색색으로 만개한 꽃들도 손을 흔들어 주며, 인사도 해주었다. '바보 아빠 파이팅, 파이팅'하며 최고란다.

자전거에 오르고 내리는 자세와 페달을 밟는 힘의 무게중심도 일취월장이다. 분명 새로운 변화는 시작되었다. 꿈에 그리던 자전거 타기 도전의 꿈은 저만치서 이루어지고 있는 것만 같다. '안 되면 되게 하라. 사나이 한 번 죽지 두 번 죽느냐?' 그 검은 베레의 혼이 살아 숨 쉬고 몸과 마음에 뿌리가 내리고 있다. 그렇게 제2차 자전거 라이딩은 내일은 더 멀리라는 새로운 도약의 기회를 안겨주었다. 도전하는 사람은 아름답다는 수식어도 따라붙고 있었다. 자전거 라이딩 도전에 함께하여 준, 아내 수네 여사와 아들 지환이가 오늘은 유난히도 고마운 하루로 기억되고 있다. 하루라도 빠르게 정상으로 건강을 회복시켜 자전거뿐만 아니라, 자동차 운전까지도 실행되도록 노력해야만 한다고 조심스럽게 다짐하고 있다. 이 봄이 바보 아빠의 옆에 와 있으니, 자전거 놀이를 하기에는 참 좋은 계절의 친구가 되어 주고 있었다. 자전거 라이딩은 힘과 근력을 재생시키고, 건강한 삶으로 만들어 가기에 충분한 최적의 재활과 치유, 힐링 캠프일 수밖에 없다.

일상의 기상과 기후 등 미세먼지의 상황을 실시간으로 고려하고, 바람의 흩날림까지도 생각하면서, 따뜻한 햇살과 바람이 쉬어가는 시간대를 선정하여 놀이를 즐기면 되는 것이다. 최고의 참된 힐링으로 그 맛을 볼 수 있고, 멋을 찾아가는 충분한 희망의 공간임을 말해주고 있다.

이제 사람들이 많은 주말을 피해 한적한 한강 변을 달리는 기쁨은 가슴 벅찬 물결이 되어, 바보 아빠와 최가네 가족들에게 작은 행복의 웃음꽃을 선물하고 있다. 좀 더 멀리 생각하면서, 삶의 도전은 멈춤 없이 계속 진행될 것이고, 더 맑고 밝은 청명한 오늘의 삶을 위하여 파이팅을 소원하고 있다고 두 주먹을 굳게 쥐고 있었다. 자전거 라이딩은 바보 아빠에게 딱 맞는 재활의 1등 공신으로 자리매김도 하면서, 자전거는 딱이야 서로에게 잘 맞는 안성맞춤의 가까운 친구가 되어가고 있었다. 자전거 타기는 근력 향상과 힐링에 적합한 참 좋은 바보 아빠의 친구이고, 사랑하는 또 하나의 애인이었다.

39. 엄마를 부르는 그리운 손맛 찾아가기

그새 봄이 왔다. 모진 한파와 미세먼지로 겨우내 전국이 뿌연 겨울의 터널에서 살다가 빠져나온 느낌도 가득하다. 그 많던 눈도 내리지를 않고 비도 없었으니, 세상살이가 아이러니하기는 하다.

3월의 첫 주말이 시작되었다. 비는 예보되어 있었으나, 이러다가는 어느 날 갑작스러운 재난의 쓰나미가 덮치지는 않을까 하고, 두려운 세상 속을 들여다보는 삶이 아닌가도 싶다. 잘못 변화되어 가는 세월이 야속하기만 한 것이다.

아침과 저녁으로 일교차가 제법 심하다. 하지만, 오후로 넘어간 3시의 기온은 10도 안팎으로 웃돌면서 봄이 왔음을 알리고 있다. 아지랑이 너울거리는 물결에 호숫가의 드리어진 수양버들의 잎새가 통통해져 가면서 금방이라도 싹을 틔울 태세이다.

3월의 두 번째 불금의 날이다. 며칠 전부터 친구로부터 봄바람도 세고 기분도 새롭게 전환할 겸 고향에 가자는 전갈이 날아왔다. 고민 끝에 실행에 옮기기로 한 그날이다. 고마운 바보 아빠의 착하고 좋은 친구다.

햇살의 강력한 눈빛이 아침임을 알려주고 있다. 황금돼지의 해에 세브란스 병원 진료 이후에는 두 번째로 이른 아침에 눈을 뜨고 움직임을 위한 나래를 시작하는 것 같다. 그것도 친구 따라 그리운 고향에 가는 날이다. 하루 전 잠들기 전에는 필요한 물건 등 무엇 하나라도 빠뜨릴까 하는 걱정으로 챙겨야 할 품목을 나열하고 있었다. 배

낭에 넣어 출입문 입구에 대기해 놓고서야 편안한 잠을 청할 수 있었다.

옷차림의 모양새도 봄의 기운으로 한 커플 벗겨지고, 가방을 둘러메고서 나선 길은 바깥으로 친구와 만나기로 한 목적지행 버스다. 기다림도 없이 버스에 올랐다. 낭만의 고향 가는 길은 시작되었다. 이 얼마만 인가? 어떻게 변화되어 있을까? 기대감도 높기만 하였다.

남으로 남으로 이어지는 길은 막히고, 뿌옇고를 반복하는 좋은 모습들은 아니지만, 2박 3일의 일정도 조율하면서 정감 가득한 소통의 시간을 나누고 있었다. 고향 가는 길은 언제나 두둥실 설렘으로 기분은 최고가 되어 있는 것이다.

천안과 세종법원에 비즈니스 일을 병행하여 진행하면서, 소불고기와 텁텁한 막걸리 한잔으로 목도 축이고, 허기진 배에 영양도 넣어주고 있었다. 그리고 어쩌면 여정의 소중한 목적 중의 하나인 바보 아빠 어머니의 기일 며칠 전으로 전주의 아늑하고 한적한 곳에서 자리를 잡고 편안한 영면의 길에서 쉬고 계시는 부모님을 찾아뵙는 일이다.

참으로 오랜만에 찾아왔다. 여러 가지 움직임에 제약이 많다 보니 마음대로 찾아올 수가 없는 현실이 싫기도 하다. 불효자는 이제 서야 다시 찾아와 부모님을 뵙고 있다.

그래도 말없이 쉬고 계시는 부모님 앞에 설 수 있다는 것이 다행이었다. 예를 다하고 말 없는 이야기를 나눌 수 있다는 것으로 위안을 갖게 되었다.

형제자매와 생전에 알고 계시었던 친척들의 안전과 안녕 속에 행복한 삶을 위해 도와주십시오. 소망도 하였다. 그것은 친구의 도움으로 올 수 있었고, 할 수 있었다는 것이 포근한 감동이다.

멀찍이 고향마을이 보이고, 동진강과 개울가의 모습에서 어릴 적 추억의 공간 속으로 의문은 열리고 있었다. 한참이나 빠른 속도로 필름은 돌아가고 있다. 고향마을도 지나고, 어릴 적 뛰놀던 초등학교를 지나 친구의 어머님이 계시는 마을에 들어서고 있었다. 어머니가 계시는 일터에 먼저 찾아가 겨우내 어머니의 안녕과 안부도 묻고서, 다음 일정을 쉼 없이 진행했다. 그리고 잠이 들었다. 어머니는 이른 아침 일어나시어 아침 밥상을 준비하시는 것 같다. 달그락달그락 연신 그릇 부딪히는 소리가 들려오고 있었다. 많은 음식을 정성과 사랑으로 준비하고 계신 것이다.

뚝배기 된장국에 쪽파 무침, 묵은지 김치찌개, 조기찜 등 참으로 잊을 수 없는 고향의 맛이 아닐 수 없다. 그 옛날 어머니께서 만들어 주신 손맛이 아니었을까를 생각하니, 잠시 숙연해지기도 하였다.

아침 식사를 마치고, 친구와 어머니는 일터로 나가신다. 봄은 왔건만, 아직은 심한 일교차로 바보 아빠의 움직임은 아쉽게도 움츠려지고, 멈추어지고 있다. 추위에 취약한 몸은 언제나 훌훌 털고 정상적인 날갯짓을 할 수 있을는지 안타까운 일이다. 어머니와 친구가 일하는 틈새에서 바람과 미세먼지는 곤한 늦잠을 청하고 있었다.

'때는 바로 지금이다.'라는 긴박한 판단과 생각으로 하우스 부분 가장자리에 덥석 주저앉아 소꿉장난의 칼을 이용하여 무언가를 열심히 캐내고 있었다. 그것은 봄의 향기인 냉이다. 채취한 양은 여러 번이나 냉이를 이용한 된장국과 된장무침을 먹을 수 있는 양이다. 채취한 냉이는 낭만의 고향 투어에서 배려해 준 친구에게 주는 선물이다.

일한 보람일까도 싶다. 모처럼 냉이 캐는 일도 일이라고 땀도 나고 쪼그려 앉는 자세가 된다는 신체의 변화된 모습도 감지되고 있음을 알았다. 어느새 배는 고파오고 있다. 점심때가 된 것이다.

어머니께서 점심으로 내어준 삼겹살과 소고기 배추쌈은 일품요리로 영양 만점이었다. 그 옛날 바보 아빠의 어머니 말씀처럼 밥 한 그릇을 뚝딱하고, 달콤하고 맛깔스러운 어머니의 밥상이다. 하늘나라에 계신 어머니 생각이 나고 있다. 재활 기간에 어머니께서 살아 계시었다면 정성으로 자식 사랑을 베풀어 주시었을 것이다. 어머니 생각이 주마등처럼 스쳐만 간다.

고향을 찾아 함께하는 낭만 여행은 계속 이어지고, 동네 주변도 한 바퀴 둘러보는 여유도 가져보았다. 고향 덕두 마을에 계시는 작은아버님 내외분도 찾아뵙고서, 살아 돌아왔노라고 제대로 된 신고도 드렸다. 참으로 오랜만에 뵙는 두 분이셨다. 오래오래 건강한 삶으로 사는 재미 가득 채우시면서 나누고 누리시면 좋겠다고 소망의 시간도 가져보았다. 앞으로는 기회를 찾고 만들어 고향에 자주 다녀가겠습니다.

그리고 예정된 마지막 일정 중의 하나인 중학교 친구들의 모임도 참석하여 기쁨도 누렸다. 큰 여식 혼사 시에 배려해 준 고맙고, 감사한 마음의 인사도 나누는 기회를 가질 수 있었다.

고향 일정의 끝자락에서 초등학교 친구들과 오붓한 시간도 갖고, 새로운 아침을 맞이하니, 비는 촉촉이 내린다.

어제 채취한 냉이로 어머니의 손맛이 가득히 담긴 아침

밥상을 준비하시어 내어주신다. 기쁨이었다. 상경 길을 재촉하는 마음은 포근함이 머문 행복의 순간이다.

친구의 고마움으로 예정에 없던 고향을 찾았고, 바람과 미세먼지가 잠을 자는 틈을 이용하여 일광욕도 즐기는 기분 좋은 여정이었다. 노동은 쉽지 않은 듯, 온몸이 뻑적지근하다.

어머니의 기일을 앞두고 영면의 장소에 함께 할 수 있었다는 것으로 애써 의미를 부여하면서, 좋은 생각 기쁜 마음으로 희망을 담고 노래할 수 있었다. 고향 가는 길이 좋았다.

쉽지 않은 시간과 조건을 만들어 준 친구와 바보 아빠의 어머니만큼이나 소중하신 친구 어머니의 만수무강을 기원하였다. 길고 길었던 고향길에서 두 어머니의 그리움과 따뜻한 손맛을 볼 수 있는 기회는 사랑이었다. 둘도 없는 바보 아빠의 친구를 꼭 안아주고 싶은 깊은 우정의 꽃이 피고 있었다.

이제 싹을 틔우고 꽃을 피울 것이다. 그 틈새로 끼어들어 따사로운 햇살을 받고, 함께 상생하며 뛰어놀 수 있는 발돋음을 재촉하려는 시작이다. 아름다운 도전이었다. 더 멋진 정상의 몸으로의 변화를 희망하면서 꿈을 꾸고 꿈을 먹는 바보 아빠다

40. 결혼 33년과 세월의 흔적 찾기

오늘은 2018년 1월 2일로 새해 둘째 날의 시작이다. 군복을 입고 현역과 예비역으로 공직 생활 중에는 어김없이

이른 새벽 06:00가 되면, 주말이나 연휴가 아니면 비상소집이 이루어졌던 기억에 남아있는 분명 좋은 날이다.

새해 새 마음 새 각오로 나라 지키는 일에 굳은 신념으로 국가의 안보를 최우선으로 생각하며 실천하고 행동하였던 시절이 기억에 남아있다. 지금은 마음속 깊은 한켠에만 있고, 하나, 둘 잊혀만 가고 있다.

그러나 멋진 바보 아빠에게는, 이날은 인생길에서 삶을 영위하는 과정의 아주 특별한 날이기도 하였다.

1987년 1월 2일 당시 동부전선의 끝자락 뇌종부대의 간성이라는 곳에서 중위로 군 복무 중 결혼에 골인하고, 신혼의 단꿈 속에 새 출발을 시작하였다. 그런데, 그 젊음이라는 피는 끓고 있었지만, 준비되지 않고 갖춘 것 하나 없는 시절이었기에 결혼이라는 골을 먹지 않으려고 아등바등 온갖 고초를 감내하면서 질기게도 버티어 보고 물러서려 했다.

그러나 바보 아빠는 아무런 생각도 없이 무기력하게 무너지고 있었다. 상대의 여인은 대학생 시절 유별나게도 투피스를 좋아하였던 여학생으로 빨간 투피스의 여인 지금의 아내 수네 여사다. 그렇게 결혼한 지가 그새 32년이 넘어 33주년이 되었다. 바보 아빠와 아내 수네 여사 사이에 태어난 아이들은 서른의 나이가 되었고, 늦둥이 딸은 스무 살을 넘어 성숙한 여성으로 빠르게 변화되어 가고 있다. 세상은 그렇게 세 번이나 변화하는 긴 과정을 거치면서 이 순간까지 먹고 살기 위하여 고진감래하며, 숨 가쁘게 걷고 뛰고 달려 온 것만 같다.

결혼기념일의 사전적 의미는 '결혼한 날을 기념하여 해마다 함께 축하한다.'고 되어 있다. 그러나 결혼일과 신분에 의한 직업의 영향으로 그 가치와 의미를 제대로 나누고 누린 적 없이 세월만 갔다. 나이만 먹어 익어가는 형국이 지금까지도 이어지고 있다.

결혼을 어느 따뜻한 봄날이나 청명함이 가득한 가을의 초입에서 하였으면 금상첨화일 것을, 하필이면 연말연시 비상 대기 태세의 긴박한 날짜를 잡아서 하였으니, 그것도 아이러니하기만 하였다. 그리하여, 이번 기념일에는 아름다운 장미 꽃다발을 준비하였다. 장미 꽃다발을 저 멀리 런던으로 배달하기 위함이다.

'바보 아빠와 결혼하고 살아줘서 그냥 고맙고, 감사합니다. 그리고 사랑하겠습니다.'라고 글과 함께다. 배달만 잘되어 주라고 소원도 함께했다. 그런 암울한 과정에서 인생사 꼬이려니, 죽음의 문턱에서 헤매다가 몇 번의 결혼기념일은 그냥 생각도 할 수가 없었다. 병원의 중환자실과 아등바등 살아 숨을 쉬기 위한 재활이라는 굴레 덕이다. 진주혼식의 30주년도 진주는커녕 장미 한 송이도, 정성과 사랑이 담긴 밥 한 끼도 맛을 볼 수 없게 되었다.

특히, 지난 2016년 1월 2일 결혼기념일이었던 그날은 영영 돌아올 수 없는 다리를 거의 건너가고 있었다. 알 수 없는 기적의 힘이 발휘되어 '바보 아빠 최정식, 뒤로 돌아.'라는 구호의 명령을 받고서 맑고 밝은 세상의 참맛을 다시 보고 있다.

자칫 기회가 주어지지 않았다. 주어진 지푸라기 같은 힘없는 희망의 기회라도 붙잡지 않고 포기하고 말았더라면, 오늘이 있을 수 있었겠는가 싶다. 그리고 더 뼈아픈 순간의 기억하기 싫은 날이 될 뻔도 하였다. 결혼기념일이 제삿날이 되고 말았으니, 더욱 그러하기만 하였다.

바보 아빠의 사고 이후부터 현재의 삶까지를 지켜보던 어느 좋은 사람 좋은 친구는 어느 날 점심 식사 후에 온기 가득 아메리카노를 나누면서 바보 아빠에게 하던 말이 이 시간 스쳐 다가와 주고 있다. 바보 아빠 최정식 동기가 진정으로 살 수 있었던 것은 착한 일을 많이 하여서 살 수 있었다고 말을 건네주었다. 그 친구가 말한 것처럼은 착한 일을 한 것이 없고, 오히려 여럿의 주변 사람들에게 상처만 가득 안겨 준 것이다. 내 삶 속의 뒤안길을 돌아보고 반성하고 있을 뿐인데, 하는 말이다.

어쨌든, 그 빨간 투피스 여학생과 연애하다가 얼떨결에 결혼한 지가 33주년이나 되는 뜻깊은 기념일이다. 그런데 이번에는 그 여인, 아내 수네 여사가 보금자리와 내 곁에 없었다. 벌써 2주가 지나고, 해가 바뀌도록 프랑스를 거쳐, 런던에서 간첩도 잡지 않았었는데, 바보 아빠를 살려 준 아름다운 덕목의 가치가 아주 크게 인정되어 포상 휴가 중이다.

지금 이 시간 함께 누리지 못하는 것은 큰 아쉬움으로 다가오고 있었다. 한 달이라는 긴 시간을 가정과 가사일 등 혼돈의 시간에서 벗어나 삶의 아름다운 기회를 만들어 준 것만 같다. 가슴 벅찬 뿌듯함으로 옷깃을 여미어 오고 있다.

이제 건강한 삶을 나누고 누리면서 동행의 아름다운 꽃길을 찾아서 걷도록 길을 만들고, 그 길을 열어서 안내하여 주는 것이 어쩌면 바보 아빠의 몫이 아닌가도 싶다. 그 꽃길을 만들기 위해 준비하고, 실천하여 행동하여야 하겠다고 조심스러운 다짐도 하게 되었다.

그리고 35주년 산호혼식, 45주년 홍옥혼식과 50주년의 인생사 함께 걸어온 매우 의미가 있고 뜻깊은 금혼식을 향하여 멈춤 없는 도전과 전진만이 계속될 것이다.

익어 가면 익어갈수록 고개를 숙이는 것은 사람과 동식물 등 모든 생명체는 다 똑같은 것 같다. 함께 하여온 길고 긴 인고의 세월 속에서 이제는 사랑하는 아내 수네 여사의 건강한 삶과 행복을 찾아주는 것도 삶의 길이고, 나의 몫이 아닌가도 싶다. 그것이 삶이고, 행복의 시작과 끝이다.

어느 해 겨울의 33주년 결혼기념일도 소리 없이 지나가고 있었다. 결혼생활은 긴 인내와 절제, 이해와 포용, 존중과 배려가 함께 하는 머나먼 소풍이다.

빨간 투피스의 여학생은 바보 아빠를 만나, 꿀맛처럼 달콤한 아름다운 인생길의 꽃을 피운 행운의 여인이 되어 있었다.

41. 효의 실천과 부모님의 빈자리

피붙이는 무엇일까. 각기 다른 두 사람이 손을 잡고, 한 사람이 되었다. 한 사람이 되어, 둘이 나눈 사랑 속에 깨물어도 아프지 않은 아이들 다섯을 낳아 기르고, 가르치면서 오직 잘 되기만을 빌고 또 빌어 주셨다. 세월의 뒤안길에서 참으로 많은 시름과 고충들을 가슴속에 묻어두고, 보이지 않는 아프고 시린 눈물들을 많이도 흘리고 닦아내셨다.

보릿고개의 얼룩과 주름진 삶에서도 천륜이라는 말이 없는 이유 하나로 허기진 배에 물 한 모금 넣어 움켜쥐었다. 만삭이 되어 힘든 줄도 모르고 인생길의 팍팍한 고달 픔을 감내하면서 살아오신 분이 부모님이시다. 그런 아련 한 뙤약볕 기억 속에서도 자식들 모두가 보릿고개 없이 부와 명예로 정성과 사랑 가득 마음껏 누리며, 한평생 원 없이 나누고 누리며 살기를 바라는 마음이 부모님의 마음 이었다.

그 시절 아빠란 삶은 그냥 말없이 일하며 막걸리 한 사 발의 삶이었다면, 엄마란 삶은 중심 없이 현재에 안주하 고 흔들리면서도 많은 흔적을 남겨주셨다. 그저 다 주고 싶은 맹목적인 삶이었고, 자식 사랑이었다.

그렇게 천년만년 살 것 같은 부모님께서는 짧디짧은 인 생길을 뒤로하고, 어느 날 말없이 하늘나라에 가시고 보 이지 않는다. 눈으로 볼 수도 없고, 얼굴과 손을 만져도 볼 수가 없다.

결국, 부모님께서는 나이 들어 환갑이 되시고 늙어 가시 는 것은 알았지만, 이렇게 빨리 가실 줄을 몰랐다는 것이 일찍 부모님을 여의신 친구들과 지인들의 말이다. 그 누 구라도, 어떻게 살아왔던 인생을 살아온 사람이라면 그 사람만의 역사가 분명히 있다. 그러나 시대의 흐름과 변 화 속에 부모님과 변화의 바람이 몇 번이나 바뀐 세상 속 에는 가히 상상하기 힘든 그 어떤 커다란 변화의 바람은 멈추지를 않았다. 물결의 변화 바람은 거세게 몰아치고, 이것이 사람 사는 세상인 것인가? 착각할 정도다.

삶 속에 사랑의 표현으로 자리를 잡았었던 효도가 계약 서로 등장하였다. 다는 아니겠지만, 부모는 자식에게 인자 하고 자녀는 부모에게 존경과 섬김을 다한다는 부자유친 은 예로부터 우리의 삶에 깊이 뿌리가 내린 삶의 윤리이고 규범이다.

　앞에서 말한 부모와 자식 간에는 천륜지정이 있다고 믿어서 일 것이다. 그러나, 현대사회에서는 부모와 자식 간에 갑을 관계가 형성되었고, 서로 고발하는 아찔한 상황에 놓이게 되어 법정에도 서게 된다. 원고와 피고로 만나는 등 웃지를 못하는 해프닝이란 그림을 그려내며 만나는 관계가 되었다.

　재산을 담보로 부모는 효를 요구하고, 자식은 대가를 바라면서 효도한다는 부모와 자식 간에 계약서, 즉, 효도계약서를 써야 한다는 세대에 살고 있다. 보릿고개를 넘기며 살아온 세대에서조차도 그렇게 한다고 하니, 가족의 가치와 의미가 붕괴하는 것은 아닌지, 두렵기도 하다.

　인생길 희로애락 속에 살아가는 삶이 쉽지 않다. 그 쉽지 않은 삶은 느림보 거북이가 되지 않으려고 하고, 한 모퉁이에 자리 잡은 괘종시계의 초침 소리는 뒤로 돌아가라는 의미도 모르는 양, 그저 쉬지 않고 앞으로만 전진 또 전진이다. 그러다가 1.5V의 건전지의 수명이 다하면, 그냥 신고도 하지 않고 멈추어 서고, 추가적인 건전지 교환 등의 영양공급이 이루어질 때까지는 작은 미동도 없이 숨죽이고 만다. 캥거루 가족의 삶을 보고 있다.

　뒤에서 전력 질주하던 달팽이 왈 '우리 너무 빠른 거 아님' 앞선 달팽이의 대답이다.

　'그렇지, 너무 달리면 금방 지쳐, 주 52시간의 근무 제도도 한다는데. 우리 조금 더 천천히 갈까'

　그렇다. 인생은 분명 달려가는 속도가 아니라 방향이다. 앞뒤 좌우의 방향을 잘 살피고 느리게 가면서 행복이라는 그림도 그려 보고, 살아 숨 쉬는 삶이 얼마나 좋은 것이고, 행복한 것인지를 맛도 보고 멋도 내보면서 가면 좋겠다는 것이다.

조상 등 부모님의 삶과 부모가 되고, 할아버지와 할머니가 되어가는 것이 우리의 삶이 된 현실 앞에서 눈물을 흘리며 흐느끼고 훔쳐서 본들 무엇하리오. 부모님 살아생전 효를 다하지 못한 못난 바보 아빠의 넋두리뿐이다.

둘째 아들과 막내아들을 앞서 보낸 어머니는 커다란 아픔의 삶이었다. 부모는 자식을 절대 기다려주지 않는다. 그런 와중에 어머님 살아생전에 큰아들인 바보 아빠마저도 앞서서 하늘나라에 갔더라면 어찌 되었겠는가. 가시밭길을 걸어가는 슬픈 눈물이 앞을 가려주고 있었다. 또 한 번의 어머님 가슴에 대못을 박는 꼴이 되어, 더 이상은 흘릴 눈물도 없지 않았을까도 싶다.

죽지 않고, 자식들을 바라보며, 굴곡진 삶도 펴보시고, 삶의 과정에서 드리지 못한 애정도 폭우 이상의 많은 마음과 숫자로 지켜주고 싶었다. 그러하지 못한 것이 인생길이다.

수의에는 호주머니가 없다고 하였다. 그러니 가져갈 게 아무것도 없다는 것이다. 이 말속에 담긴 의미를 다시금 되새겨 보게 된다. 부모님보다 앞서, 저세상에 가는 일은 없도록 해야 할 것이고, 그러기 위해 뚜벅뚜벅, 조심조심하면서 주어진 환경과 여건 속에서 불어오는 위험을 지혜와 슬기로 극복하는 것이 효를 다하는 지름길일 것으로 보였다.

부모님께서 한평생 내어주신 가르침과 교훈을 몸과 마음에 담아두고, 넘치거나 부족하지 않도록 자주 토닥이며, 오손도손 나누고 누리어야 하는 것이 도리가 아니겠는가를 되새겨도 보았다. 부모님 살아생전 불효밖에는 하지 못하였던 자식으로서의 죄를 장맛비와 태풍, 홍수에 보이지 않도록 잘 섞어 흔적 없이 보내었다. 천년만년 살고 싶어도 사고와 병고, 노환으로 인하여 기대수명 이상이 되거나, 그렇지 못한 상황과 위협 속에 소리 없이 사라질 뿐이다.

정신은 저만치 앞서가 멋진 삶의 길을 찾아서, 느린 미학의 삶으로 가고 싶었지만, 육체는 그것을 허락하지 않고 하나둘 혼미 속에서 헤매다가 멈추어 서고, 눈을 감고 마는 것이다.

사는 동안 정성과 사랑을 다하는 것이 최선의 방책이다. 찾아뵈며 안부를 묻고 싶었지만, 이제는 할 수가 없다. 보이지 않으셨다. 슬픔만 어머니께서 쓰시던 항아리에는 가득 차고 있었다. 부모님께서 살아계신다는 것은 삶의 큰 행복일 것이다. 어려움도 있고, 불편한 몸과 사회활동의 제한사항 등 불균형이 있으시더라도 살아 계시는 동안은 형제간의 우애와 자주 보고 만날 수 있는 여건을 부모님은 만들어 주셨다. 집안의 커다란 주춧돌로 단단한 고임목과 디딤돌까지 되어 주시며, 싫은 소리 한 번도 없이 역할을 다해 주신 것이다.

부모님의 빈자리는 어느 날부터 너무도 크게 다가왔다. 한 가정의 화목과 우애의 구심점이 사라지기 시작하였다. 형제간의 우애는 저만치 물러서고, 얼굴 보고 만나는 기회와 횟수도 줄어가고, 멀기만 한 것이 사람 사는 세상의 슬픈 모습이다.

이를 극복하기 위해서는 부모님 살아계시는 평소부터 형제간에 돈독한 관계를 유지하는 것은 참으로 행복한 가정이고, 집안임을 알려주고 있다.

누군가의 희생과 배려로 부모님을 대신하는 새로운 구심점이 필요하게 되는 것이다. 이해관계는 쉽지 않은 아픔일 것이었고, 어머니의 역할을 누군가는 해주어야 하는 희생이 필요한 것이다. 있고 없음의 차이는 극명한 것이었음을 알 수 있는 기회다. 부모님과 오래오래 함께하도록 안전과 건강을 지켜드리고, 그 뜻을 기리기 위한 효의 실천이 우선으로 필요할 것이다.

효는 용돈을 많이 드리고, 힘든 일을 못 하게 하거나 여행이나 하면서 맛있는 것만을 드시도록 하는 것도 아니다. 그냥 편안히 쉬라고 하는 것은 효가 아닌 불효이다. 심부름을 잘해야 한다.

진짜의 효는 하고 싶은 것을 하도록 환경과 여건을 만들어 주는 것이다. 불편한 것은 없으신지를 살피면서 말벗이 되어 주고, 좋아하는 음식을 나누는 것이었음을 너무 늦게 알고 있었다. 부모님은 바보 아빠 곁에 없었다.
부모님은 자식을 기다려주지 않았다

.

42. 인생 도전과 건축의 꿈 그리고 행복의 노래

인생의 긴 여행길에서 무엇이든 도전하는 사람은 아름다운 삶을 사는 것이다.

세상은 참 많이도 변하였다. 그 변화의 속도는 더 빠르게 다가오고 있다. 내일의 세상은 또 어떤 모습으로 변화되면서 예고가 되려는지 기대도 되나, 은근슬쩍 겁도 나고 두려움마저 들기도 한다. 그만큼 가보지 않은 인생길을 가는 것은 쉽지 않은 도전일 것이다. 이는 어쩌면, 디지털 시대를 거부하고 옛날의 아날로그 시대를 동경하고 있는지도 모르겠고, 결국은 먹고 살기 위한 생존의 수단에서 뒤처지지 않으려는 노력인지도 모를 일이다.

삶 속의 도전하는 사람들은 주어진 환경과 여건에서 열심히 또는 최선을 다하는 사람일 것이다. 그런 아름다운 도전으로 삶의 멋을 찾는 사람이 바보 아빠의 집에도 여러 명 있다. 도전하는 사람들은 삶의 성취감과 도전하여 얻은 성공에서 '나도 해냈다'라고 하는 뿌듯함으로 행복을 찾고 얻어 특권을 누리는 행운도 함께 한다.

또 하나의 보금자리가 완성되었다. 아내 수네 여사가 건축전문가로서의 반열에 오른 후, 집과 사무실 등의 리모델링 정도는 식은 죽 먹기 인가 보였다. 어느새 집 짓는 기술자가 되어 네 번째의 집이 완성되었다. 그럴 만도 하다. 그것의 시작은 바보 아빠가 우여곡절 끝에 군에서 뜻을 이루지 못하고, 방황의 늪에서 헤맬 때와 군문을 나올 시점에서부터 삶에 대한 또 다른 도전은 시작되었다. 그로부터 20년 이상의 긴 세월이 흘렀다.

첫 번째 집은 1995년 현역으로 군 복무 시절에 시작되었다. 우여곡절 끝에 맨땅에 박치기라도 하듯이 막무가내로 덤벼들었다. 세월이 흐르니, 당시의 무모한 도전은 현재의 부를 축적하는 원동력이 되었고, 분명 복덩이였다. 전국을 떠돌아 방랑자의 직업 생활하다 보니, 집은 멋들어지게 지어 놓고도 단 한 번도 살아보지 않았고, 오랜 세월이 흘러 헌 집이 되었다. 그 이유는 주인이 집에 거주하지 않는 것이 원인으로 관리가 안 되는 부실 등 여러 번 애를 먹이던 기억이 가득하다. 이후, 전역 전에 리모델링을 하여 제2의 삶으로 첫 보금자리를 만들었다. 그렇게 아내 수네 여사는 돈이 되는 돈 버는 방법에 눈을 뜨고, 바보 아빠의 말은 귀담아듣지 않으면서도 밀고 나갔다. 매번 그 야심찬 도전의 성공으로 현재에 이르고 있다.

어느 날은 대학 시절에 학과 선택을 잘못한 것 같았고, 바보 아빠를 만나기 위한 운명으로 밖에 받아드릴 수 없었다.

두 번째 집은 전역 후에 진행되었다. 이 집 또한 쉽게 완성되지 못하였고, 이상한 주변 사람들의 텃세와 이기심으로 애를 먹은 기억이 가득하다. 공무 중 어느 날에는 민원이 제기되어 휴가를 내고, 일산경찰서에 출두하여 조서를 받았고, 공직자라는 신분으로 조사 결과는 군 법무실에 이첩이 되어 조사실을 출입한 암울한 시기도 있었다. 철 의자에 앉는 죄인이 되었다.

집을 짓는 동안은 거주할 집도 없이 인고의 삶으로 맛을 보았고, 주말이면 상경하여 허드렛일하느라 뿌연 먼지 뒤집어쓰고, 삶이 이렇게 힘든 것인가. 이렇게 힘들게 살아야 하는 것인가 하고 볼멘소리의 쓴맛도 보았다.

세 번째 만들어진 집은 현재 거주하고 있는 집이다. 이 집은 터파기 공사를 시작한 후에 생각지도 않은 바보 아빠의 산행 중에 발생한 산악사고로 아내 수네 여사와 아이들은 병간호와 함께 더 없는 수고와 고통을 감내한 의미 있는 집이 아닐 수 없다.

사고 전 진행된 공사는 7개월간의 중환자실 입원 후, 기적의 창출로 퇴원 후까지 진행되었다. 아차 하면 새로 지은 집은 구경은커녕, 살아보지도 못하고 귀신이 될 뻔도 하였다.

그렇게 퇴원 후, 두 번째 지은 집에서 약 두 달 정도의 재활이라는 도전은 죽기 살기로 시작되었다. 내 몸 하나 가누지 못하는 상태로 아들 지환이의 등에 업혀서 새집으로 이사를 오게 되었다.

 아내 수네 여사의 도전은 멈추게 할 수는 없었다. 지금 생각해 보면, 누구도 이겨 먹을 수가 없는 보통 고집이 아닌 것 같으니, 지난날의 살아온 삶을 회상하면 웃음 밖에는 안 나온다. 여성으로 당찬 인내의 도전이었다.

 그렇게 00지역에 새로운 도전은 야심차게 시작되었고, 이 집은 네 번째이다. 통상적으로 건축공사의 공기를 보면, 단기 5개월이면 완성이 되고, 길게 잡아 약 7개월이면 완공이다.

 그러나 모든 것이 일사천리로 착착 막힘없이 진행된다면 모를까. 모든 것이 쉽지 않은 것이 사실이었다. 늘 위협과 위험은 공생하며, 변화무쌍하게 잘도 찾아온다.

 이 집 또한 산전수전 공중전까지 맛보면서 쉽지 않은 공사로 9개월이 소요되었다. 이제 준공 승인만을 앞두고 있다. 공사 과정을 보면, 토지 매입 후부터 시작된 골칫거리는 하나둘 고개를 내밀기 시작한다. 그것은 역시 사람들이다.

 지역 사람들의 이기주의와 일명 뭐라도 트집을 잡아 뜯어내기 위한 나쁜 죄질의 사람들로 득실거리었고, 분명 쉽지 않은 일이다. 그러하니, 지역별로 귀농(어)과 귀촌을 홍보하며 내 지역으로 오기를 바라지만, 막상 그곳에 가서 적응하기란 쉽지 않다. 살아남기 위한 고통을 감내할 수밖에는 없는 것이 건축공사의 현실적인 삶이 아닐 수 없는 것이다.

내외 장 목수, 배관과 설비, 전기 등 그 무엇 하나 완성
시키기란 쉽지 않다. 그야말로 공사판에서도 사람 잘 만
나는 것이 가장 큰 복일진대, 공사판에서 업자 하나 잘못
만나면, 또 한 번 큰 곤혹을 치러야 한다.

신림동 아파트 리모델링과 이천 공사 진행 간에 변호사
사무실 인테리어 공사에는 아들 지환이가 투입되었다. 간
단하게 마무리를 하게 되면서 모자간의 건축에 대한 끼를
멋지게 발휘하는 쾌거도 이루었다.

결국, 사람 사는 세상에 사람 사는 것이 쉽지 않다. 뼈저
린 아픔을 감내하면서 돈은 돈대로 들고, 몸과 마음은 가
시에 찔린 이상으로 상처받고 마는 것이 건축공사장의 현
실이다.

그렇게 매번 집짓기 공사는 쉽게 이루어지지 않았다. 토
지 매입 단계부터 공사 준공까지 안전사고 없이 매듭을
짓는 능력이 대단하다고, 아내 수네 여사에게 수고하였다
고 아름다운 격려의 큰 박수를 주고 싶은 것이다. 그런
연속적인 어려운 과정들을 헤치고 극복하면서 건물을 완
성하는 아내 수네 여사의 능력에 감탄과 감동이다. 엄마
가 하는 일에 작은 도움이라도 주고 싶어 하며, 팔을 걷
고 나서는 아이들 또한 자랑스럽기만 하였다.

이제는 휴식과 여유의 삶이 필요한 시점이 아닌가도 싶
다. 그 사이에 바보 아빠와 아내 수네 여사는 친구의 도
움으로 아주 오랜만에 배구장을 찾아 하얀 유니폼까지 입
고서 열심히 박수치고 함성을 지르며, 묵은 스트레스를
힘차게 날려 보내고 있었다.

인생 여행길은 알고 보면 별거 아닌 것 같은데, 대부분
사람은 어렵게 숨 쉬며 살아가는 것 같은 느낌이 들곤 한

다. 나의 잘못된 말과 행동과 행위로 주변의 사람들에게 그 어떤 불이익과 불안과 고통을 강요하고, 감내시켜서는 정말 안 될 것이다.

노력과 수고 없이 이룰 수 있는 것은 없다. 쉽게 얻어지는 것도 있겠지만, 그리 만만치가 않다. 각고의 진땀 승부와 끈질긴 도전이 필요한 것이 작금의 삶이다.

바보 아빠는 오늘도 불편한 몸으로도 본연의 임무인 밥을 짓고 음식을 만들며, 설거지와 청소, 빨래 세탁과 글감을 찾고 있다. 정성과 사랑으로 아이들 셋과 함께 맑고 밝은 미래를 준비하는 이유가 분명하고, 잘될 것이라 응원하고 있다. 그것은 가족 사랑이다.

이제는 자유와 여유가 필요한 삶이다. 쉼 없이 달려온 삶이었기에 몸에는 휴식을, 마음에는 여유가 싹트면 좋겠다는 바보 아빠의 애정 어린 속마음이다. 사는 동안 즐거움으로 속이 꽉 찬, 재미있는 아름다운 행복을 위해서다. 행복은 공짜가 아닌 스스로가 찾고 만들어 가는 것이기 때문이다.

도전의 꿈은 늘 신나는 놀이이다. 부모의 살아가는 이유와 방법은 자동으로 이어지는 자녀교육의 모델로 충분한 가치다. 쇠절구를 숫돌에 갈아 바늘을 만들겠다는 한 노인의 노력에서 하나의 재능이 있어도 아홉의 노력이 없으면 성공할 수가 없다는 이태백의 깨우침을 보고 있다.

43. 예비군의 우렁찬 함성 소리

어느 봄날의 아침이다. 일찍이 복수초가 봄이 왔음을 알려주었지만, 아침 기온이 차갑게 다가와서 옷깃을 여민다. 바보 아빠 최가네의 집에는 아들이 딱 한 명이다. 군에 입대할 시기에는 장교가 되어 달라는 바보 아빠의 소원도, 어느 날의 중국 출장으로 원서접수 시기를 놓치고 있었다.

그리고 2012년의 9월 어느 날에 아들은 군대에 가겠노라고, 그 먼 시골까지 단숨에 달려왔었다. 며칠간을 바보 아빠와 지내면서 부자간의 오붓한 정을 나누었던 기억이 남아있다. 병역의무의 이행이다. 아들 지환이는 자진하여 군의 입대를 신청하였고, 운전 특기로 신병 교육을 마쳤다. 그리고 자대배치를 앞두고 있었다. 신병 교육 시절에는 소대장의 임무도 수행하였다. 어렵게 입대하여 힘들었던 신병훈련의 고단한 생활도 전우들과 생사고락을 함께한 것이다.

지휘 실습과 상호 배려와 존중의 협동심도 키우는 의미 있는 군 생활을 경험한 것도 같은 기회이고, 도전의 시간이다. 세상과 사회와 인생을 경험한 소중한 기회이었을 것이다. 이후, 가평에 있는 제3야전수송교육단에서 군 차량에 대한 운전 교육을 집중으로 받고, 파주시 적성면에 위치한 00사단 포병부대에 자대배치를 받았다. 군 생활의 시작이다.

바보 아빠의 뒤를 이어 포병부대에 전속이 되었다. 운전 특기병으로 근무하면서도 즉각 사격 준비를 위하여 포상에서 사격 대기도 하였다. 산전수전 공중전으로 의미 있는 군 복무를 하다가 전역을 하게 된 것이다. 어느 날의 한 때에는 병상을 입고, 군 병원에 후송까지 가게 되었다. 눈물겨운 투병 생활도 젊은이는 맛을 보았다. 아들 지환이는 예비역 병장으로 만기 전역을 하면서, 21개월의 군 복무를 마치고 예비역이 된 것이다.

 세월은 흐르고 흘러, 아들 지환이는 어느새 향토예비군 3년 차가 되었다. 오늘은 예비군 훈련을 받으러 가는 날이다. 세월이라는 친구는 소리 소문도 없이 참으로 빠르게도 흘러만 가고 있다. 너무나도 빠름이다. 불과 엊그제다. 근무 부대의 위병소 앞에서 전역 신고를 받았고, 함께 집에 온 것 같았는데, 벌써 예비군 훈련 3년 차다.

 대학에 다닐 때는 바보 아빠의 산악사고로 학교를 휴학하면서 병간호에 전념하였다. 자신의 미래를 위해 중요한 시기의 대학 생활이었으나, 잠시 내려놓고서 불철주야로 바보 아빠를 살리기 위한 일에 전념이다. 아들 지환이의 지극정성 사랑이 깃든 헌신적인 노력으로 바보 아빠는 살수가 있었고, 마침내 살았다. 완전하지는 않지만, 정상에 가깝도록 재활과 치유에 성공도 하였다. 덕분에 정상적인 삶을 누리고 있다. 아들 지환이 덕분이다. 최고의 수훈갑이고, 일등 공신이 분명하다. 자신의 삶을 희생하면서, 바보 아빠를 구한 것이다.

 이후, 대학 생활도 멋지게 마무리하였다. 취업도 잘하였다. 미래가 순탄한 승승장구의 길을 가고 있다. 아들 지환이는 직장의 업무를 마치고, 예비군 훈련을 받기 위하여 하루 전에 집을 찾아오고 있었다. 이후, 훈련 참가할 준비를 하고, 전투복과 전투화, 전투모까지 잘도 챙기고 있다. 어라, 전투복 바지의 벨트와 고무 밴드가 사라지고, 보이지 않고 있다는 것이다. 당황스러운 표정도 역력하다. 수네 엄마, 혹시 우리 집에 고무줄 같은 것은 없어요. 고무줄은 없는데요. 어떡하지. 잠시 후, 이 방 저 방을 어슬렁

거리다가 고개를 내밀었고, 찾아다니고 있는 아들이다. 바보 아빠의 보금자리는 새집이고, 쥐구멍은 없다. 아들 지환이의 방에도 분명히 쥐구멍이 없는 것은 당연하다.

바로 그때이다. 구세주가 나타나고 있었다. 구세주라는 사람은 다름 아닌 노병이 되어버린 지환이의 바보 아빠이다. 깜짝하고 놀라지 않을 수가 없었다.

젊은 아들, 그거 바보 아빠가 사용하던 것을 쓰면 되지 않는가. 진짜가 나타나 있었다. '바보 아빠의 서재에 있는 전투복에 벨트와 고무링이 있을 거야.' 말 건네며, 토닥여 주고 있다. 불안과 초조에서 환희로 안정도 시켜주었다.

'아버지, 고맙습니다.'를 말하며 넙죽한다. 그렇게 예비군 훈련 준비는 해결이 되었다. 훈련 전에 복장 등을 챙기는 것만으로도 신기하고 기특하다. 신통방통 그 말이 잘도 어울린다.

나머지 부족한 것이 있으면 훈련장에 가서 구입하면 된다. 귀띔도 해주었다. 착한 바보 아빠이다.

그리고 훈련 당일의 아침이다. 전투복을 입고서 아들 지환이는 내려왔다. 식탁에 앉아 아침을 먹고 전투화를 착용하고 있었다. 바로 그 순간 우렁찬 함성의 목소리가 동네방네로 떠나갈 듯이 울려 퍼지고 있었다.

'충성! 예비역 병장 최지환은 1일차 훈련을 잘 다녀오겠습니다' 하며, 신고하고 있다. 노병은 죽지 않았고, 살아 있다. 훈련을 담당하는 교관님들의 말씀도 잘 듣고, 안전하게 조심조심하면서, 훈련 잘 받고 오너라. 바보 아빠의 따뜻한 응원이고, 격려였다.

바보 아빠가 노병인 줄은 모르고 있는 것 같기도 하였다. 예비군 훈련 일정만큼은 꽤 뚫고 있는 바보 아빠이다.

아들 지환이가 훈련장을 향하여 간 이후에는 소리를 내어 가면서 혼자서 한참을 웃고 있었다.

그래도 아들 지환이는 바보 아빠의 오랜 기간 현역으로 군 복무하면서 부대 내에서 생활한 경험이 많다. 그래서인지 군 복무나 예비군 훈련은 잘하고 있었다. 그 어떤 것에도 불평불만은 없이 긍정의 마음으로 착하게 성장해 준 것 같다. 훈련에 임하는 자세도 일단은 긍정과 적극적인 자세가 으뜸이다. 합격이다.

대학 생활 중에 학생 예비군으로 2년간의 훈련을 받았고, 지역예비군 관리대대에서의 훈련은 처음이다. 예비군 훈련장도 집에서 걸어갈 정도의 거리이었다. 싱글과 벙글을 오가면서 뚜벅뚜벅 걸어가고 있다.

지역예비군 훈련이 신기하고 재미가 있었나 보다. 자신감 충만이다. 일부 예비군들은 다들 싫어하는 분위기가 대세다. 어제의 용사들이 다시 뭉쳤다. 우리는 대한의 향토예비군이었다. 그렇게 아들 지환이는 훈련 중이다.

정오도 지나, 오후 4시가 넘어가는 시간이다. 이내 출입문이 열리더니, 예비군 훈련에 갔었던 아들 지환이가 돌아오고 있다. '아들, 뭔 일이냐?' 이렇게 해가 중천인데 벌써 집에 오고. 그 이유를 묻고 있었다. 아들 지환이는 예비군 훈련장에서 있었던 자초지종을 이야기해주었다.

훈련 일의 첫날에 개인화기 사격을 하였는데, 예비군들 중에는 자기가 제일 사격을 잘하였다고 한다. 그래서 싱글벙글 기분이 좋았고, 조기 퇴소의 혜택을 보았다고 하는 것이다.

사격을 한 결과는 영점표적지의 중앙에 6발 모두가 명중이었다고 자랑도 한다. 그 순간 바보 아빠의 집에는 특등

사수가 탄생하고 있다. 멋지고 대단하고, 자랑스럽기까지 하였다.

아들은 참 이상도 하다. 누구를 닮았을까. 바보 아빠는 현역 시절에 M16이나 K2, 45구경의 권총 사격까지 다 했다. 사격만큼은 자신감이 없었다. 솔직히 못 하였다. 내심은 바보 아빠의 마음도 뿌듯해서 좋았다.

그렇게 하루는 또 가고, 훈련 3일차의 마지막 날이다. 그날도 역시나 일찍 집에 오고 있는 아들이다. 젊은 아들에게 훈련받느라 수고하였다고, 응원과 격려도 잊지 않고 또 해주었다. 아들 지환이는 3일 동안이나 출퇴근 훈련을 받으면서, 30년이 넘는 오랜 세월 군복을 입고 군 생활을 하였던, 바보 아빠의 삶을 이해한 것도 같다. 녀석 다 컸구나.

아내 수네 여사에게는 저녁 밥상에 맛있는 음식을 요청하였다. '아들, 술 한잔을 할까?'로 말을 건네면서 '수고했어.'를 잊지 않고 해주었다. 술은 먹을 수는 없었지만, 칭찬과 격려이다.

지난날을 돌아보면, 예비군 훈련 중에는 말도 많고 탈도 많았다. 말을 잘 듣지 않는 예비군들도 많다. 아들 지환이는 훈련 진행 중에 그러한 예비군 동료들을 바라보고 있으려니, 짜증도 나는 싫은 기색이 보였다. 나쁜 놈, 이상한 놈들이라고, 연신 말을 한다. 그렇게 아들 지환이의 예비군 훈련은 끝이 나고 있었다. 다시 일터로 향하여 간다. 좋은 생각 기쁜 마음으로 작장 생활을 잘해주길 바라고, 즐거운 삶이 되었으면 좋겠다는 바보 아빠의 바람도 들려주었다.

사는 동안 하고 싶은 일을 하면서, 삶을 나누고 누리면 좋겠다는 희망의 소리도 함께였다. 짝은 어디에 있을까? 궁금하였다. 언제나 안전과 건강함으로 꿈을 위한 기회를 찾고 만들어 가면서, 재미나는 삶으로의 행복이면 최고이고, 좋겠다는 응원의 메시지를 건네는 바보 아빠이었다.

작금의 상황은 안보가 매우 중요하다. 그러기에, 그 먼 옛날에 바보 아빠의 친구들은 36개월 동안이나 군 복무하지 않았던가. 참으로 고마운 친구들이고, 그 친구들이 자랑스러웠다. 훈장을 주어야 하는 이유다.

이제는 60을 넘어 흰머리 가득한 노병이 되고 말았지만, 친구들이 존경스럽고 자랑스럽다. 나라를 생각하는 안보에는 너와 나가 따로 일수가 없다. 나라의 안전과 안녕, 인류 공영을 위하여 반드시 지켜내어야만 하는 것이 국가 안보이다.

'위국헌신(爲國獻身) 군인본분(軍人本分)' 참 군인이 많아야 나라가 산다.

제5부

쉼 없는 도전과 성취감으로 재활을 완성하다

쉼 없는 도전과 성공으로 얻은 성취감은
재활을 완성하는 계기가 되었다.
그것은 환경과 여건상으로 결코 쉽지 않은
미국 하늘에 핀 동기 사랑이다.

또한 수필 부분 신인문학상 당선 및 수상과 수필집
'바보 아빠'의 출간은 결정적인 역할을 해주었다.
이는 꿈을 이루는 기회이고, 도전이었다.
그런 환경과 여건에서 자신감을 얻었고,
재활과 치유를 완성하는 계기로
정상 회복이라는 판정을 받았다.

인생은 지금부터 시작이다.
다시 도전하는 삶이다.

44. 인생길 걸음마 떼어 놓기

또 한 해가 저물어 간다. 한 장 남은 달력은 지나온 소리와 흔적도 없이 빠르게 끝을 향하여 전력 질주를 한다. 이제 딱 하루가 남았다. 하루로부터 일 년의 시간까지 빠르다는 것을 몸소 보고 느끼고, 체감하며 알게 되는 나이가 된 것만 같다. 그새 10년의 세월이다. 그런 시간 속에 사고 이후, 어렵고 힘든 역경을 넘어 인체의 신비와 재활의 쓰디쓴 참맛을 보았다. 수시로 나타나는 기적의 순간들을 맞이하고 보냈다. 어느새 재활과 치유로 숨 가쁘게 달려온 횟수는 10년의 시작이다. 길고 길었던 시간과 함께 참으로 많은 변화를 이루었다. 사람다운 모습으로 진일보하고 있었음을 알 수 있다. 해마다 재활과 치유의 과정을 넘나들며 느끼는 것은 사는 재미와 행복의 의미를 찾는 뿌듯하고 포근함이 살아 샘솟는 여유로움과 삶의 가치와 의미가 있다는 것이다.

매년 새해의 목표는 '휴식과 여유로 그냥 쉬자.'였다. 완성된 몸과 마음이 아닌 상태로, 어떤 한해는 무리한 움직임과 활동이었는지, 분명 지치고 피폐한 흔적과 모습들로 데미지를 입는 후유증도 가득하였다.

끝자락에서 지치는 것은 정말 힘들었다. 그것들을 이겨내느라 나름은 무척이나 고단한 삶의 여정을 보낼 수밖에 없었다.

순간들을 다시 한번 극복할 수 있는 힘은 아내 수네 여사와 아이들 셋, 사위와 며느리, 손자와 손녀 바로 가족이었다. 가족과 함께 자유를 나누고 누리면서 간섭과 통제, 삐뚤어진 말들 속에서 구설들을 차단하고, 여유의 삶을 선택한 것이 새싹을 다시 틔울 수 있었다. 부자연스러운 신체는 새로운 변신으로 다시 한번 기적을 만들었다.

지난 세월은 참으로 고마웠다. 휴식과 여유로 육해공을 넘나들면서 몸과 마음은 많이도 변화하였다. 산과 강, 바다를 찾고 하늘로 날아 새로운 세상의 드넓은 맛과 멋을 품에 안으며, 걷고 오르고 페달을 밟고 달렸다. 그러다 보니, 어느새 몸과 마음에는 지각변동의 변화가 꿈틀대고 있다. 바보 아빠의 몸은 용솟음치면서 한 변화가 일어나기 시작하였다. 참으로 고마운 일이었고, 다시금 삶의 기회를 준 감사한 일이다. 그렇게 다시 살아 숨 쉬며 일어날 수 있었다.

서해 옹진과 강화도의 섬(교동도, 석모도, 무의도, 신시모도, 덕적도, 굴업도, 자월도, 승봉도, 사승봉도, 소야도, 세어도, 국화도, 어청도, 고군산군도) 등 꽤나 먼 섬들은 뱃길로 찾아가며, 드넓은 해안 길을 따라 트레킹으로 몸과 마음을 살찌울 수가 있었다.

섬으로 가는 소풍은 재활과 치유는 물론, 삶의 맛과 멋을 찾고 행복의 문이 활짝 열리게 하는 참 좋은 시간 놀이다. 자연은 바보 아빠를 반기었다. 1톤 트럭에 자전거를 싣고, 접경지역(춘천, 화천, 양구, 인제, 고성)과 해안(고성~삼척), 내륙지역(임진각, 한강, 북한강, 단양, 대전 등)의 경치 좋은 하천과 강, 바다를 찾아 넘나들면서, 기쁨과 희열의 인생길 참맛을 보며, 몸에 흐르는 땀방울을 아낌없이 쏟아내었다.

전국을 누비면서 체력을 키우는 전지훈련을 계획하고, 감행한 일은 오래도록 기억에 남아 있을 것이다. 인생 소풍 길의 참 멋진 도전이 아닐 수 없었다.

특히, 화천 평화의 댐과 양구 두타연의 이목정 등 쉽게 들어갈 수도 없는 곳과 DMZ의 민간인 출입 금지구역에 페달을 밟아 질주하는 기회를 잡았다. 기회를 놓치지 않고 도전한 것은 삶의 큰 기쁨이고, 당차고 아름다운 도전이었다. 그것은 행운의 여신이 함께하였기 때문일 것이다.

섬 트레킹과 자전거 라이딩은 심신을 단련하는 아주 큰 힘이 되었다. 바보 아빠는 살아 숨 쉬고 있음에 감사하고, 삶의 보람을 찾는 기회로 작용하여 한 단계 더 발전되고 있었다. 그리고 기회를 알고 잡았다.

춘천의 블루베리 농장에서의 수확 체험과 매실 따기, 청평에서의 매실 따기와 벌꿀 체험은 자연과 함께하는 가족의 사람 사는 세상의 맛과 멋을 연출하는 계기였다.

어느새 건강한 정신과 체력이 만들어지고, 이는 심신을 지탱하여 주는 힘으로 받쳐주었다. 그것은 이후에 해외로의 소풍까지 이어져 희망의 등불을 멋지게 켤 수가 있었다. 30도 내외의 딱 맞는 기상에서 호흡하며, 캄보디아의 앙코르와트에서 베트남 다낭과 호이얀, 하노이, 하롱베이, 말레이시아 코타키나발루, 미국과 캐나다까지도, 일부 불편한 문화에도 잘 적응하는 속도는 빠르게 익숙해졌다. 어느새 몸과 마음은 새싹을 틔워 꽃을 피우고, 열매를 맺고 있었다. 구슬땀을 흘리면서 참으로 많이도 걸었다.

어리숙한 바보 아빠의 몸은 아내 수네 여사와 아이들, 새롭게 구성된 가족들과 멋진 친구들의 도움으로 일취월장이다. 많은 변화와 발전을 할 수가 있는 전화위복의 계기가 열리었다. 모두가 삶의 희망이고 감동이다.

가족을 포함하여 함께 나누고 누려준 친구들에게 따뜻하고, 포근한 마음으로 고맙고, 감사함을 전하고 싶다. 그

깊은 마음들을 글에 묻히어 징표로서 흔적을 그려 두게
된 것이다.

부실한 오장육부는 더디지만 숨을 쉬면서 꿈틀거리기 시
작하였다. 구부정한 허리와 무릎은 반듯하게 펴졌다. 발이
되어 준 지팡이를 놓고서, 걸음마를 하게 되었다. 장족의
발전이 아닐 수 없다.

스트레스로 꽉 찼던 혼미한 정신은 맑고 밝음으로 체질
개선이 되었고, 아주 조금씩 몸의 무게가 변화되고 있음
이 감지되었다. 그것은 분명 최고의 기쁨과 행복의 조미
료가 되어, 삶의 맛과 멋을 충족시켜 주었다. 고난과 고통
을 넘는 기다림으로 다시 사는 재미를 찾은 것이다. 한
장 남은 연말에서도 소풍은 멈추지를 않고 계속 진행이
다. 찾아가는 기쁨과 도전은 늘 사는 맛과 멋으로 신선한
동력을 생성해 주고 있다. 살아볼 만한 살아야 하는 아름
다운 삶이고, 맛 좋은 행복이다.

이제 연말의 끝에 서 있다. 그 사이에서 우리 집의 화장
실 변기 뚜껑이 바뀌었다. 폭신한 형태의 것에서 원래의
변기 모습으로 돌아와 있었다. 그만큼 건강해졌다는 증거
이다. 인생 또 하나의 걸음마가 시작된 것이다. 거추장스
러운 부와 명예 등 잘난 척하려는 삶을 바구니에 담지를
않고 비우니, 그제서야 행복이 무엇인지 알 수 있었던 한
해이다.

바보 아빠에게 도움을 바라는 친구(동기)들의 요청에 건
강상의 이유로 들어주지를 못했다. 살아야 하였기 때문이
다. 친구, 동기들과 함께하지 못한 아쉽고 미안한 마음도
많고 있을 수가 있다. 그 목적과 가치를 위해 다시는 찾
기가 힘든 최악의 건강 상태로 간 다음에는 그 무엇이 주

어진들 어디에 써먹고 무엇으로 남아있겠는가. 결과는 참 잘한 일들이다.

그때 도와주지를 못한 아쉬움은 앞으로 살아가면서 하나 둘 도움을 줄 부분은 주고, 인생길 동행의 길에 함께하면 되는 것이라고 답을 내놓고, 실천하겠다고 다짐한다.

2024년에도 부와 명예를 얻기 위한 모든 것들은 다 내려놓았다. 그 어떤 욕심과 사심 없이 또 한해의 1년을 자유롭게 걷고 오르고 달리면서, 휴식과 여유로 삶의 참맛과 멋을 찾아서 소풍을 많이 갈 것이다.

그 옆에는 아내 수네 여사와 함께일 것이다. 연애 한번 잘했고, 늘 고맙고, 감사해야 할 친구이다. 여자이고, 애인이며 사랑하는 아내다.

휴식과 여유의 삶으로 나누고 누리면서, 세상에 태어나 어렵고 힘들었던 지난 세월의 거칠었던 삶의 기억을 찾아 그 흔적을 최종으로 정리하고자 하는 것이다.

고뇌의 시간으로 탈고의 과정을 갖는 기분 좋은 한 해로 살금살금 달려가고 싶다. 세월의 흐름이 가파르게 속도를 내기 시작한다. 그새 큰딸의 결혼 5주년이 되었고, 아들은 2주년이다. 세월의 깊이를 온몸으로 체감하는 시기가 되었다. 한해를 정리하고 맞이하는 시간은 마지막 역시 최가네 바보 아빠의 가족이다.

다시 찾은 바보 아빠의 삶에 가장 행복했던 시간으로 저장시킬 수 있을 것이다. 이제는 더 멋지고 간단한 아름다움으로 가보지 않은, 가보고 싶은 곳을 찾아 나서는 인생길 소풍의 도전은 멈춤 없이 계속될 것이다.

70으로 향하는 부담스러움을 앞두고 있다. 이 시기에 잘못된 사람들의 변화되어 가는 모습들을 보면서 불현듯

'이것은 아닌데.'라고 생각하게 되었다. 슬픈 인간관계일 것이다.

사람은 조금 더 나이를 먹은 어느 날에 어떤 기억과 모습으로 입방아에 오르고 회자할 것인가. 해가 바뀌기 전에 한 번쯤 돌아보는 기회의 시간을 가져보면 어떨까도 싶다. 손가락질받는 삶을 살아서는 안 되는 것이다. 나쁜 기억과 모습으로 많이 회자 되기보다 좀 더 좋은 기억과 아름답고 멋진 모습으로 알고 있는 사람들에게 회자 되길 바라는 마음이다.

인생길 걸음마를 떼고, 걷고 달리고 뛰어가는 마라톤의 긴 레이스는 다시 시작되었다. 바보 아빠는 계속 파이팅이다.

45. 섭생(攝生)과 건강한 삶 만들기

어느 날 일상의 삶은 송두리째 바뀌어 있었다. 느림의 삶에서 빠름의 삶으로 변화의 바람이 불고, 가히 상상을 뛰어넘는 엄청난 속도를 요구하는 삶이 되었다. 삶의 가치와 행복을 추구하는 일에도 변화의 바람이 불어온 지 오래이고, 그런 변화의 환경과 분위기에서 살아야 하는 세상은 복잡도 하다.

농경사회에서 산업혁명을 거치고, 정보화시대로 탈바꿈이 시작되면서, 급속한 변화의 속도와 과학의 발달은 자동화된 시스템에 의해 삶은 탈바꿈 되어 지배받아야 하는 세상이 곁에 있는 것이다. 어떤 시스템이 완성되는 시간은 10년이 걸리던 것은 1년으로, 1년이 걸리던 것은 1개월, 한 달의 소요는 하루 만에 완성이 되는 기술혁신이 최첨단 과학의 시대에 노예가 되고 있는지도 모르겠다.

인간이 누리는 삶도, 병이 없고 건강관리를 잘하면, 100세까지는 무난하게 산다는 수명으로 생명은 연장된다는 것이다. 부모 세대의 경우에는 어렵고 힘들었던 삶의 시대로 과학과 의료서비스를 못 받았던 많은 사람은 어떤 이유로, 왜 죽는지도 몰랐던 시대이다. 아쉽지만 60의 나이가 되기 전에도 생을 다한 경우도 많다. 그런 과정을 거치면서, 어떻게 하면 건강하게 오래 살 것인가는 현재를 살아가는 사람들에게는 매우 중요한 인생길의 소풍에서 바람과 희망 사항으로 삶의 최우선 과제가 되고 있다. 이를 위해 잘 먹고 여유를 누리면서, 스트레스도 받지 않고, 건강한 삶을 누리기 위해서는 아낌없는 투자와 노력도 많이 하면서 오늘을 살아가고 있다.

각종 암과 질병에서 해방이 되고, 건강 100세를 위해 걷고 달리고, 자전거를 타고, 헬스장을 찾고, 좋아하는 각종 운동 등을 하면서 엄청난 노력을 하고 있다. 자유와 여유, 그리고 힐링의 삶을 추구하는 것이다.

히포크라테스가 말한 명언 중에는 '기분이 우울하면 걸어라. 그래도 여전히 우울하면 다시 걸어라.'고 하는 것이 심신의 건강을 위해 노력해야만 하는 이유인지도 모를 일이다. 실천하고 행동하는 것의 몫은 선택이 아닌 필수로 자신이 판단하고 결정해야 하는 것이다.

여기서 노자가 말한 논리로 귀생(貴生)과 섭생(攝生)을 생각해 보았다. 자신의 몸과 마음을 귀찮게 하고, 부지런히 움직이어 몸의 흐름이 자유롭게 돌아가도록 해야 한다는 것이다. 이는 편안함보다는 멈추지 않도록 불편을 주어 활력소가 되는 건강한 엔도르핀을 생산해주어 한다는 것으로 해석된다.

귀생(貴生)은 자신의 생을 너무 귀하게 여기면 오히려 생이 위태롭게 될 수 있고, 섭생(攝生)으로 자신의 생을 적당히 불편하게 억누르면, 생이 오히려 더 아름다워질 수 있다는 것이다. 대추나무에 대추를 많이 열리게 하려면, 염소를 매어 논다고 하였다. 대추나무에 묶여있는 염소는 잠시도 쉬지를 않고 그냥 고삐를 당기어서 나무를 흔들어 괴롭힌다고 하였다. 이때 대추나무는 심오한 위기의식을 느끼고, 열매가 많이 열리도록 죽을둥살둥으로 전쟁터에 나가 싸우듯이 강렬한 몸부림의 노력을 한다는 것이다. 이는 구전으로 전해오고 있다.

이렇듯이, 사람의 몸도 그냥 편안하게 놓아둔다면, 몸은 빠르게 쇠퇴하면서 각종 질병과 노화 등에 노출이 된다는 것이다. 건강 100세에는 치명타를 입게 되는 아쉬움이다. 하루 세끼와 간식 등 음식의 먹는 양을 줄이는 것과 간헐적 단식도 습관화하고, 부지런히 움직이고 활동하면서, 몸을 쉬게 하면 안 된다는 것이다. 이를 실천하기 위해서는 자신의 몸을 굽히고, 펴고, 문지르고, 흔들면서 비틀어 주기까지, 건강한 생명을 지켜나가기 위해 일상에서 신나게 활력을 주어야 한다는 것이다. 그래야만, 건강한 삶과 사는 재미가 풍성한 인생 소풍을 오랫동안 누릴 수가 있다는 것으로, 오늘이라는 현재의 삶을 살아가는 사람들의 의무이고, 책무가 아닐는지.

'선섭생자, 이기무사지(善攝生者, 以基無死地)'라고, 섭생(攝生)을 잘하고 실천하는 사람은 죽음의 문턱을 넘어 땅에 들어가지 않는다는 것으로 참으로 좋은 명언이다.

자신의 몸을 적당히 고생시키는 섭생이 건강한 삶을 산다는 것을 설파한 노자의 지혜는 깨우침을 주기에는 충분한 삶의 조건이 된다는 것은 분명도 하다. 건강 100세를 누린다는 삶의 진리를 실천해보는 것도 삶의 지혜가 될 것이다.

　바보 아빠의 죽음을 넘나드는 길고 길었던 생명선 전투의 끝은 승리이고, 성공이었다. 완전한 것은 아니었지만, 재활의 성공을 맛보고 있다.

　어쩌면 위에서 말한 섭생(攝生)을 실천하고 행동하였기에 얻어낸 결과이다. 밤낮으로 잠시도 쉬지 않고 몸을 풀기 위한 스트레칭과 근력운동, 정리정돈과 청소, 설거지 등도 재활을 돕는 역할을 충분히 해주었다.

　동네 산책길을 뚜벅이가 되어 한 바퀴 돌아오고, 소공원에서 기구를 활용한 몸풀기와 지구력 등 근력운동, 스포츠센터에서 운동, 자전거 라이딩 등도 큰 몫을 해주었다. 더 나아가 섬을 찾아 걷고 오르는 해안 길 트래킹은 재활의 최고 수준이었고, 전국의 자전거 명소를 찾아 힘주어 페달을 밟아가는 쾌감의 효과는 이루 말을 할 수가 없는 최고의 경지다. 그것도 모자라 비행기에 올라 제주도와 캄보디아, 베트남(다낭, 호이얀, 하노이 등), 말레이시아, 미국과 캐나다 등도 많이 걷는 기회의 시간으로 충분한 효과를 얻는 도전의 계기가 되었다.

　앉으나 서나, 누워서도 가만히 잊지를 않고, 몸을 비비고 움직이면서 기구를 활용한 마사지까지 귀찮게 하는 섭생(攝生)의 진리를 실천한 것이다. 앞으로의 움직임과 활동은 멈춤이 없는 지속이다. 그래야 살 수 있다. 휴식과 여유로운 조화로 재활과 치유의 멋을 계속 이어갈 것이다.

다 함께 아프지 말고, 다치지도 말고, 건강하게 삶을 살면서, 나누고 누리자는 속 깊은 인생 경험이 될 것이다. 바보 아빠의 살기 위한 몸부림은 계속이다.

46. 미국 하늘에 핀 동기 사랑의 꽃

긴 설렘의 시간이었다. 약 6개월 전부터 시작된 미국 여행 계획은 잡히고, 빈틈없는 치밀함으로 내실 있게 준비와 추진이었다.

미국 뉴욕에 사는 모00 동기(00대, 사업, 5공수 특전)의 초대로 이루어진 꿈만 같은 미국 여행 일정이었다. 이 세상에 태어나 평생 한 번 가는 것도 쉽지 않은 머나먼 이국땅 '미국여행은 이상 없음'으로 다녀왔다. 기회를 호기로 만들어 도전에 성공하며, 감격의 성취감을 얻어냈다.

1. 환경과 여건

바보 아빠는 건강상의 이유로 일찍 포기를 해야만 하였다. 시간은 흐르고, 참 좋은 친구의 지속적인 의지로 함께 가자는 권유는 미국 뉴욕행 비행기에 탑승하게 되는 역할을 톡톡히 해주었다. 친구는 출발부터 귀국 시까지 큰 어려움과 불편함이 없도록 케어할 터이니, 함께 가자. 그래도 불안은 하였다. 아내 수네 여사가 함께하면 좋으련만, 제반 환경과 여건은 허락해주지 않았다. 그리고 출국은 두 달 앞으로 다가왔다. 14시간이 넘는 장시간 비행과 11시간 차이가 나는 시차 적응과 여유의 틈이 없는 여행 일정, 3~5도 정도의 차이가 있는 기상 조건도 변수이었다. 심신이 불안정하고, 추위에 취약한 몸이었기 때문에 더욱 그러하다.

미국에 갈 준비는 시작되었다. 아들과 건강미인 며느리가 앞장서 진행하였다. 항공권 예약을 먼저 하였다. 그냥 일반석이 아닌 두 다리 쭉 뻗고 편안하게 갈 수 있는 좌석으로 예약을 마쳤다. 아들과 건강미인 며느리의 배려에 고마운 마음은 가득하다. 국경을 넘어 캐나다 나이아가라에 가는 일정이 있었다. ESTA(비자)도 신청하고 발급이 완료되었다.

이제부터는 바보 아빠의 할 일과 준비이다. 가장 먼저 해야 할 일은 컨디션 조절과 체력 보강이 우선이었다. 지구력을 키워야 하는 것이다. 버텨야 살 수가 있고, 건강한 모습으로 함께 여행을 할 수가 있기 때문이다. 함께하는 동기(수)들에게 누를 끼치는 일은 없어야만 하였다. 매일 스트레칭과 근력운동, 걷기와 자전거 타기 등 몸만들기의 강행군은 시작되었다. 출발 3일 전에는 고당도의 영양제 주사까지 맞았다. 컨디션 최고이고, 몸만들기 완성이다. 미국이라는 나라에 대해 기초지식을 얻기 위해, 인터넷 검색을 시작하였다. 장거리 비행과 시차 적응을 위해 문제를 최소화하기 위한 대책과 준비도 병행하였다. 입고 갈 옷과 여행지에서 입을 옷들도 새로 구입하였다. 구색을 갖춘 폼나는 멋 내기이다.

몸과 걸음걸이가 불편하기에 필요가 없는 지팡이도 안전을 위해 구입하였다. 지팡이와의 동행은 여행 중 낙상사고를 예방하고, 함께한 동기들에게 어떤 불편과 불안, 위험성을 주면 안 되는 것으로 다시 지팡이와 친구가 되기로 하였다. 지팡이는 여행을 마치고 인천공항에 도착할 때까지는 효자 노릇을 톡톡히 해주었다. 입국과 출국 절차의 우선으로 그냥 무사통과이다.

추위를 극복하기 위한 준비도 하였다. 전기장판과 겨울 내복, 핫팩, 장갑, 빵모자, 여벌 옷까지로 버티고 살기 위한 치밀한 준비이다. 준비 끝이고, 출국대기이다.

2. 비행기에 올라 하늘을 날다.

출발을 앞둔 설렘의 시작이다. 두근두근 콩닥콩닥, 아침 6시 정각 차에 올라 인천공항 2터미널에 도착하였다. 아내 수네 여사와 사위 아들의 동행이다. 출국수속을 밟고, 수화물도 처리하였다. 보안검색대도 아무 문제 없이 정상 통과다.

출입국 절차의 간소화 혜택과 여행지에서의 우선 배려는 기본이었다, 여행 기간의 긴 시간을 함께하면서 손과 발이 되어준 지팡이가 효자이었다. 나름 지팡이를 짚어가면서 여행길에 나선 모습을 보고는 모두가 불안이고, 조심스러운 걱정들도 많았을 것이다. 살기 위한 몸부림이고, 안 되면 되게 하라.

얼마의 대기시간이 흘렀다. 대한항공 비행기에 탑승하고, 우리 일행을 태운 비행기는 굉음 소리를 내며, 전속력으로 활주로를 달려 이륙에 성공하였다. 드디어 꿈에 그리던 미국행 비행기를 타고서 존F 케네디 공항을 향하여 날아가고 있다.

일부 일행은 아시아나를 타고, 약 1시간 10분을 먼저 출발하였다. 장장 14시간 30분으로 하루 24시간의 반을 넘는 비행이었다. 쉼 없이 잘도 날아가고 있었다. 그런데 비행기 안은 추웠다. 두터운 수면 양말과 여벌의 잠바로 몸을 보호하고 보온시켜야 하였다. 핫팩을 소지한 이유이다. 비행기 내부의 소음차단을 위해 준비하여간 소음 차단용 귀마개도 착용하였다. 눈을 지그시 감고 늘어진 잠 자기의 시작이다. 14시간 30분이 지난 후, 우리 일행을 태운 비행기는 존F. 케네디 공항에 착륙하고 있었다. 성공이다. 공항의 입국 보안 검색은 치밀하고 까다로웠다. 이곳에서도 지팡이 덕에 바보 아빠와 친구는 먼저 보안 검색을 통과하고, 수화물을 찾아 빠져나올 수가 있었다.

다른 사람들 보다 약 1시간 이상의 시간을 버는 효과를 지팡이는 해준 것이다. 앞으로 외국 여행 시에는 휴대 품목 1번은 지팡이라고 엷은 미소를 머금으며, 우스개 이야기를 넌지시 하는 두 사람이었다.

3. 미국 여행은 시작되었다.

먼저 나온 우리는 모00 동기와 김00 목사님의 해맑은 미소가 피어나는 기분도 좋은 반가운 인사를 나누었다. 얼마의 시간은 흐르고, 우리는 대기 중인 버스에 올라 숙소인 뉴욕의 힐튼호텔로 출발하고, 도착할 수 있었다. 이동하면서 운전기사의 다정한 설명을 듣고 알게 되었다. 허드슨강에 비상 착륙한 이야기와 허드슨강에는 장어 반, 물 반이라는데, 유류 누출로 오염이 되어 먹을 수가 없다는 이야기도 해주었다.

이내 호텔에 도착하였다. 총회 측이 준비한 선물도 받고, 방 배정도 받았다. 여장도 풀어두고서 잠시 휴식의 여유도 누리었다.

가. ROTC 북미주 연합회의 주관 총회 및 여행의 시작

뱃속에는 거시기가 들어있을까. 연속으로 '꼬르륵'이다. 허기진 배에는 잠시 물로 채워야만 하였다. 바로 그때이다. 룸메이트 친구는 기진맥진이었는지 호텔 밖으로 나가 세븐 7에서 컵라면을 먹은 후, 하나를 들고 룸에 들어오고 있었다. 미국에서 먹는 컵라면은 꿀맛이다. 속이 편안해지고 있었다.

우리는 총회의 전야제에 참석하기 위해 대기 중이었다. 얼마의 시간이 흐른 후에 버스에 탑승하고, 전야제가 진행되는 크루즈 선박에 올랐다.

허드슨강의 밤바다와 맨하탄의 야경은 화려하기만 하다. 이 아름다운 모습들이 미국의 맨하탄 야경이다.

멀리 자유의 여신상도 눈에 들어오고, 그림 그리기 대회는 시작이다. 처음 접하는 미국 땅에서의 밤 풍경은 잘 왔다. 멋지다. 황홀하다.

저녁 만찬은 시작되었다. 담소를 나누며 미국에 와서 맛보는 첫 번째의 식사이다. 여흥의 시간도 진행이 되었다. 우리의 명가수 김00 동기의 열창도 이루어지고, 모두가 한마음으로 무대에 함께 하였다. 박수갈채를 받기에 충분이다.

다음 날 아침, 총회를 앞두고 이른 아침부터 맨하탄 투어는 시작이다. 시내 관광을 안 하는 팀은 골프투어에 나섰다. 우리 ROTC 23기는 김00 동기가 대표선수이다.

첫 여행지는 센트럴파크이다. 센트럴파크에 도착한 첫

풍경은 하늘 높이 솟아오른 고층빌딩의 아름다운 숲이 숨쉬고 있는 멋이었다. 공간에는 어떤 사람들이 살까? 궁금증도 일기 시작하였다.

센트럴파크의 분위기도 좋았다. 애플 본사도 들어가 일도 보고, 매장 구경도 하였다. 이번에는 네온사인이 화려한 거리 타임스퀘어이다. 운집한 사람들도 많았다. 화려한 낮풍경은 밤 풍경처럼 아름다운 멋의 진풍경을 연출시키고 있다.

잠시 이동 후에는 70층 높이의 TOP of The Rock에서 바라보는 맨하탄은 형언할 수가 없는 감탄이고, 감동이었다. 우아함이 묻어나고 있었다. 건축미는 예술이고, 감동이기에 충분하다. 총회에서 주관하는 여행의 끝은 맨하탄 다리다. 웅장함과 세련미가 돋보이는 예술적 감각이 풍부한 다리로 찾는 사람들도 많았다.

저녁 7시 총회는 시작되었다. 애국가가 울려 퍼지는 시간은 모두가 애국자이다. 식순에 의해서 진행은 되고, 이번 행사에는 우리 23기가 가장 많은 인원이 참가했다. 대단한 23기이다. 골프 결과의 시상식에서는 김00 동기가 우승 트로피를 받았다. 먼 나라에 와서 이룬 나이스 샷의 쾌거다. 모두가 한마음이 되어 축하해주고 있었다.

나. 초대해준 모00 동기와 함께하는 여행은 시작되다.

뉴욕 양00 선배님께서 준비한 별장 투어와 바비큐 파티를 뒤로하고, 모00 동기와 유00 동수의 치밀하고 내실 있게 준비한 3박 4일의 여행은 시작되었다. 첫 번째로 찾은 곳은 필라델피아다. 자유의 종이 보관된 박물관 내부를 돌아보고 있었다. 잠시 잔디밭에서 쉬어도 가고, 경계근무 중인 군인들과 웃음꽃을 피우면서 대화도 나누고, 그림도 그려 두었다. 버스에 올라 이동하고, 록키 동상과 박물관도 견학하였다.

두 번째는 워싱턴DC이다. 국회의사당 호수 앞에서 평화로운 잔디밭을 걸어 멀리 보이는 국회를 바라보고, 여유의 시간도 누리었다. 자연사 박물관을 찾았다. 멋이 있는 커다란 코끼리 동상이 우리 일행을 맞이해 주고 있다. 정성이 깃든 박물관이다. 2층에는 아름다운 보석도 진열되어 있었다. 여성들의 발길을 잡는다. 시선 고정이다.

이번에는 워싱턴 기념탑과 백악관이다. 우뚝 솟은 워싱턴 기념탑은 매력이다. 사람들도 많은 골목길을 나오기는 쉽지 않다. 숲 사이로 멀리 보이는 백악관의 근처에는 얼씬도 못 하고, 희미한 건물을 배경으로 그림 한 장을 그려내었다. 그래도 좋았다. 우뚝 솟아 있는 나무 한 그루의 자태는 명물이고, 장관이었다.

재퍼슨 기념관도 둘러보고, 호수 앞에서 잠시 망중한의 시간도 가져보았다. 사색의 시간이고, 평화로움이다. 6.25 전쟁시 19개 나라의 참전 용사비가 있는 유엔 참전 용사비 앞에 섰다. 고요함이 흐르는 가운데 묵념의 시간도 가졌다. 침묵의 정적이 흐르는 무거움이었다.

이번에는 링컨기념관이다. 워싱턴 기념탑이 바라보이는 멋진 공간이고, 아름다움을 자랑하고 있다.

세 번째는 알링톤 국립묘지, 허쉬쵸코렛, 코스트코이다. 호국영령이 잠들어 있는 곳 알링톤 국립묘지이다. 보안검색을 받은 후에, 투어 버스에 올라 존F, 케네디 대통령과 일가의 묘지를 참배하고 있었다. 숙연해지는 시간이고, 엄숙한 분위기이다. 기념관도 둘러보는 기회도 가졌다. 잠시 아울렛에도 들렸고, 허쉬 초콜릿 공장을 견학하면서 초콜릿도 구입하는 시간을 갖게 되었다. 코스트코에도 들렀다. 필요한 약품들을 구매하기 위한 기회이다. 모두가 건강을 위해 많이도 사고 있다. 건강 제일이 삶의 목표이기 때문일 것이다.

저녁을 먹고, 휴식의 시간을 가진 후에는 자체 파티와 여흥의 시간도 가질 수 있었다. 참석한 사람들 모두가 한 마디의 말을 건네면서, 여행을 자축하고 있다. 서로를 이해하고 알게 되는 흐뭇한 시간이다.

함께한 동기들이 준비한 마음의 선물을 모00 동기에게 전달하는 고마운 시간도 함께하였다. 왕 회장 김00 동기의 사회로 화기애애한 분위기는 꽃을 피우고 있었다. 특유의 위트와 재치의 연출 등이 좋았다.

여러 사람을 울리는 시간이기도 하였다. 김00 동기가 많이도 그리운 시간이다. 모00 동기가 제공한 티셔츠로 복장도 갖추고, 죠니워커는 분위기를 띄우기에는 충분하다. 김00 동기는 골프 우승컵을 모00 동기에게 전달하는 시간도 갖고 있었다. 다 주고 싶은 마음이고, 진한 동기 사랑이다.

네 번째는 나이아가라이다. 새벽 4시에 기상하여, 호텔식으로 간단한 아침을 먹고, 출발이었다. 장장 8시간을 이동하는 장거리 이동이다. 국경을 넘으면서 보안 검색도 받았다. 잔뜩 겁을 주던 가이드의 말은 빗나가고, 쉽게 통과하였다.

캐나다 쪽에 위치한 나이아가라 폭포에 도착하였다. 여행의 꽃이다. 먼저 찾은 곳은 워플 폭포였다. 협곡은 웅장하고 단풍이 곱게 물든 아름다움으로 계곡은 멋을 뽐내고 있다. 이번에는 꽃시계 앞에 섰다. 꽃으로 둘러싸인 시계는 잘도 돌아가고 있었다. 감동의 멋이 돌아가는 듯하고, 아름다움이 가득하다.

웅장한 모습의 폭포전망대에 도착하였다. 고층에 위치한 레스토랑에서 폭포를 바라보며 맛있는 스테이크를 자르고 있었다. 느낌과 분위기는 대만족이다. 폭포의 아름다움이 한눈에 들어오는 멋진 풍경들이다.

노란 우의를 입고 제1, 2, 3터널로 내려가 폭포의 위용을 볼 수가 있었다. 제1, 2터널은 얼씬도 하기가 어려운 환경이다. 그나마 제3터널에서 폭포의 멋을 보고 담을 수가 있었다.

대단한 폭포의 위력이고, 자연적으로 발생한 폭풍우가 거센 회오리바람을 일으키면서, 세차게 몰아치고 있다. 폭포의 위용은 엄청난 회오리였고, 무서움과 두려움도 느낄 수 있었다.

이번에는 빨간 우의를 입고, 유람선에 올라 폭포 한 바퀴를 돌아오는 선상 유람이 시작되었다. 그저 놀라움이었다. 상상 초월로 휘몰아치는 자연적으로 발생한 폭풍우는 감당하기도 힘들었다. 피어나는 물보라는 아름다움이다. 거센 비바람으로 춥기까지 하였다.

유람선 투어를 마치고 나와 꽃이 가득한 공원에서 고요함으로 바뀌어 있는 폭포를 감상하고 있다. 햇빛이 좋은 평화의 시간이다. 이제 나이아가라 여행은 끝나고, 호텔에 도착하여 여장을 풀었다. 잠시 여유의 시간도 갖고, 소불고기로 맛있는 저녁도 먹었다. 김 한 장의 맛을 알았다. 일부는 나이아가라 폭포의 휘황찬란한 황홀한 밤 풍경을 누리기 위해 나서고, 우리는 고단한 몸을 쉬게 하기 위하여 휴식에 들어갔다. 모처럼 숙면의 밤이다.

　다. 나이아가라에서 뉴욕으로 쉼 없이 달렸다.

　어느새 마지막 날의 아침은 밝아왔다. 호텔식으로 조식을 먹었다. 로비의 분위기에 매료가 되고, 그림도 그렸다. 이내 버스에 오르고, 출발이다. 최종목적지는 뉴욕이었다. 국경을 넘기 전에 건강식품 매장에도 들렀다. 필요한 건강식품들도 사고, 쉼 없이 달려 뉴욕으로 달린다. 이동 간에는 왕회장 김00 동기의 구수한 입담의 명사회로 여흥 시간을 갖고, 여행의 끝자락에서 즐거움도 나누었다.
해 질 녘이 되어 뉴욕에 도착하였다. 모00 동기의 사무실에도 잠깐 머물렀다. 지속적인 사업번창을 기원하고, 우리는 안녕과 건강을 응원하고 있었다.
　맛이 있고, 멋스러운 레스토랑에 도착하였다. 4기 김00 선배님께서 베풀어 주시는 저녁 만찬은 푸짐하고, 화려하였다. 선배님 덕분에 정말로 맛있는 미국에서 마지막 만찬이었다. 우리의 마음을 담아 김00 동기가 선배님께 드리는 선물 전달식도 가졌고, 인사 말씀도 함께 들을 수 있었다. 김00 동기 목사의 맛있는 만찬에 대한 감사의 기도와 귀국을 앞두고 안전을 위한 기도의 시간도 함께 하였다. 김00 동기로부터 총동기회장과 특전동기회장, 해병대 대표 동기의 감사 인사도 계속되었다.
　이제는 헤어져야 할 시간이다. 우리는 버스에 오르고, 안전하게 공항에 도착하였다. 모00 동기와는 헤어짐의 시간이다. 너무도 고맙고, 감사함이었고, 아쉬운 마음으로 모

○○ 동기와 바보 아빠는 꼭 안아주고 안기고 있었다.

출국수속도 지팡이 덕에 빠르게 진행되었다. 수화물 처리도 끝나고, 보안검색대도 지나 탑승구에 도착이다. 이후, 휴식의 시간을 갖고 커피 한 잔의 여유를 누리면서 비행기에 탑승하였다. 우리를 태운 비행기는 힘차게 이륙에 성공하고, 인천공항을 향해 하늘을 날고 있었다. 아늑하고 포근한 비행이다.

4. 여행 이모저모

최초계획부터 여행이 끝나는 시간까지 모○○ 동기와 유○○ 동수께서는 동기 사랑의 큰마음을 실천해 주었다. 결단코 쉽지 않았다. 누구도 흉내를 낼 수가 없는 헌신이었다. 봉사와 희생, 배려의 마음을 아무런 조건도 없이 다 내어준 것이다.

분명 준비과정과 여행 진행 간에도 어려움도 있었을 것을 무엇 하나 흐트러짐이 없는 베풂과 나눔의 실천이었고, 완성이다. 모○○ 동기의 마음은 은은한 향기를 풍겨주는 국화꽃 같은 사람으로, 한결같은 마음은 우리의 아름다운 동기이었다. 그 마음의 씨앗은 새싹이 트고, 어느새 아름다운 꽃을 피우고 있었다. 미국 여행길에 동행한 우리는 모○○ 동기와 유○○ 동수의 크나큰 정성과 사랑을 받았다. 사는 동안 오래오래 기억될 것이다. 그리고 보은의 시간도 가질 것이다.

이번 미국 여행을 계획하고 준비해 주신 사무총장 백○○ 동기에게 무안한 고마움과 감사함으로 꾸벅이다. 정말 수고를 많이 해주었다. 마지막 귀국 후 정산까지 깔끔도 하였다. 우리 미국 여행 팀의 영원한 사무총장이었다.

양00 동기 부부는 여행 기간에 두 번이나 30명의 동기들에게 사랑의 마음이 담긴 시원한 아이스크림 선물을 주었다. 시원하고 달콤한 사랑은 오래 간직될 것이다. 미국 내의 먼 거리에서 동기들이 왔다고 한걸음에 달려온 곽00, 양00 동기의 따뜻하고 포근한 마음도 기억할 것이다. 안전운전으로 함께해 준 운전기사, 뛰어난 말솜씨와 해박한 지식으로 여행의 즐거움을 준 가이드분도 수고하였고, 고마운 사람들이다.

김00 목사님의 기도는 여행 기간 내내 단 한 건의 불미스러운 일도 없이 안전하게 여행을 즐기는 기회로 만들어주었다. 함께한 부자간의 멋은 부러움이다. 특히나, 자신 몸을 돌보고 추스르고 챙기는 것도 힘들 텐데, 바보 아빠까지 끌고 밀고 잡고 당기고 들어주며 수족이 되어 준 보안관 민00 동기의 사랑과 실천은 크기만 하였다. 바보 아빠의 손과 발이 된 우리는 한 몸이었다. 친구에게 사는 동안 바보 아빠의 따뜻하고 포근한 사랑의 보은은 계속될 것이다.

여행 중 환자 발생 시에 응급조치를 위해 침술을 베푼 석00 동기, 명사회자로 우뚝 선 영원한 왕 회장 김00 동기, 명가수 김00 동기, 함께한 동기와 동수, 목사님의 자제분까지 30명 모두가 수고한 아름다운 여행이었다. 눈빛만 보아도 서로를 이해하고 알면서 배려하는 마음은 따뜻하고 포근한 동기 사랑의 꽃이 되어 빛내고 있다. 역시나 대한민국 ROTC 23기 특전맨이었다.

이번 미국 여행은 모00 동기의 헌신으로 우리는 호사를 누리었고, 사는 재미의 즐거움과 행복까지도 가슴에 담아 돌아왔다. 참으로 고맙고, 감사함의 덕분이었다. 따뜻하고 포근한 마음은 우리의 자랑이었고, 미국 하늘에는 신뢰가 두터운 동기 사랑의 꽃을 피워주기에는 충분했다.

어느새 활짝 만개하였다. 다시 만나 해맑은 웃음꽃을 피우며, 동기 사랑꽃을 만들어 줄 것이다. 모00 동기가 입국 시마다 얼굴을 보면서 삶의 희로애락을 노래하고, 사람 사는 세상 이야기로 밤을 지새우며, 더 멋지고 아름다운 동기 사랑의 꽃을 피워낼 것이다.

이번 미국 여행을 통하여 바보 아빠는 커다란 꿈과 희망을 얻는 성취감을 얻었다. 재활과 치유를 완성하는 계기가 되었다. 또 한 번의 주어진 기회를 놓치지 않고서, 도전에 성공하는 기쁨이 넘치는 성취감을 맛보았다. 삶의 큰 전환점이 되어 준 꿈을 이루는 대성공의 기회이고, 도전이었다.

우리와 함께, 동행의 길에 나선 동기와 동수 모두가 고맙고, 감사하다. 사랑합니다. 응원의 박수를 보내는 바보 아빠이었다.

47. 글벗문학상 수필 부분 신인상 수상

가을은 깊어만 가고 있다. 기온은 뚝 떨어지고, 서리가 내리는 아침 풍경, 길거리의 가로수는 오색의 부드럽고 화려한 새 옷으로 갈아입고 있었다.

필자 바보 아빠는 미국 여행 중이었다. 그것도 개인이나 가족여행이 아닌 우리나라 군대의 핵심인 특전사 출신 동기(수)들과 함께하는 여행이었다. 미국 뉴욕에 사는 특전

동기 모00동기의 성대한 초대로 이루어진 화려한 외출이었고, 어쩌면 생애 단 한 번도 미국이라는 나라에 가보지를 못하고서 세상과 이별을 할 수도 있을 것이었다.

뉴욕, 맨하탄, 필라델피아, 워싱턴DC 여행을 마치었다. 이제 귀국 전에 남은 여행지는 캐나다 쪽의 나이아가라이었다. 죽기 전에 꼭 가봐야 한다는 그곳까지 알차고 실속 있는 멋진 여행이었다. 사는 재미의 설렘은 즐거운 행복이 분명하였고 충족시켜 주고 있었다. 여행은 끝이 나고, 나이아가라에서 뉴욕 존F, 케네다 공항으로 장거리 이동 중이었다. 버스 안에서 신인문학상 당선 소식을 바보 아빠는 받게 되었다.

2023년 제22회 계간 글벗 신인문학상에 당선이 되었다는 기쁜 소식의 메시지가 도착한 것이다. 바보 아빠에게는 기분 좋은 기적이 한 번도 아니고 3번이나 일어날 수 있을까. 힘껏 힘을 주어 허벅지를 꼬집어보아도 꿈도 아니고 거짓도 아닌 진실이었다.

심사를 맡아 평가해 주신 글벗문학회에 고맙고 감사한 마음이 가득 담긴 충성이었다. 웃음꽃이 피어나는 기쁜 소식과 동기 사랑꽃을 가슴에 안고서 귀국길에 올라 안전하게 인천공항에 도착을 할 수가 있었다. 이른 새벽 마다 하지 않고서 마중 나온 아내 수네 여사에게 차량 안에서 너스레를 떨면서 자랑하였다.

사실은 대학 시절에 국어국문학을 전공하였지만, 글 쓰는 취미와 재미보다는 대학을 졸업하기 위한 좋은 학점 받기와 ROTC가 되어 장교가 되는 일에 우선하여 대학 생활을 하였다. 재능을 찾아내는 기회는 없었다.

군복을 입고 생활한 지 33년이 되어, 군대 내에서는 하늘의 별과 달을 보며 밤을 지새워가면서, 각종 보고서를 작성하는 업무에 심혈을 기울인 것이 문장력 향상과 압축하는 기법을 얻은 효과 만점의 기회가 아니었나 생각한다. 또한, 아파보고 울어보니 글이 써진다는 것이다.

경남 마산에 위치한 무학산 산행 중에 바위 위에서 약 9미터 아래로 추락하는 사고가 있었다. 그로부터 약 7개월 간은 생각하기도 싫은 아픔과 고통 속의 중환자실과 병원 생활이었다. 삶과 죽음의 갈림길에서 살기 위한 몸부림의 치열한 생명선 전투를 하였다.

결국은 죽지를 않고 살았다. 기적을 만들었고, 고통스러운 재활과 치유의 오랜 시간을 거치면서 현재는 몸의 내부는 정상으로 회복이 되었다. 살이 안 찌고, 걸음걸이가 불편한 것은 감수해야 할 위협이 되었다.

피눈물을 흘리면서 아파보고 울어가면서 애절한 마음으로 환골탈태의 과정을 거쳤다. 살아온 삶을 단 하나의 흔적도 없이 이대로 사장 시키는 것은 큰 아쉬움이었다. 생의 마감 시간이 되어 후회하는 삶이 될 것만 같았다.

삶을 살아오면서 여행기와 산행기, 각종 행사의 후기, 손자와 손녀의 어린 시절의 추억을 찾아주기 위해 쓰기 시작한 일기가 잘 다듬어지는 글로써 만들어진 것 같다.

수필집 『바보 아빠』를 집필하면서 얻은 최종산물이 된 '희로애락의 삶 속에서 만난 행복'의 글을 쓰고 정리하게 되었다. 이 글이 신인문학상에 선정이 되고, 기쁨을 준 기회로 희망의 문을 열어 주었다. 이번 제22회 글벗문학상 신인상에 선정되는 영광을 주신 것에 대하여 고맙고, 감사한 마음으로 인사를 드리고 싶다. 충성이었다.

이번 기회를 벗 삼아 한 단계 진일보하는 사는 재미의

행복을 찾아가는 글 쓰는 남자가 될 것이다. 일상에서 일어나는 삶 중에 생활 속의 진주를 캐는 마음으로 아름다움이 숨 쉬고 쉬어가는 글을 써 내려가야 한다.

사람 사는 세상의 사람들에게 소박한 웃음꽃과 사랑꽃을 주는 섬세하고 소박한 작가가 되고 싶다. 새로운 삶은 더 멋진 도전의 기회로 만들어 주었다. 개인적인 삶의 언저리에서 또 한 번의 기적을 만들어 준 것이다. 고맙고, 감사하는 마음이고, 한없는 사랑을 받은 하루이었다. 오래오래 기억될 것이다.

48. 수필집 『바보 아빠』의 출간과 고객 찾아가기

긴 시간이 흘렀다. 재활과 치유의 험난한 산을 넘고, 바다를 건너 하늘을 날며 살기 위한 몸부림을 시작한 지 10년째이다. 강산이 한번 바뀌게 되는 10년이 되는 인생길에 작품 하나가 완성되었다. 글을 써놓고, 세상 밖으로 나갈 것인가와 말 것인가로 긴 터널의 어둠 속에서 숨어버린 시간은 참기가 힘든 고통이었다.

수필은 완성이 되었고, 우물 안의 개구리로 계속 잠만 잘 수는 없었다. 긴 시간의 무거운 짐을 지고서 고통을 감내하였다. 하나의 책으로 만들어져 세상 밖으로 과감하게 나가기로 드라이브를 걸었다. 그리고 삶 속에 아름답고 멋진 성취감을 맛보았다. 장시간 비행, 시차 적응과 매일 강행군의 여건에서 어렵고 힘든 상황을 잘 헤쳐 나갈수가 있을 것인가? 함께한 동료들에게 그 어떤 불편을 주어 여행을 혼탁하게 하지는 않을까 하는 두려움과 걱정을 가질 수밖에는 없었다. 그러나 고민은 한낮 기우이었다. 바보 아빠는 해내었다. 인생길에 또 한 번 멋진 성취감을 맛보았다. 덕분에 컨디션은 최고의 수준이고, 몸은 정상으로 회복되었다. 걸음걸이 등 다소 불편한 모습은 남이 있으나, 오장육부는 정상이다. 감수해야 하는 일이다.

수필집 출간은 재활과 치유의 성공을 알리는 신호탄이되었다. 인생의 역전 드라마다. 바보 아빠의 살아온 삶은대성공이라고 세상 사람들에게 파발이 되어 보내고 알렸다. 어느 누구의 도움과 관리를 받지 못한 차갑고 쓰디쓴인생길 소풍의 이야기다. 특전 동기들의 덕분에 명예 특전맨이 되었고, 명예 장군이 되었다. 글을 쓰는 작가도 되었다. 성공한 인생으로 꿈을 이루었고, 스스로 일군 자수성가의 커다란 열매를 땄다.

젊은 날의 가난과 외롭고 쓸쓸하였던 삶의 뒤안길에서이루어낸 값진 선물로 멋진 인생의 꽃이 60이 넘어서야피었다. 아내 수네 여사와 아이들, 사위 아들과 건강미인며느리, 손자와 손녀, 친구(동기)들의 정성과 사랑이 넘치는 배려 덕분이다. 눈물이 날 것 같았는데, 펑펑 울고 싶었는데, 울 수가 없었다. 눈물 대신 기쁨과 환희의 웃음꽃을 피웠다. 만개하였다. 그리고 화려한 인생은 지금부터다시 시작이다. 메아리가 되어 귀띔해주고 있었다. 바보아빠가 세상 밖으로 나오게 된 것은 역시나 어디서 누구를 만날 것인가는 결정적이었고, 삶의 안내자가 되었다.

수년 전 파주문예대학에 다니면서 알게 된 최봉희 동기다. 학교 국어 선생님과 시조시인, 문학평론가, 문학회장, 사람책 활동 등 해박한 지식을 소유한 동기이고, 친구다.

현재는 중학교 교감 선생님이다. 덕분에 수필가로 등단

도 하고, 탈고의 도움과 출간까지의 멘토가 되어 주었다. 어깨동무하고, 함께 가야 할 보약 같은 친구가 된 것이다. 우리나라의 말은 어려웠다. 난도가 높은 우리말 한글이다. 한글맞춤법에 기초한 탈고의 시간도 오랜 시간이 소요되었다.

출간 준비를 하면서, 친구들의 밴드에 올려 글을 평가받는 시간도 가졌다. 더 나아가 글을 쓰는 사람들의 모임인 글벗문학회의 방에 글이 올려지고, 호된 신고식을 치르면서, 고난도의 평가도 받았다. 그리고 얼마 후, 가제본이 나왔다. 필자로서 최종 탈고의 시간은 중요하였다. 글의 문맥, 철자와 띄어쓰기, 글과 그림의 배열까지 인쇄 시작 몇 시간 전까지 뜬눈으로 밤을 지새우며, 마무리하였다, 제출하기 전 가깝고 소박한 친구와의 여행길에 나서 첫 번째 책을 읽어주도록 독려하였다.

책 속에 잘못된 부분을 찾고, 전체적인 느낌과 분위기도 확인해 주었다. "손때가 묻지 않은 정직과 순수가 책을 찾는 독자들에게 추억을 찾아주는 좋은 책이다."라는 평가해 주는 친구였다. '인쇄해도 좋다'라고, 최종 승인을 하였다. 『바보 아빠』는 인쇄에 들어갔다. 생애 첫 번째 책이 만들어진 것이다.

인쇄가 들어간 지 채 5일도 안 되어 출간되었다. 바보 아빠 앞으로 400권이나 되는 많은 책이 택배로 배달되었다. 형언할 수가 없는 감동의 물결이 출렁이고 있었다. 세상에 태어나 큰일 하나를 이루는 알토랑 같은 고뇌에 찬 도전으로 또 하나의 기적을 만들었다.

바보 아빠의 수필집은 총 700권이 인쇄되었다. 이는 작가에게 400권, 영광문고, 인터넷 쇼핑몰 등 서점에 300권이 보내져 자리를 잡고 고객을 만나는 준비를 시작했다. 도착한 책은 아내 수네 여사와 자녀들, 손자와 손녀에게도 친필서명을 하여, 깊은 마음이 담긴 사랑의 선물 전달식도 가졌다. 최가네 집안의 역사가 담긴 소중한 책이 된 것이다.

다음날에는 전주 추모관에 계시는 부모님을 찾아갔다. 너무 일찍 하늘나라로 가시어 잠들어 계시는 부모님께 우선 보고를 드렸다. 수필집 『바보 아빠』를 영전에 넣어 드렸다. 웃음꽃을 피우시면서 아들이 쓴 책을 읽으면 좋겠다고, 책 속에 손주들과 증손주까지 보면서 즐거운 시간, 행복한 시간이 되길 바라는 마음이다. 그다음은 60년의 삶 속에 태어나 현재까지 살아오는 과정에서 바보 아빠에게 도움을 주고 배려해 주신 친인척, 친구와 동기, 지인, 중 고등학교, 대학교 도서관, 다수의 ROTC 동문회까지 책을 보내기 위한 준비는 시작되었다. 이를 위한 사랑의 선물 포장과 받는 사람 기록 후에 우체국을 찾아 소포로 발송하기까지 쉽지 않은 어려움의 시간이었다. 글쓰기보다도 어렵고 힘이 들었던 시간이다.

몇 권의 책이 아닌 350권을 보내기 위한 준비는 가슴 벅찬 뿌듯함도 가득하였으나, 장난이 아니었다. 그래도 좋았다. 기쁨의 선물을 나눌 수가 있다는 것이 사는 재미이고, 누리는 행복이다. 나눌 수가 있어 즐거움이고, 바보 아빠가 살아있다는 증거의 산물이다.

전국의 각 서점에도 보내어져 고객을 만나 사랑을 받는 책이 되면 얼씨구절씨구 더 좋을시고 일 것이다. 두 다리 쭉 펴고, 기지개를 켰다. 무거운 짐을 지고 첫 고개 하나를 넘었다. 이제 다시 시작이다. 긴 겨울날에 수필집 제2

권 살기 위한 몸부림 『우리 아프지 말고 살아요』와 첫 번째 시집을 준비하는 일이 기다리고 있다. 이미 글은 완성되어 있기에, 읽고 또 읽으면서 수정하고, 토닥토닥 양질의 맛과 멋을 내어 새싹이 돋고, 꽃이 피는 3월이 오면 웃음꽃과 사랑꽃으로 다시 피어 날 것이다.

앞으로 『바보 아빠』의 책을 들고, 중 고등학교의 사람책 교육을 위한 강의에도 나설 것이다. 선생님이 되고 싶어 하던, 대학 시절의 순진하고 소박한 꿈도 이루는 계기가 된 것이다. 이제는 그 어떤 욕심과 경쟁도 필요치가 않다. 남은 삶은 좋은 사람들과 동행의 길을 걸으면서 맛있는 음식도 나누고, 소통하면서 외롭지 않은 즐거움으로 사는 재미를 찾아 나누고 누리고 싶은 것이다. 베풂과 나눔, 배려는 복잡한 삶 속에서 희망의 등불이 되어 빛과 소금이 될 수가 있을 것이다. 언제 다시 고개를 내밀어 찾아올 위협과 위기에 대비하면서, 삶은 아름다움이 있는 멋지게 살아볼 만한 삶으로 자신을 아끼고 가꾸어 간다면, 가족과 아는 사람들 모두가 행복의 꽃을 피우고, 잘 익은 열매를 맛보며, 멋을 낼 수 있을 것이다.

바보 아빠 최정식의 인생길은 언제나 맑고 밝음이. 그저 욕심 없이 뚜벅뚜벅 걸어가면 되는 인생길 소풍을 즐기며 누리는 것이다.

49. 『바보 아빠』의 고객의 소리와 평가

1. 전주대학교 총장 박OO 님
안녕하세요? 전주대학교 총장 박OO입니다.

가을 단풍의 화려함과 하나둘 떨어지는 가로수를 바라보며, 계절의 변화를 느낍니다. 점차 추워지는 계절을 느끼는 요즘, 전주대학교 선배의 입장에서 모교와 학교 후배들을 잊지 않고, 마음 챙겨주셔 감사합니다. 『바보 아빠』 10권을 학교에 기증해 주시는 선한 의도와 성실, 정직, 노력하는 삶을 바탕으로 후배들에게 꿈과 희망을 전하는 책이 학교 도서관에 추가되는 것은 큰 기쁨입니다. 후배들에게 긍정적인 메시지와 인생의 소중함을 전달하는 행동에 감동을 받았습니다.

학생들이 앞으로 인생을 살아가는데, 많은 귀감이 되어 줄 수 있을 것 같습니다. 모교 후배들이 작가님의 책을 읽고, 긴 인생의 소풍 길에서 꿈과 희망으로 웃음꽃과 사랑꽃을 피우고 나누길 바라봅니다. 보내주신 마음으로 마음에 따뜻함을 느꼈습니다.

아울러, 책 출간을 진심으로 축하드립니다. 하나의 책이 탄생하기까지는 자기의 혼을 다 쏟아부어야 가능한 일이라고 생각합니다.

작가님의 인생과 철학이 담긴 자서전적 이야기의 책을 읽고 많은 감동을 받았습니다. 작가님의 앞으로의 작품 활동과 인생을 진심으로 응원합니다.

작가님께서 전해주신 따뜻한 마음에 감사를 표하며, 언제나 기쁜 날들이 함께하길 바라며…. 건강과 행운을 기원합니다.

감사합니다.

2023. 11. 20
전주대학교 총장 박00 드림

2. 친구 강OO 님

우와~~. 어제 오늘 꼼짝하지 않고 정독 완파하였습니다. 최정식 동기의 모든 모습이 다 들어 있는 자서전적 수필입니다.

읽어가며 어쩌면 이리도 비슷한 환경에서 자랐을까? 빨간 투피스 여사님의 모습에서 우리 집사람의 모습이 보일까? 그런 생각을 하였습니다.

ROTC 가입단 교육을 받으며 말도 안 되는 가혹행위와 1년차 때 악당 선배들에게 당했던 지긋지긋한 구타와 만행들이 떠올랐습니다. 그런데 그때 그 당시 모습을 기억하면 싫지 않은 웃음이 나오는 것이 웬일인지 모르겠습니다. 그리고 임관부터 전역할 때까지의 군 생활 과정에서 공감되는 어려웠던 일상들… 그 어려움조차 지금은 행복했던 순간들로 기억에 남습니다.

저도 19번의 이사와 10년간 주말부부로 살아왔는데, 최정식 동기도 19번의 이사를 하였다니 저와 마찬가지로 이사하는 것이 전혀 어렵지 않은 진지변환 훈련 정도로 느껴졌을 것 같습니다. 이제 와서 돌이켜보면 웃음만 나오네요. ㅎㅎ.

전역 이후 예비군지휘관 임무 수행 과정은 제가 경험해 보지 못한 과정이기에 세부적인 사항은 모르겠으나, 예비군 감사와 관련된 일상도 쉽지 않은 과정이었던 것 같습니다.

그리고 최정식 동기의 카스를 보면서 100대 명산의 소식을 봐왔는데, 어느 날부터인가 소식이 올라오지 않아 궁금하던 차에 동기생으로부터 전해 들은 사고 소식을 들고 쾌유를 빌었는데…. 그날의 사고 과정과 죽음의 문턱을 오갈 때 가족분들의 헌신적인 정성과 사랑으로 오늘의 최정식 동기가 있음을 다시 한번 인식하게 되었습니다.

저도 과로에 의한 급성간 혼수로 국군수도병원 중환자실에서 두 눈을 가리고 죽음을 가까이해 본 경험이 있어 최정식 동기의 마음을 알고 있습니다. 세상에서 가장 소중한 사람은 가족이라는 사실을 말입니다.

참으로 멋진 동기이고 행복한 가정입니다. 용감한 빨간 투피스 님도 대단하시고 효녀, 효자분들도 대단하십니다. 홍 변호사님 그리고 새 며느리도 축하드립니다.

3. 친구 곽○○ 님

『바보 아빠』 최정식의 수필집. 어젯밤부터 읽기 시작하여 오늘 이 시간까지 완독, 어린 시절 내 고향 감곡면 통석리 순촌마을 산 넘어 바보 최정식은 태인에서 태어나 자라난 환경이 비슷하다. 나의 어린 시절 생각에 잠겨 책장이 신나게 넘겨졌다.

그리고 빨간 투피스 아가씨와의 인연의 줄거리는 나와 비슷하다. 당신은 지금도 같이하지만 난 어디서 무엇을 하며 사는지 궁금하기도 하였네. 그리고 100대 명산 등산 중에 다쳐서 재활하는 과정은 눈물이 앞을 가려 잠시 쉬었다가 읽기도 하였노라.

큰딸 지혜와 아들 지환이, 둘째 딸 지원이, 그리고 친구의 짝 수네 여사가 보여준 헌신적이고 변함없는 간호는 나를 또 한 번 울게 하였네. 이제는 건강을 채우고 힘을 비축하여 멋진 작가로서 더욱 멋진 글을 써주시게나~~. 고생하셨습니다.

4. 친구 김OO 님

바보 최정식 작가가 나의 친구라는 게 넘 자랑스럽습니다.

5. 친구 강OO 님

바보 아빠 최정식 수필집 잘 받았습니다.

90년대 송추골에서 스친 인연이었지만, 이리저리 얽혀 자주 소식을 전하게 되니 이젠 바로 곁에 있는 것 같은 친구!

수필집에 그려진 지난날들의 기억들은 대부분 이 이야기가 내 이야기인 듯 많은 모습이 닮아 있어서 더더욱 정겹게 느껴집니다.

허나, 나보다는 어떤 한순간의 깊은 어둠을 딛고, 모든 이에게 희망을 주고 있기에, 그 삶의 깊이에 경의를 표합니다. 늘 건강하시고 행복하소서, 천안에서.

6. 친구 조OO 님

모교에 기증도 하고 좋은 일을 많이도 하는구나. ㅎㅎ. 또 신인문학상 수상을 축하하네! 자네가 준 저서는 잘 읽었다네!

디테일한 부분에서 약간의 어색함이 있지만, 내용이라든가 작가의 전달하고자 하는 목적은 충분히 달성한 수작일세. ㅎ

특히, 중반 이후 등산 중·사고 후 치료 및 회복 기간 중의 솔직한 내용들은 아주 감동적이었네. 사고 후유증으로 아직도 몸이 불편할 텐데 집필하느라고 수고 많았고, 다시 한번 저서 출간을 축하하네.

7. 친구 임OO 님

감동입니다.
모교 총장님과 후배들, 또한 우리 동기들에게도 삶에 선한 영향력을 전달해 주심에 거듭 감사드립니다.

8. 친구 조OO 님

와~. 대단하십니다.
최정식 작가가 동기이자 친구인 것이 너무 자랑스럽습니다. 다시 한번 신인문학상 수상과 수필집 출간을 축하드립니다.

9. 친구 박OO 님

다시 한번 축하합니다. 특별히 모교 후배들에게 좋은 귀감이 될 수 있어 축복으로 여겨집니다.

10. 친구 이OO 님

유년 시절과 초, 중, 고 시절은 바보처럼 다양하지 않았지만, 공감 가는 일들이었으며, ROTC 생활은 상황이 유사했네.
장교 생활, 나는 장학금 받은 5년간만 했지만, 소신과 소명감, 자신감으로 생활했다는 생각이네.
사고의 글을 읽고 생환 과정은 감히 글로써도 느낄 수 있었으며, 마음도 많이 안타까웠네. 그 이후는 하늘에서 선녀들이 내려왔었다는 생각이 들었네.

잘 읽었고, 감동이었네.

신인 문학상 축하하고, 대학 모교에 자서전도 기증하여 후배들에게 많은 울림으로 청년기를 지낼 수 있었으면 합니다.

11. 건강미인 며느리 김○○ 님

어머나~~. 아버님 축하드릴 일이 계속 생기시네요!! 책 출간을 안 하셨으면 큰일 날 뻔했어요!! 숨은 보석 같은 작가님을 발견하였다고 온 세상에 알려주세요.

축하드립니다요.

12. 친구 유○○ 님

수필집이 도착했네요. 따끈따끈하네요. 오늘 밤을 새면서 읽겠습니다. 독후감은 글재주가 없어서 못 쓰고 마음에 남기겠습니다. 고맙고, 항상 건강 챙기면서 서로 잘 살자고.(윙크)

13. 태인고 교감 장○○ 선생님

안녕하세요. 저는 태인고 교감 장○○입니다.

정읍 태인은 단풍이 오색으로 물들어 파란 하늘과 서로 견주며 자랑하고 있는 듯합니다.

보내주신 수필집을 감사히 받았음에도 감사 연락을 바로 드리지 못해 죄송합니다.

본교 차○○ 교장 선생님과 20여 분의 선생님들, 110명 정도의 학생들은 오늘도 근면 정직 협동의 교훈을 가지고, 학업에 전념하고 있습니다.

보내주신 도서는 도서관에서 학생들이 읽을 수 있도록 비치하겠습니다. 늘 건강하시고, 앞으로 힘찬 집필 하시도록 기원하겠습니다. 감사드립니다.

14. 친구 장00 님

넘, 잘 읽었어요. 울 신랑 같으면 빨간 투피스가 아닌 빨강 옷 아님, 땡땡이 옷 이런 식으로밖에 표현을 못 할 건데, 인문학도는 역시나 달라요.

나 또한 학창 시절로 돌아간 느낌!! 새삼 추억이 그리워지기도 하더라고요. 구절구절 행복 냄새 맡으면 모처럼 에세이가 참 달더군요. 덤으로 한마디, 앞으로도 우리 친구 예뻐해 주시고 아껴주시길.

15. 친구 최00 님

축하하네! 바보 아빠의 추억 속에 스며들어 가고 있다네. 내 추억도 함께 섞이어서 읽는 재미가 솔솔하다네.

16. 선배 문00 님

최 작가님!

책 잘 읽었네. 내가 미처 알지 못했던 얘기들도 책을 통해서 알았네. 자네는 참 때 묻지 않고 따뜻한 사람이야. 앞으로 남은 인생도 건강하고 행복한 날들로 채워지길 기원하네.

17. 친구 팽00 님

이제 귀가. 닦고, 책상에 앉아 몇 줄 감상문을 적어본다.

수필선은 태어나서부터 현재까지의 삶 자체를 허심탄회하게 글로 표현함으로써 그야말로 희로애락을 쓴 자서전이며, 아무래도 ROTC가 중심이 되고 우리 60대가 삶의 이정표라고나 할까. 왜냐면 나의 생활과 밀접한 관계를 총망라한 총정리 참고서라고 표현하고 싶다.

뭐, 수학의 홍성대라고나 할까? ㅋ.

삶의 기로에 서서 다시 제2의 인생을 살아가니 이 세상이 얼마나 행복하겠는가. 그러니 그렇게 기부 천사가 되었군요. ㅋ. 특전혼(特戰魂)을 갖고 매산리 기구 강하, 왕복 구보, 그놈의 구보는 주야장천(晝夜長川) 뛰어만 다녀야 하니 죽을 지경, 밥 먹고 뛰기가 가장 힘들지유.

4주 공수 훈련, 7주 특수 전 훈련, 2주 자대 전입 교육, 으앙 징그럽다. 그렇지. 그래서 공수 301기 특수전 193차, 잊어버리지도 않지요. 삶의 역경 속에서도 죽지 않고, 굳건히 살아 돌아와 정말 고맙다. 또 고맙고, 15여단장의 품세를 마음껏 누리시길. 학교 강의도 하고 책도 잘 팔리면서, 멋진 삶 이루시길 바랍니다. 단결!

18. 순창 김OO 님

감사합니다. 최정식 작가님의 삶에 대한 드라마틱한 한 편의 63년의 기나긴 인생 여정을 제 눈앞에서 필름이 한 장 한 장 펼쳐 지나가듯 책을 읽었습니다. 아니 읽었다기보다는 현상된 필름을 보았다고 하는 게 더 정확한 저의 표현일 듯합니다. 동시대를 살아온 저로서 너무도 실감이 났구요.

또한, 그 불굴의 도전정신으로 인생 역전의 단맛 쓴맛을 다 이겨내고 이제 웃을 수 있으니 참 행복의 맛을 느낄 수 있으리라 감히 상상해 봅니다.

다시 한번 축하드리고요. 이제는 나누는 기쁨, 함께하는 기쁨으로 행복이 배가 되는 삶이기를 응원하며 박수를 보내드립니다.

또 작가로서 이렇게 용기와 행복을 함께 나누시길 바라며, 남은 인생길에 무궁한 발전과 행복이 함께 하시길 응원합니다. 고맙고, 감사합니다.

19. 친구 이OO 교수

친구의 살아온 멋진 삶을 존경하며, 더불어 수네 여사와 가족들의 사랑이 멋지고 부럽네. 비록 어려움이 있었지만, 그것을 극복한 당신의 삶은 존경받을 가치가 충분합니다. 멋진 바보 아빠 정식이 홧팅!!

20. 친구 최OO

힘든 고난과 역경을 무사히 이겨낸 그대를 존경합니다.

삶의 축복이 함께한 그대는 가장 행복한 할배요, 남편이며, 아빠였음을 만천하에 공개하여 꿈을 이룬 승리자였습니다.

멋진 동기이자 벗으로 자랑스럽습니다.

사랑합니다. 항상 건강하세요.

21. 삼촌 최OO

바쁘다는 핑계로 미뤄둔 바보 아빠를 오늘 오전 빠르게 완독했네. 잊혀가는 고향과 유년 시절의 기억이 생생하게 되살아나고, 무엇보다 최 작가의 드라마 같은 희로애락의 현장에서 너무 멀리 떨어져 있었다는 게 부끄럽네.

천재 아빠의 당당하고 이미 행복한 삶을 항상 응원할 것이고, 오랜만에 너무 감동, 공감해서 빨리 만나 저장되어 있는 우리 고향 '덕두리'를 얘기하고 싶네. 틈나면 연락주시게.

22. 친구 김○○ 님

최정식 수필가님! 보내주신 『바보 아빠』 잘 읽었네요. 무엇보다도 가족들의 헌신과 사랑, 그리고 아이들의 효심에 감명받았습니다. 우리 시절의 그때는 모두가 어려운 시절이었으니 그러려니 하면서 동질감을 느꼈지만, 어려움을 극복한 동기의 강인함과 그 어려움 속에서도 사랑과 헌신을 보여준 아내 수네 여사, 그리고 아이들이 좌절하지 않고, 멋지게 성장해준 모습이 너무 감명받았네요. 그런 점에서 최 수필가님은 행복한 사람이라고 생각됩니다.

아무쪼록 건강하시고, 올 한 해도 행복한 나날 보내세요.

웃음꽃과 사랑꽃을 피우며

죽지 않고 살아 병원에서 퇴원한 이후에 집에서의 몸부림의 시간은 10년이나 되는 긴 세월이었다. 오랜 시간이 지났으나, 아직도 재활로 인한 망가진 몸의 정상 회복은 쉽지 않았다. 재활과 치유를 위한 기다림의 시간이 필요하다. 어느덧 그 세월은 강산이 바뀐다는 10년이 되었다.

집에서 시작된 재활의 시작은 정상의 몸 가까이 회복이 될 수는 있는 것일까? 하는 불안심리가 작용하고, 더 살수가 있을는지도 장담을 할 수가 없는 불투명한 시간과 버티기 싸움이었다. 그리고 해냈다. 많이도 걷고 오르면서 자전거에 올라 페달을 밟고 달렸다. 동네의 골목길에서 시작된 재활을 위한 걷기는 공원과 마트, 킨텍스 광장과 전국의 섬, 자전거 도로를 힘주어 달렸다. 그것도 모자라 다시 산 정상에 오르겠다는 일념은 스틱에 의지하고, 아내 수네 여사의 손을 잡고서 쉽지 않은 어쩌면 막연한 도전은 시작이다. 오른쪽 다리의 괄약근이 없어지고, 발을 지면 위로 들어 올릴 힘이 없다. 몸에는 살이 붙지를 않는 정상의 반쪽짜리 몸으로 전락하였다.

신체의 불균형을 극복하기 위하여 거실 공간에서는 보조기구에 의지하며 홀로서기를 시작하였다. 강행군으로 기나긴 시간과의 싸움이다. 오랜 기다림의 시간이 필요한 것이다.

헬스장을 찾았다. 기구의 모서리를 잡고 이동하여 헬스기구의 사용법을 하나하나 익혀가면서 건강한 몸만들기는 시작하였다. 그러나 신체적인 불균형과 지탱할 힘이 부족하여 적응은 쉽지 않은 고난의 시간이 아닐 수가 없다.

이후, 조금씩 몸에는 근력이 생기면서 지팡이에 의존하여 지탱하는 힘을 얻었다. 재활의 장소는 육지의 실내외 공간이 아닌, 섬을 찾아 걷고 오르기를 반복하면서, 섬 트레킹으로 전환하여 시작되었다. 오염되지 않은 좋은 공기와 환경들이 섬을 선택한 이유이다. 옹진과 강화군의 섬들을 섭렵하고, 그것도 모자라 서해안과 남해의 섬. 제주도와 따뜻한 동남아 국가들을 찾아가면서 재활의 꿈을 놓지 않은 시작이다.

어느새 길기만 하였던 눈물을 흘린 시간은 가고, 한 줄기 빛이 들기 시작하였다. 걸음걸이는 좀 더 부드러웠고, 뱃속의 장기들은 자리를 잡아가며 불편하기만 하였던 소화불량과 변비 등은 회복이 되고 있었다.

이제는 완전하지 않지만, 재활에 성공하였다는 생각이 들었다. 그렇게 갈망하던 꿈과 소망들을 각고의 노력 끝에 이루어냈다. 지울 수도 없고, 잊을 수가 없는 한 많은 세월의 뒤안길에서 얻어낸 값진 영광의 선물을 받았다.

제2의 인생을 다시 한번 멋지게 살고, 하고 싶은 것을 위하여 도전하라는 기회의 시간이 주어진 것이다. 이대로면 어떠리. 현재의 몸에서 더 이상 나빠지지 않고, 아주 조금씩이라도 회복이 되는 발전의 변화를 이루면서, 바보아빠에게 주어진 운명의 시간만큼을 보람되고 재미나게 살다가 가면 되는 것 아니겠는가.

삶의 끝에 다다르기 전에 할 일과 해야 할 일들이 아직 많이 남았다. 어디든지 사람을 만나러 나서고, 웃음꽃이 피는 좋은 곳으로 바람을 맞으며 사색의 시간도 갖고, 사랑꽃이 피는 삶을 찾아 글로써, 맑고 밝은 노래를 불러보고 싶다. 인생길 소풍 같은 사는 재미를 찾아 꿀맛의 향기처럼 살고 싶은 것이다. 재활과 치유의 살기 위한 바보 아빠의 몸부림 속에서 반드시 이기고 승리자가 되어 달라고 응원과 격려해주면서 물심양면으로 도움을 주셔서 더 좋은 오늘입니다. 내일의 맑은 소리, 건강한 삶을 위해 함께해 준 좋은 친구들에게 고마움과 감사한 마음으로 사랑을 선물로 드리고 싶다.

특히, 어려운 환경과 여건에서도 끝까지 포기하지 않고 자리를 지키면서, 새 생명으로 살도록 기회를 만들어 준 빨간 투피스의 여인 아내 수네 여사와 지혜, 지환, 지원이에게 고맙고, 감사함으로 이 책을 통하여 다시 전해주고 싶다.

이제 재활은 성공이고, 완성되었다. 미국 여행의 도전에서 성취감의 짜릿한 맛을 보았고, 신인문학상 수상과 수필집 『바보 아빠』의 출간으로 하면 된다. 할 수 있다. 해야 한다. 라는 꿈과 희망의 환희와 희열을 누렸다.

현재의 몸 상태를 잘 지키면서, 다시 나빠지지 않아도 꾸준히 노력하는 바보 아빠이고 싶다. 더불어 인생 소풍길에서 커다란 은혜의 사랑을 얻었기에 글을 쓰는 재주로 작은 정성이고 사랑이지만, 웃음꽃과 사랑꽃을 피우면서 함께 나누고 누릴 것이다.

고맙습니다. 감사합니다.

바보 아빠의 가족과 친구 여러분 사랑합니다.

아픔과 열정이 피운 아름다운 사랑꽃

– 최정식 두 번째 수필집 『우리 아프지 말아요』

최 봉 희(시인, 수필가, 평론가, 글벗 편집주간)

씨앗이 어둡고 딱딱한 땅을 뚫고 나와 세상을 향해 팔 벌린 그 작고 연약한 초록의 모습을 본 적이 있는가? 그 생명의 신비를 만나면 생명을 경외하게 되고 신비로움을 느낀다. 더욱이 그 모습이 얼마나 대견하고 아름다운가. 나는 최정식 수필을 읽을 때마다 그가 살아온 구체적인 아름다운 삶에 푹 빠지게 된다. 그는 언제나 세상에 대한 가득한 호기심을 가득 품고 날마다 새롭게 긍정적으로 열심히 살아가고 있다.

최정식 수필가, 그와의 첫 만남은 2023년 가을이다. 옛 시절의 아픔과 역사를 보물로 삼으면서 순수와 설렘을 오래도록 간직한 수필가였다. 내 인생의 소중한 만남이 아닌가 싶다.

그의 인생은 제2의 소중한 인생을 살고 있다. 첫 번째 인생은 산을 등반하던 도중 낙상 사고로 목숨을 잃는 절체절명의 순간으로 아픔의 삶이었다면 두 번째 인생은 그 아픔을 극복하고 사랑꽃을 피우는 인생을 살아가고 있다. 그 삶의 모습은 이미 첫 수필집 『바보 아빠』로 발간되어 세상에 글로 발표하면서 마침내 제22회 계간 글벗 수필 부문 신인문학상을 수상하게 된다.

아름다운 삶이란 바로 최정식 수필가의 삶이 아름다운 삶이 아닐까 한다. 나는 최정식의 수필집을 "마음으로 위대한 사람이 남긴 이야기"라고 감히 말하고 싶다. 그는 오래도록 일기를 써오듯 시를 쓰고 수필을 끊임없이 쓰고 있다. 우리 시대의 참 영웅은 한결같은 사람이다. 마음은 감정을 따라 움직이고 흔들린다. 마음을 한결같이 건강하고 아름답게 유지하는 것은 쉬운 일이 아니다. 로맹 롤랑은 영웅을 이렇게 말한다.

"나는 사상이나 힘으로 승리한 사람을 영웅이라 부르지 않는다. 마음으로 위대했던 사람을 영웅이라 부른다."

재활치료 중에 왼쪽 무릎은 겹질려 피가 뭉치고 있었다. 주삿바늘로 뽑아내기를 수차례를 한 후에야 정상이 되었다. 인생길 불편한 진실들은 사라지지를 않고 쉼 없이 찾아와 이어지며, 아픔과 고통을 주고 있다. 엎친 데 덮친 격으로 특수목적의 재활치료(도수치료) 중에는 우측 골반의 근육이 뭉친 다음에 찾아온 통증은 참아내기 힘들었다. 고달픈 심한 통증과 발가락 끝까지의 혈액순환이 이루어지지 않는 아리고 시린 진한 고통은 멈춤 없이 계속이다. 아리고, 시리고 쓰라린 고통 등은 마약성 진통제를 복용한 후에야 겨우 잠잠해지고, 이내 깊은 잠을 청할 수 있을 정도로 고통의 순간은 반복되고 있었다. 스스로 참아내기가 힘든 삶의 한계를 느낀 것이다.

여러 번 삶의 포기라는 단어가 바보 아빠를 괴롭히며, 주변을 맴맴 돌고 있었다. 살 것인가. 말 것인가. 삶의 기로에서 혼자서의 갈등은 반복이었다. 살아야만 하였다. 꿈꾸었던 할 일들이 너무도 많이 남아 있었다.
　– 수필 「재활과 치유는 꿈과 희망의 노래」 중에서

　작가는 자신의 두 번째 수필집을 이렇게 소개한다.
　"삶 속의 살아있는 희로애락의 수필 에세이, 하면 된다. 할 수 있다. 해야 한다는 긍정과 적극적인 삶으로 자연과 함께하는 움직임과 활동은 재활과 치유의 삶을 성공으로 안내한다."
　그의 수필 속에는 수없이 자주 등장하는 말이 있다. '아픔'과 '감사'라는 어휘다. '아픔'이라는 어휘를 헤아려 보니 42회, 감사하다는 표현이 47번이나 나온다.
　본인의 말대로 작가는 "사랑꽃을 피우며 사는 인생"이 아닌가 한다. 그는 세상을 살아가는 이야기로 인생의 모든 것을 담아내고 있다. 최가네의 인생 예찬이라는 기나긴 장편의 역사적 수필인 셈이다. 고뇌에 찬 집필과 편집으로 정리해서, 인생길의 화려한 사랑꽃, 그리고 웃음꽃으로 피워내겠다는 다짐을 실천하고 있는 셈이다.

　가장 행복한 사람은 나눌 줄을 아는 사람이다. 베풀고 나누는 삶은 상대방에게는 또 다른 꿈과 희망으로 새싹을 돋게 하고, 꽃을 피워 아름다운 열매를 맺게 한다. 사는 재미의 웃음꽃과 사랑꽃을 선물하는 재미는 즐거운 삶으로 사는 맛과 멋이 아닐는지.
　– 수필집 『우리 아프지 말아요』 3부 서문 중에서

　"가장 행복한 사람은 나눌 줄 아는 사람이다."
　최정식 작가는 자신을 '바보 소년', '바보 소위', '바보 아빠'라고 스스로 칭한다. 나는 이에 최정식 작가를 '멋진 바보'라고 부르고 싶다. 남을 배려하고 남 뒤에 서면서 뒤처지는 삶을 살면서 남에게 양보하고 희생하면서 잃기만 하고 얻는 게 없어 보인다. 하지만 짧게 볼 때는 바보 같지만 길게 보면 멋진 바보인 셈이다. 시간이 지나면 이런 사람은 남에게 인정받고 좋은 사람으로 불리게 마련이다. 첫 번째 수필집 『바보 아빠』를 출간한 후에 작가의 지인들과 독자들의 반응은 다양하다.

친구의 살아온 멋진 삶을 존경하며, 더불어 수네 여사와 가족들의 사랑이 멋지고 부럽네. 비록 어려움이 있었지만, 그것을 극복한 당신의 삶은 존경받을 가치가 충분합니다.
- 친구 이00교수

한마디로 최정식 작가는 등반 도중 낙상 사고로 인생의 아픔을 겪었지만, 새싹이 돋아나는 봄처럼 그는 다시 새로운 봄을 준비하고 있고 사랑꽃을 피우기 위해 오늘도 열정으로 글을 쓰고 있다. 어쩌면 대만족의 성공으로 기쁨이 넘실대는 행복한 삶을 살고 있는 것이다.

사랑의 은혜에 보답하기 위해서라도, 다시 사는 인생은 웃음꽃도 피우고 꿀맛처럼 달콤한 사랑꽃을 피워 향기를 나누는 삶으로 발전시키겠다는 다짐이다. 사는 동안 순간 불어 닥친 위협과 위험을 극복하기 위해서는 인내하면서, 포기하지 않으면 반드시 희망의 꽃을 피우리라는 것을 확신하였다. 받은 만큼 이상으로 베풀면서, 성실하고 정직하게 노력하는 삶을 살고자 다짐하는 바보 아빠의 굳은 마음이다.

재활과 치유의 힘든 여정을 잘 소화를 시키면서, 더 멋진 꿈과 희망을 품고서 한 단계 발전되는 모습으로 재활 및 치유는 시작되고 있었다.

– 수필 「고통의 향기와 절박한 심정은 재활 효과」 중에서
'새싹이 돋아나다' 중에서

작가는 포기하지 않는 희망의 꽃을 피우고자 도전의 삶을 살고 있다. 그것도 웃음꽃도 피우고 꿀맛처럼 달콤한 사랑꽃을 피워 향기를 나누고 싶은 것이다. 이를 위해서는 끊임없는 노력과 인내가 필요함을 작가는 알고 있다. 이미 기적을 체험했기에 진솔한 이야기를 나누고 싶은 것이다

이런 위기를 반전시켜 호기로 만들어내는 그 어떤 강렬한 힘과 용기와 인내가 필요하였다. 살고자 하는 살아야겠다는 설렘으로 자생력을 만들어내게 한 것이다. 그래야만 포기라는 생명의 끈을 놓지를 않고 숨을 쉴 수가 있는 것이다. '안 되면 되게 하라'는 검은 베레의 혼이다. 이 책은 바보 아빠의 일상적 삶의 전 과정에서의 재활과 치유에서 얻은 또 하나의 값진 선물의 기적들을 서정적 감성이 담긴 사랑꽃 이야기로 노래하고 있다. 다시 세상 밖으로 나와 고객 감동과 사랑을 받고 싶은 진솔한 이야기가 담긴 수필이다.

– 수필집 「작가의 말」'바보의 몸부림' 중에서

바보 아빠는 오늘도 시를 쓰고 수필을 쓰고 있다. 훗날 되돌아볼 때 흐뭇해하면서 혼자라도 웃을 수 있는 이야기를 한마음으로 지금 쓰고 있다. 진정한 삶은 내 가슴에

쓰인 다음, 타인의 가슴에도 그대로 전해지는 법이다. 한 사람의 마음이 다른 사람에게 전해질 때 모두의 삶이 빛나게 마련이다. 이웃을 그리고 가족을 사랑하기로 마음먹으면 내가 속한 사회는 바로 달라지는 법이다. 최정식 수필가는 가족과 동기 그리고 이웃을 위해서 글을 쓰고 그들과 자신의 삶을 나누면서 사랑하기로 마음먹은 것이다.

앞으로 수필집 3권은 물론 시집을 출간할 준비가 완료된 상태다. 참으로 놀라지 않을 수 없다. 아직도 가슴으로 쓴 이야기, 세상 사는 이야기를 완성했으니 '바보 아빠'가 아니라 '멋진 아빠'가 아니겠는가.

바보 아빠 너는 말이야, 긍정의 정신과 도전적인 사고가 강하였기에 급한 하늘길을 가지 않고서, 현재를 나누고 누리고 있는 것이란다. 귀띔도 해주고 있다. (중략)

어려운 사회 환경과 여건에서 집에서 쉬면서 하루 세끼의 건강한 밥을 먹을 수가 있다. 돈 벌기 위해 직장에 다니며 사람들과의 치열한 마찰과 실익을 얻기 위한 몸부림이 없는 현재의 삶이 좋다. 대만족이라고 말을 하는 것이다. 그것이 사는 재미이고, 멋일 것이다. 그런 마음의 긍정과 욕심 없는 낙천의 사고가 이제 조금씩 뿌리를 내리었고, 자리를 잡아가고 있는 것 같다. 사는 것이 별거 있나 내 마음이 편하면 되는 것이라고, 즐겁고 보람된 삶이 행복이지 싶었다. 그래서 오늘은 더욱더 좋은 봄날이다.

– 수필 「봄날의 느긋한 마음으로 재활과 치유의 꿈 찾기」
중에서

스웨덴의 격언 중에 이런 말이 있다.

"슬픔의 새가 머리 위로 지나가는 걸 막을 수는 없다. 하지만 그 새가 머리에 둥지를 틀지 못하게 할 수 있다."

최정식 작가는 슬픔을 지나가게 하는, 흘려보내는 영특한 작가다. 작가는 삶의 정상 근처에 도착하여, 지난날의 세월을 들추어 뒤적이며 뒤안길의 흔적을 열어본다. 자신의 삶에 함께하고 수고해준 아내 수네 여사와 잘 성장하고 사회의 일꾼으로 활동하는 변호사와 건설인, 선생님의 기쁜 일들이 삶의 희망으로 꽃핀 것이다. 보기 좋은 웃음꽃, 사랑꽃을 피운 것이다. 그 때문일까? 최정식 수필가의 수필에 자주 등장하는 어휘는 '봄날'이다. 38회나 등장한다. 이제 자신의 봄날을 당당하게 살고 있다.

사람은 누구나 자신만의 경험을 특별하게 생각한다. 행복한 경험이든 고통스러운 삶이든 그것은 하나뿐인 자기만의 이야기다. 최정식 작가는 오늘도 시를 쓰고 수필을 쓰면서 아픔의 삶을 극복하고 즐거운 삶을 살고 있다. 그래서 그의 수필 작품은 우리 마음을 건강하게 해주고 있다. 아무리 좋은 글이라도 우리 마음을 혼란스럽게 하거나 어둡게 하면 나는 그 글을 피한다. 어떤 수필이든 결국 그 작품을 읽는 사람을 위한 것이어야 의미가 있다. 작가는 삶을 다양하게 표현할 수 있다. 하지만 본질적으로 사람을 살리고 기쁘게 하지 않는다면 진정한 글이라고 할 수 없기 때문이다.

내가 쓰는 글이 어떤 씨앗, 어떤 가치를 퍼트리고 있는가? 좋은 글 씨앗을 남길 때 비로소 좋은 가치가 매겨지는 것은 아닐까?

스포츠 센터에서 운동하는 사람 중에는 자전거를 타다가 넘

어져 크게 다친 사람, 내출혈로 쓰러진 사람 등 30대에서 70
대까지 모두가 바보 아빠의 놀라운 변화를 지켜보면서 탄성
이었다. 응원과 격려의 박수까지 보내주고 있었다. 그것은 눈
물의 씨앗을 뿌린 선물이고, 징표이었다. 그리고 봄에 돋아나
는 새싹이었다. 이제는 정말 살았구나. 산 넘고 물 건너 돌고
돌아 모진 풍파의 위협을 극복하면서 늦었지만, 제자리로 돌
아온 느낌이다.

봄에 돋아나는 새싹처럼 모진 한파에도 얼어 죽지를 아니하
고, 싹을 틔우고 꽃을 피우니 이 얼마나 좋은가. 이제는 모두
에게 고마움과 감사함으로 남은 삶을 살아야만 한다는 고민
끝에 얻은 삶의 최종목적이 되고 있었다.

　－ 수필 「고통의 향기와 절박한 심정은 재활 효과」 중에서
'새싹이 돋아나다' 중에서

새싹의 힘은 매우 강하다. 최정식 작가를 우리 문단에서
는 새싹이라고 해도 무방하다. 이제 수필가로 등단하고
시인으로 등단하기 때문이다.

인류의 역사는 도전과 극복의 역사였다. 한 인간의 인생
도 시련과 아픔을 이겨낸 역사라고 할 수 있다. 어느 하
루도 쉽게 지나가지 않는다. 꼭 일이 생기고 사건이 생기
고 작은 걱정과 아픔이 생기는 법이다. 그런데도 이러한
어려움을 극복하면 나중에는 환한 웃음을 머금게 된다.

사람은 누구나 독특한 삶을 산다. 자신만의 개성적인 삶
을 살면서 이야기를 만든다. 어른이 된다는 것은 자신의
이야기를 만들어 가는 것이 아닐까?

최정식 수필가는 읽을수록 따뜻한 이야기, 들어서 아프
지만 힘이 되는 이야기, 작가만이 할 수 있는 이야기로

가득하다.

　이제는 재활의 고통을 넘어 바보 아빠에게도 봄날은 오고 있었다. 저만치서 손짓하며 미소를 보내주고 있다.
　이제 퇴원한 지 약 11개월째였고, 1년이 다가오고 있다. 시간이 흐르면서 인체의 신비함을 함께 체험하는 참으로 기쁘고 좋은 일은 계속 이어지고 있었다. 신비로운 인체의 변화로 또 한 번의 기적이 펼쳐지고 있다. 그동안 아내 수네 여사와 장모님, 친지, 친구와 선후배, 지인 등 모두의 도움으로 고통의 순간을 뒤로하면서 계절이 봄날이 오듯이 바보 아빠에게도 다시 봄날이 찾아오고 있었다.
　영양실조라도 걸린 듯이 푸석푸석하였던 몸에는 윤기가 돌아나고, 불균형이던 손톱과 발톱에도 새살이 붙어 오르고 있었다. 이어 얼굴의 혈색까지도 살아 돌아오고 있었다. 이것이 기적이고 환생이 아니겠는가.
　- 수필 「인체의 신비를 체험하다」 중에서

　최정식 작가는 기적을 체험하고 환생의 기쁨을 체험했다. 그것을 작가는 '봄날'이라는 표현을 계속해서 사용한다. 어쩌면 그 '봄날'은 글을 쓰는 즐거움과 행복이 함께하는 것은 아닐까. 그의 시 쓰기와 수필 쓰기는 어쩌면 자신과 타인과의 약속의 글이 아닌가 한다.
　이에 대해 GM의 수석 엔지니어이자 발명가였던 찰스 캐터링(Charles. F. Kettering)이 이렇게 말했다.
　"어떤 문제는 글로 잘 표현하기만 해도 절반은 해결된 것이나 마찬가지다."
　말글로 잘 표현한다는 것은 그 사건에 대해서 자신의 생각을 잘 정리하고 있다는 의미다. 글을 쓰다 보면 문제의 본질을 파악한다. 무엇이 중요하고 어떻게 해결해야 할지를 선명하게 파악하고 드러낸다. 또한 글은 자신 혹은 다른 사람과의 약속이다. 그러므로 글은 성장의 밑거름이 된다. 삶을 성숙시키는 좋은 안내서가 되기도 한다. 따라서 글로 잘 표현한다면 그 문제의 반은 이미 해결된 것이다. 일이 안 풀릴 때 글로 표현하다 보면 문제를 해결할 길이 보이는 것이다.

  새봄이 왔다. 입춘을 지나 경칩이다. 산기슭의 웅덩이에는 개구리가 신나게 노래하고 있다. 산과 들녘에는 청노루귀, 복수초, 제비꽃, 변산 바람꽃, 매화와 빨간 슈즈 등 야생화와 봄꽃이 화려한 봄날의 시작을 알려준다.
세월이 가니, 바보 아빠에게도 봄날은 찾아오고 있다. 길고 길었던 중환자실의 병원 생활과 재활의 고통을 넘어서고 있었기에 가능한 일이다.
 저승의 문턱을 넘을 찰나의 순간에 효심과 우정은 다시 아름다운 삶의 품으로 새 삶을 주었다. 이 어찌 기쁘지 않겠는가. 바보 아빠는 중환자실에서 잠들어 숨을 쉬면서도 꿈속에서 살기 위한 몸부림의 전투에서 저승사자를 이기는 섬망의 꿈을 꾸었다.
 - 수필 「애절한 재활의 고통과 새싹이 돋는 봄날」 중에서

"성공이란 도대체 무엇일까? 그리고 행복이란 무엇일까?"
 필자가 최정식 수필을 읽으면서 떠오른 생각이다. 최정식 수필집에 등장하는 기쁨은 '56회'에 이른다. 그가 말한 행복과 기쁨은 아프지 않고 건강하게 사는 삶이다.

사람 사는 세상을 살아가면서, 가장 성공한 삶은 아프지 않고 다치지도 않으면서, 잘 먹고 잘 자고 잘 배설하며 사는 것이 건강한 삶을 사는 가장 좋은 행복이라는 사실을 알게 해주었다.

    – 수필 「맛의 욕구와 삶의 메아리」 중에서

위대한 사람이란 보통 사람이 넘어설 수 없는 세계를 넘어서는 사람이다. 최정식 수필가가 바로 그런 사람이다. 그가 넘어선 세계에는 아주 특별한 만족이 있고 독특한 행복이 있다. 남들이 믿지 못하는 것을 믿으며 맛볼 수 없는 기쁨이 생긴다. 바로 기적의 힘이다. 어디를 보아도 가망이 없는 상황에서 찾아드는 것이 참 소망이 있다. 이 희망은 환경을 넘어서는 희망이 있었다. 최정식 수필가는 그 때문에 기적을 경험한 것이다.

이 겨울에 자연과 삶 속에서 혼란스러운 그 섭리를 보았다. 앞으로 나아가야 할 방향을 설정하였다. 오롯이 성실, 정직과 노력의 올바른 삶을 살아가면 되는 것이다.

그 무엇 하나 두려운 것은 없다. 무서운 것도 이제 없다. 이미 저승사자와 치열한 생명선 전투를 통하여 삶의 쓰라림과 기적으로 일군 기쁨의 맛도 동시에 보았다. 길고 멀게만 보였던 재활과 치유의 기간을 통하여 어떻게 살아야 하는지, 그 삶의 참맛과 멋을 알았기 때문이다.

이제는 쉬지 않고 멈춤 없는 전진으로 사는 재미가 솔깃하면 된다. 걷고 오르고 달리고 뛰어가는 것만이 최고의 아름다움이고, 멋진 삶이다. 그것을 위해 바보 아빠는 오늘도 맑은소리로 노래하고, 큰 숨을 마시고 내쉬면서 으라차차의 기지개를 활짝 펴주고 있다.

    – 수필 「한 겨울날의 이상한 온기 주의 」 전문

자연은 공평하고 정직하다. 온 세상을 하나로 묶는다. 누구에게나 거짓말을 하지 않고 조금도 가식이 없다. 어떤 불평불만도 없다. 오히려 자연의 손길은 창조의 손길이며 노력의 손길이다. 더불어 작가의 삶처럼 인내의 손길이다. 자연은 침묵 속에서 끊임없이 꽃을 피우고 자라 열매를 맺는다. 자신을 늘 새롭게 한다. 최정식 작가는 자연과 이러한 손길 앞에서 참된 삶과 행복을 배우지 않을 수 없다. 그 배움과 나눔이 바로 하나가 되는 힘이다.

지금껏 최정식 수필가의 수필 작품 속에서 나타난 아픔과 열정을 만나 보았다. 그의 아픔과 열정의 인생을 오롯이 수필로 진솔하게 담아냈다. 그의 삶은 아픔의 삶이었으나 기적을 낳았고, 그 기적은 다시 행복을 낳았다. 아름다운 사랑꽃을 피운 것이다. 그의 수필을 읽으면서 느낀 소감을 말하자면 인내와 기다림이 필요하다는 것이다.

메마른 땅을 일궈 제 삶을 갈아놓고
한마음 오롯한 꿈 씨앗을 뿌려놓고
발그레 꽃등 켜는 날 기다리며 산다오
 - 최봉희의 시조 「사랑꽃」 전문

작년에 나는 블루베리 묘목 7그루를 농업기술센터에서 지원받아 학교에 심었다. 그런데 다섯 그루는 싹을 틔우고 잎새가 피어나는 데 두 그루가 문제였다. 잎새는 물론 줄기가 마른 상태로 죽어 가는 듯했다. 그러나 살아날 기미가 보이지 않았다. 나무를 뽑아버려야 하나 절망에 빠진 어느 날이었다. 깜짝 놀랄 만한 일이 일어났다. 한 달이 지난 4월이 되어서야 잎새가 나고 꽃이 피기 시작하는 것이다. 꾸준한 물 주기와 기다리는 인내가 아니었다면 어떻게 되었을까?

결론적으로 최정식 수필 작품에서 전하는 가치는 아픔을 극복한 희망적인 삶을 살라는 것이다. 물론 거기에는 인내와 기다림이 존재한다. 최정식 작가의 삶의 원동력은 바로 '희망'이다. 그의 수필 작품에 무려 74회 이상 '희망'이라는 단어가 등장한다. 재능과 이성에는 한계가 있다. 강력한 희망과 열정이 없으면 아무리 뛰어난 재능도 지식도 결국 스러진다. 어떤 일을 향해 나아가는 힘은 언제나 마음에서 우러나오는 진정한 희망과 꿈에서 시작된다. 희망은 심장의 열정을 뿜어 올린다. 이런 희망과 열정으로 임하면 온 우주가 그리고 자연이 돕겠다고 나선다.

한탄강의 주상절리를 바라보라. 그 바위가 억겁의 세월을 지나 강가의 모래 한 알이 되기까지 얼마나 많은 인내와 아픔을 겪었겠는가? 우리가 마음의 문을 열고 최정식 작가의 수필을 읽어보자. 그러면 모든 것이 보인다. 그의 삶의 하나하나가 고유의 의미와 가치를 담고 있다. 마음을 열고 생각을 모아보라. 아픔과 열정이 피운 아름다운 사랑꽃을 만날 수 있으리라.

최정식 작가의 수필을 읽으면서 불현듯 종자와 시인박물관 신광순 관장님의 말씀이 생각난다.

"신은 우리 인간을 아픔으로 길들이지 않고 오로지 시간으로 길들인다."

어려운 일을 당하면 시간의 힘을 기억해야 한다. 시간이 필요함을 인정하고 노력하면 아름다운 꽃을 피울 수 있으리라.

다시금 최정식 작가의 두 번째 수필집 출간을 축하한다.

■ 글벗수필선 54 최정식 두 번째 수필집

우리 아프지 말아요

초판인쇄 2024년 5월 2일
초판발행 2024년 5월 2일
지 은 이 최 정 식
펴 낸 이 한 주 회
펴 낸 곳 도서출판 글벗
출판등록 2007. 10. 29(제406-2007-100호)
주   소 경기도 파주시 와석순환로16, 905동 1104호
         (야당동, 롯데캐슬파크타운 한빛마을)
홈페이지 http://guelbut.co.kr
         http://cafe.daum.net/geulbutsarang
e- mail juhee6305@hanmail.net
전화번호 031-957-1461
팩   스 031-957-7319
정   가 20,000원
I S B N 978-89-6533-282-4 04810